Give it to me !

Flammarion, 2024.
ISBN : 978-2-0804-3511-8

La Rata

Give it to me !

Traduit de l'espagnol
par Despentes

Flammarion

3. INTERLUDE

4. OVERGROUND

4.1. COMMENT L'AVEZ-VOUS FAIT ? Go big or go home.

tina
madonna

4.2. ONDE DE CHOC : la décennie prodigieuse.

salt'n'pepa
hoez with attitude
bythes with problems
courtney love
queercore

4.3. MONEY HONEY : à la gloire de la chatte.

lil' kim
spice girls
britney spears
amy winehouse

4.4. SHE BAD : elles dirigent le monde.

nicki minaj
lana del rey
beyoncé
cardi b
megan the stallion

5. OUTRO

We're not in Kansas anymore (we must be over the rainbow).

rihanna
lil nas x
miley cirus
janelle monáe
lizzo
doja cat
young m.a
ice spice
chaka khan
janet jackson
dolly parton
cher
whitney houston
peaches
beth ditto
mary j. blige
erykah badu
jlo
shakira
karol g
billie eilish
sam smith
mala rodrígvez
villano antillano
young miko
aya nakamura
ptazeta
cazzu
la joaqui
TOKISCHA
POPOLA
mina
dalida
rocío jurado
lola flores
chavela vargas
rosalía

PRÉLUDE

Ainsi parlait María Jiménez, répondant à un chanteur macho qui venait de lui dire qu'elle chantait avec les tripes. Maria était une fille des quartiers. Une Andalouse, de Triana. Au milieu des années 1960, elle était partie sans un sou à Barcelone où elle faisait des ménages dans des maisons de riches et c'est là que des pédés l'ont entendue chanter et lui ont offert une jupe, des chaussures et une fleur pour ses cheveux. « Pourquoi ferais-tu le ménage alors que tu chantes comme tu chantes ? », et María, gitane, flamenca et libre à une époque où la liberté était un mirage en pleine dictature franquiste, fit carrière en chantant. Et en faisant toujours comme il lui plaisait. Et quand elle dit qu'elle chante avec la chatte, cela me semble à la fois la réponse la plus bizarre et la plus logique à tout un tas de questions.

Pourquoi certaines chanteuses m'attirent plus que d'autres ? Qu'est-ce qu'elles ont de particulier ? Que peuvent bien avoir en commun María Jiménez et Janis Joplin, Tina Turner, Madonna et Nicki Minaj ?

Je suis une fille blanche du Sud de l'Europe. J'ai grandi en étant obsédée par Janis Joplin. Pour moi, sa voix et son énergie représentaient la quintessence de la chanteuse. Plus tard, j'ai lu et écouté ses interviews. Et à la différence de tant de rockers blancs de son époque, Janis citait systématiquement les artistes qui lui avaient appris à chanter : Billie Holiday, Big Mama Thornton, Odetta, Aretha Franklin, Tina Turner ou Bessie Smith. Cela m'a conduite à ma deuxième obsession : le début de tout, le vrai Big Bang, les chanteuses de Blues du Sud des États-Unis à la fin du XIXe siècle.

Le chanteur et compositeur de Jazz Jelly Roll Morton enregistre *Mamie's Blues* en 1939. Il raconte que c'est le premier Blues qu'il a entendu, lorsqu'il était enfant, à New Orleans, aux alentours de 1902. Sa voisine s'appelait **Mamie Desdoumes** (ou Desdunes).

Il lui manquait deux doigts à la main droite et elle jouait ce morceau en s'accompagnant au piano, avant d'aller travailler au bordel de Perdido Street.

Perdido Street se situait dans le quartier de Storyville, surnommé « la ville du péché ». C'est là qu'arrivaient les travailleurs, les voyous, les aventuriers, les amateurs de jeu, de fêtes et d'alcool qui débarquaient dans le port de New Orleans.
Et les femmes de Storyville chantaient devant la porte des bordels pour attirer les clients. À la même époque, celles qui travaillaient dans le quartier Pigalle à Paris inventaient ce que nous connaissons aujourd'hui comme la Chanson française, les femmes des tavernes rurales de la région algérienne d'Oran inventaient le Raï et celles des quartiers populaires espagnols inventaient le Género Chico, la Copla ou le Cuplé.

La première fois de ma vie que j'ai pu aller en Amérique du Nord, je savais quelle ville je voulais voir : New Orleans. Et plus précisément Perdido Street. La rue dans laquelle est né le Blues. En me promenant dans le quartier, je suis entrée dans une librairie de Tremé où il y avait des livres sur la musique. À la caisse, la fille m'a tendu un flyer : « New Orleans Black Heritage & Jazz City Tour ». Le lendemain à 10 heures du matin, à l'entrée du parc Louis-Armstrong, ma copine et moi étions au rendez-vous. La guide s'est présentée comme afro-européenne. Elle nous a demandé d'où nous venions, un couple d'Afro-Américains a répondu d'Atlanta et nous : France et Espagne. Elle a éclaté de rire : « On va beaucoup parler de vos pays », et la visite a commencé. Comme l'annonçait le flyer, c'était « honnête, qui ne cherche pas à édulcorer la désagréable vérité de l'esclavage. Nous commençons au début, par le transport forcé des Africains, leur musique, les cercles de guérison des tambours des esclaves sur la place Congo (aussi connue comme le lieu de naissance du Jazz). C'est l'histoire de l'esclavage et l'histoire de la résistance ».

Cette histoire à laquelle je m'intéresse tant est indissociable de l'esclavagisme. Jamais je n'avais été à ce point consciente de ma blancheur. J'ai essayé de le rester, depuis. J'avais pour projet de dessiner un livre en noir et blanc et j'ai compris qu'il serait en couleurs. Beyoncé et Madonna ne pouvaient pas avoir la même peau blanc papier. Aux centaines de lectures sur la musique se sont ajoutées autant d'autres sur l'histoire afro-américaine. Aux essais sur la sexualité et le genre, autant d'autres sur le racisme, la colonisation et la suprématie blanche. En même temps que j'expérimentais de nouvelles palettes de couleurs, j'ai écouté des podcasts, regardé des entretiens et des documentaires sur la musique, le genre, le travail sexuel, le féminisme et le postcolonialisme.

Je suis une fille cis blanche européenne qui parle de femmes noires, latines et gitanes. Sans leurs œuvres, les références féministes auxquelles j'aurais eu accès auraient été exclusivement académiques et universitaires, issues des féministes blanches. Et la gouine que je suis, qui a grandi dans les quartiers populaires, ne se serait probablement pas sentie concernée par cette défense de la dignité bourgeoise. Dans le féminisme institutionnel abolitionniste, capitaliste et colonial, il n'y a pas grand-chose pour les filles dans mon genre.

C'est la musique que j'écoute qui m'a construite et où j'ai trouvé mes références, et c'est la musique la plus écoutée à travers le monde depuis un siècle. Elle est majoritairement écrite, produite et interprétée par des personnes afro-américaines (du Jazz au Rap, en passant par le Rock, la Soul ou la Disco). Et je crois que c'est le chant de ces femmes noires de Perdido Street qui est à l'origine de ce que nous appelons aujourd'hui musique populaire, c'est-à-dire le mouvement culturel occidental le plus important du XXe siècle.

La musique populaire est celle qui n'est pas culte, elle ne se diffuse pas via l'écriture (les partitions), elle se diffuse oralement (les concerts) ou par enregistrements (les disques). La musique populaire ne requiert aucune formation musicale (ou très peu) pour être appréciée ou interprétée, mais elle a la capacité de refléter les idéaux qui prévalent dans la société qui la génère et la consomme, et elle le fait avec une séduction irrésistible qui lui permet de toucher une large audience.
La musique populaire peut franchir les frontières linguistiques, temporelles, politiques, raciales, sociales et sexuelles.
C'est comme ça que moi, adolescente blanche qui vivais aux portes d'un désert du Nord-Est espagnol à la fin des années 1990, je m'éclatais en regardant à la télévision un concert de Tina Turner donné dans les années 1960 en pleine révolution sexuelle, alors que je ne comprenais pas un traître mot de ce qu'elle chantait puisque je ne parlais pas anglais ni ne connaissais rien du contexte social et politique de l'époque.

Ce que je ne comprenais pas, ce qui m'échappait comme un filet de fumée qui disparaîtrait dans un trou, c'était pourquoi dans les listes des…

→ **100** meilleures chansons de la décennie que les journaux publiaient, seules **3** femmes apparaissaient dont **2** Blanches.

→ Pourquoi dans les listes des disques les plus importants du Rock, il y avait **2** groupes féminins, composés uniquement de femmes blanches.

→ Pourquoi seulement **10** femmes, dont **7** Blanches, figuraient dans les **500** interprètes de chansons qui avaient marqué l'histoire de la musique.

Jusqu'à ce que je suive la fumée et que je tombe dans le trou : ces frontières linguistiques, temporelles, politiques, raciales, sociales et sexuelles que la musique populaire a la capacité de dépasser sont précisément celles qu'un groupe social déterminé (hommes blancs que nous appelons parfois rock critiques et autres historiens de la musique) a utilisé pour construire l'Histoire de la Musique Populaire. En majuscules.

Les femmes ont été, jusqu'il y a peu de temps, considérées comme des éléments quelque peu exotiques dans l'histoire de la musique populaire. Quelque chose de rare, d'exceptionnel. L'exception qui confirme la règle. Un peu comme quand on marche dans les champs et qu'il y a de la terre, de la terre, des arbres, des arbres, des arbres, des feuilles, des branches, de l'herbe et subitement, pouf ! d'un coup, putain, un champignon ! Pour entrer dans l'histoire de la musique populaire, le genre féminin a été systématiquement victimisé. Mais pas seulement. Ce que la morale hégémonique a supprimé et opprimé, déformé, corrompu et distordu avec le plus d'ardeur a été son pouvoir érotique. Pour le dire avec Audre Lorde, la mise en relation systématique de l'érotique féminine avec le diable, l'obscur, l'indécent et le faible a créé l'idée qu'une femme forte ne peut jamais être une femme érotique ni érotisée.

Je suis désolée de vous le dire car je ne veux faire de peine à personne, mais quoiqu'il grandisse à l'ombre des arbres, chaque champignon est un corps fructifère, la phase sexuelle du cycle de vie du mycélium.

Le mycélium est une structure similaire à une racine, généralement souterraine et invisible, dont la texture est proche du fil. Et sa reproduction sexuelle se fait via les spores : des corps microscopiques dont la finalité est la reproduction, la dispersion et la survie dans l'adversité qui ont besoin d'autres organismes à nourrir et desquels se nourrir.

Ça, c'est la sexualité féminine : un réseau caché, micellaire et profond. Cela existe, et nous savons toutes que cela existe mais que cela ne doit pas être visible. Sous aucun prétexte. Et si l'une de nous transgresse et la rend apparente, ce sera toujours obscurci par le regard et le contrôle des seuls spectateurs valides : les hommes blancs.

On a exigé des chanteuses qu'elles soient sexuelles pour le regard masculin. Et à chaque fois qu'elles l'ont été, elles ont été punies pour cela. Mais la narration hégémonique oublie quelque chose de terriblement important : chaque chanson, chaque disque, chaque concert a fonctionné comme une spore absorbée par des millions d'autres organismes qui se sont réciproquement nourris.

Je suis convaincue que cette femme noire que le folkloriste J. J. Niles décrivait en 1898 comme « la première *shouter and moaner* » (« criante et gémissante ») (ainsi qualifiait-on le style des premières chanteuses de Blues) a été un phare pour beaucoup d'autres femmes qui vivaient dans les conditions violentes et inhumaines de l'esclavagisme des États-Unis à la fin du XIXe siècle.

Il s'agissait d' **OPHELIA SIMPSON**,

une femme qui chantait dans le spectacle itinérant du Docteur Parker la chanson qu'elle avait écrite en prison, alors qu'elle purgeait une peine pour avoir tué son mari :

BLACK ALFALFA'S JAILHOUSE SHOUTING BLUES

Comme Mamie Desdunes, comme Ophelia Simpson, toutes ces chanteuses connectées à l'incroyable pouvoir de l'érotique (ou qui chantaient avec la chatte, pour le dire avec María Jiménez) furent écoutées, entendues, regardées, reconnues et aimées par des milliers d'autres femmes (et de personnes en marge du genre hégémonique) qui étaient dans le public, il y a plus de cent ans.

C'est pourquoi je rends grâce au Blues comme d'autres rendent grâce à Dieu. J'essaye ici de faire une offrande devant leur excellence païenne, de rendre hommage à des déesses, et je le fais en toute humilité, consciente qu'il est difficile d'être à la hauteur de toutes ces voix puissantes, rageuses, libres et désirantes.

Say YEAH!
SAY YEAH!
iN BLUES WE trust
BAD WOMEN FEELiNG GOOD

1924. BIRGMINGHAM, ALABAMA. Sur la scène d'une salle de concert, d'un côté, les musiciens, et de l'autre, une réplique gigantesque du gramophone le plus utilisé à l'époque, la Victrola. Les musiciens jouent les premières notes.

La voix de la chanteuse s'élève.
Le public la cherche
des yeux, en vain.

Soudain…

les portes de la
Victrola s'ouvrent en grand

et en sort, avec son collier de pièces d'or, ses bracelets dorés, les yeux maquillés de noir et les lèvres en rouge, un grand sourire qui découvre ses dents en or elles aussi, **GERTRUDE PRIDGETT** *(Columbia, Georgia, 1886-1939)*

plus connue sous le nom de • • •

À l'époque où Marie Desdunes chantait *219 Took My Baby Away* sur Perdido Street, Gertrude chantait avec l'homme qu'elle épouserait (et quitterait par la suite), Pa Rainey. Pa et Ma, Ma et Pa étaient connus comme « les assassins du Blues »

"THE ASSASSINATORS OF THE BLUES"

au sein de la première compagnie de minstrels formée et gérée exclusivement par des Afro-Américains, les

RABBIT FOOT MINSTRELS

(Les *minstrels* étaient à l'origine des représentations théâtrales dans lesquelles des Blancs peignaient leur visage en noir pour caricaturer et dénigrer les Noirs, toujours représentés en esclaves. Le *minstrel* blanc *Jump Jim Crow*, qui connut un grand succès en 1832, donna, quarante ans plus tard, son nom aux lois ségrégationnistes. Frederick Douglass, un des principaux leadeurs de la lutte pour les droits civiques afro-américains de la première moitié du xxe siècle, les décrira comme « l'arnaque la plus sale de la société blanche, qui [nous] a volé la peau que leur a refusée la nature pour gagner de l'argent et plaire au goût corrompu de ses contemporains blancs »).

Mais les Rabbit Foot Minstrels changèrent de propriétaire, le show de Ma et Pa périclita et Ma entreprit seule son propre voyage aux alentours de 1910.

Ma Rainey

Comme le dit Angela Davis dans *Blues et féminisme noir*, « la liberté du peuple afro-américain commence d'abord avec la possibilité du voyage ». Ce voyage rend envisageable une nouvelle vie dans laquelle le domaine domestique (le mari, les enfants, la famille) n'est pas obligatoirement le centre de l'existence d'une femme. Dans cette aventure, Ma Rainey va occuper l'espace public qui appartenait aux hommes blancs, rencontrer et choisir librement ses amants ou partenaires sexuels, ce qui était interdit durant des siècles d'esclavagisme. « Le Blues, continue Angela Davis, se différencie de la musique populaire de la même époque par l'imaginaire sexuel développé dans ses chansons concernant l'amour romantique. »

Ma Rainey publie sa première chanson, *Moonshine Blues*, en 1923. Une année plus tard elle sort *Cell Bound Blues*. Elle propose une alternative au discours prédominant de la musique populaire blanche sur la violence machiste qui veut que la femme soit uniquement victime, voire justifiant activement cette violence.

En 1926, elle exhorte les femmes de son public dans *Trust No Man* à répéter avec elle que non, elles ne font confiance à aucun homme.

Ce dialogue que Ma Rainey établit avec son public est ce qu'on nomme *call-response* («appel et réponse»). Héritage direct des chansons traditionnelles africaines, pratiqué par les personnes noires en esclavage pour fonder un lien d'entraide, de résistance et de communication à travers le chant et la musique, le call-response est caractéristique du Blues qui apparaîtra et évoluera tout au long du siècle.
Par cet échange, d'abord avec ses choristes puis avec son public, Ma Rainey fonde une communauté féminine, définitivement féministe, avec une conscience sociale et politique propre aux classes défavorisées de la société nord-américaine. Une *sisterhood* (ou, comme on l'appellerait aujourd'hui, un réseau de sororité) dans laquelle le geste politique de la chanteuse d'engager une conversation entre femmes était compris, suivi et appuyé par la réponse de ses auditrices. Le cycle de la phase sexuelle du mycélium se déroulant ainsi à chaque concert.

Ma avait le don du show. Élever la scène à un mètre du sol au-dessus de son public. Surgir d'un gramophone aussi grand qu'elle, maquillée et recouverte de pièces d'or de la tête aux pieds. Chanter la liberté afro-américaine, la liberté féminine, la liberté sexuelle. Pas une seule des 92 chansons que Ma Rainey enregistra ne parlait de mariage hétérosexuel, de monogamie ou de maternité.
Et parmi toutes ces chansons, *Prove It to Me* (1928) est probablement un des premiers hymnes lesbiens de l'histoire de la musique populaire.

IT'S TRUE I WEAR A COLLAR AND A TIE
WEAR MY CLOTHES JUST LIKE A FAN
TALK TO THE GALS JUST LIKE ANY OLD MAN
'CAUSE THEY SAY I DO IT
AIN'T NOBODY CAUGHT ME
THEY SURE GOT TO
PROVE IT ON ME
WEN'T OUT LAST NIGHT
WITH A CROWD OF MY FRIENDS,
THEY MUST'VE BEEN WOMEN
'CAUSE I DON'T LIKE
NO MEN

Quand Ma Rainey se retire en 1935 après plus de trente ans de carrière et de concerts à son actif, elle retourne dans sa Georgie natale et devient la première femme – noire ou blanche – propriétaire de deux théâtres. Quatre ans plus tard, il est écrit sur son certificat de décès qu'elle était «femme au foyer». Ma a ouvert en grand les portes de l'émancipation. Le succès de ses chansons a consolidé l'économie d'un commerce du disque qui se convertira bientôt en l'empire que nous avons connu. L'étroite relation entre musique et libération sexuelle féminine ne commence pas à la fin des années 1960 avec la contre-culture rock. Dès les premières décennies du XXe siècle, de nombreuses femmes – que ce soit sous la forme du Blues, du Swing, du Jazz, de la Chanson réaliste française, du Raï, du Cuplé, de la Copla ou du Flamenco, chantaient leur sexualité de façon décomplexée et divergente du modèle hétéropatriarcal qui s'imposera comme hégémonique dans les années suivantes.

Bien qu'elle soit mariée et officiellement hétérosexuelle, on raconte qu'il n'était pas rare de croiser **Alberta Hunter** avec sa fiancée Lottie Tyler dans le Harlem du début du XXe siècle. Alberta écrivait et interprétait des chansons qui parlaient d'aimer et de perdre des hommes, et connut un grand succès pendant trente ans. En 1954 elle devint infirmière jusqu'en 1977, date à laquelle elle remonta sur scène et recommença à enregistrer jusqu'à sa mort, en 1984.

Dans ce même Harlem, il y avait aussi **Lucille Bogan**, dont les chansons aux textes explicites quant à ses expériences de travailleuse du sexe, ses relations avec des hommes violents, sa dépendance à l'alcool et son attirance pour d'autres femmes lui valurent le titre de Dirty Blues Musician. En 1927, Lucille Bogan enregistra *Women Don't Need no Men* («les femmes n'ont pas besoin d'hommes») et, huit ans plus tard, la chanson devint *BD Women's Blues* quand elle la ressortit sous le pseudonyme Bessie Jackson. «BD» comme les initiales de Bull Dyke, littéralement «taureau gouine». Une façon de se référer aux lesbiennes masculines, aussi appelées butch ou garçonne.

Pendant ces années 1920 et 1930, **Ida Cox** possédait et gérait ses propres entreprises. Durant plus de dix ans elle dirigera sa propre compagnie de spectacles, Raisin' Cain, elle y écrivait presque toutes ses chansons. Son *Wild Women Don't Have the Blues* – qui pourrait très bien donner son titre à ce chapitre, voire à ce livre – a généré une controverse notoire, ainsi que des ventes importantes en 1924.

Controversée, **Ethel Waters** le fut également, et le quotidien *Chicago Bee* lui consacra un article plein de mépris et d'indignation en 1926:

LE TRIOMPHE DE LA VULGARITÉ

«Columbia Records a annoncé la sortie de *Shake That Thing*, l'enregistrement d'Ethel Waters. C'est, de loin, la chanson la plus vendue jusqu'alors. Elle a atteint les 800 000 exemplaires vendus et s'achemine vers le million. Les Américains désirent la saleté. Ils prospèrent dans un régime de boue. Comme des microbes ils grandissent dans des quartiers sales et obscurs. Ils se délectent de charogne artistique. Ils ont le vice des chansons qui suggèrent la vulgarité. Ils désirent le sexe. Nous parlons d'abord des Blancs, puis de leurs imitateurs de couleur.

On en tient ici la preuve : cette chanson qui suggère le thème le plus vulgaire et sordide est la plus indécente qu'un label ait jamais mis sur le marché. Dépourvue de richesse dans le rythme, sans la moindre beauté musicale, dans un langage incroyablement grossier. Cette chanson est immorale, sans qualité, musicalement faible et linguistiquement commune…»

La presse, en cheville avec les systèmes de classification et de reconnaissance de l'industrie du disque (listes de meilleurs morceaux, récompenses et prix), jouera un rôle prépondérant à l'heure d'établir la différence entre « bonne » et « mauvaise » musique. Tous ces arbitrages du bon goût et de la décence seront, tout au long du siècle, la prérogative des hommes blancs. Et, tout au long du siècle, ils évalueront les œuvres des hommes blancs supérieures aux œuvres des femmes blanches, des hommes non blancs et des femmes non blanches. La place des œuvres dans cette classification dépendra beaucoup de leur contenu sexuel. Ainsi la sexualité des hommes blancs hétérosexuels sera licite et naturelle et l'évocation de celle de tous les autres une abjection sinistre. Que ça plaise ou non à la presse et à l'industrie du disque, le succès phénoménal d'Ethel Waters avec *Shake That Thing* en 1926 est la preuve que, en dépit des efforts faits pour les disqualifier publiquement, les auditrices choisissaient de consacrer les artistes qui parlaient de ce qui les intéressaient.

Ethel Waters portait sur scène des costumes « d'homme », et vivait à New York dans son appartement avec sa fiancée Ethel Williams. Elle chantait une sexualité libre et décomplexée et fut aussi l'une des premières femmes afro-américaines à publier ses chansons en 1921. Elle fut la première femme afro-américaine à décrocher un premier rôle à Broadway, la première à présenter une émission télévisée en 1939, la première à être nommée aux Emmys en 1962 et la deuxième à être nominée pour un Oscar en 1950. Et l'une des premières à montrer que, qu'on le veuille ou non, les sexualités dissidentes existent.

Dès la création de l'industrie du disque, le sexe s'est avéré non seulement particulièrement lucratif, mais aussi essentiel à la musique populaire.

Et parfois, parfois – lorsque le contexte social et politique de l'époque le permet –, il arrive que l'entreprise de dénigrement orchestrée par l'industrie atteigne son objectif. Quand elle était petite, **Gladys Bentley** aimait porter les vêtements de son frère pour aller à l'école. Elle tombait amoureuse de ses maîtresses et de certaines filles de sa classe. Consternée par un tel comportement et déterminée à la soigner, sa famille la conduisit chez le psychiatre lorsqu'elle avait 16 ans. Le diagnostic fut sans appel : « inaptitude sociale extrême et féminité insuffisante ». Gladys quitta Philadelphie et devint une légende queer du Harlem des années 1920.

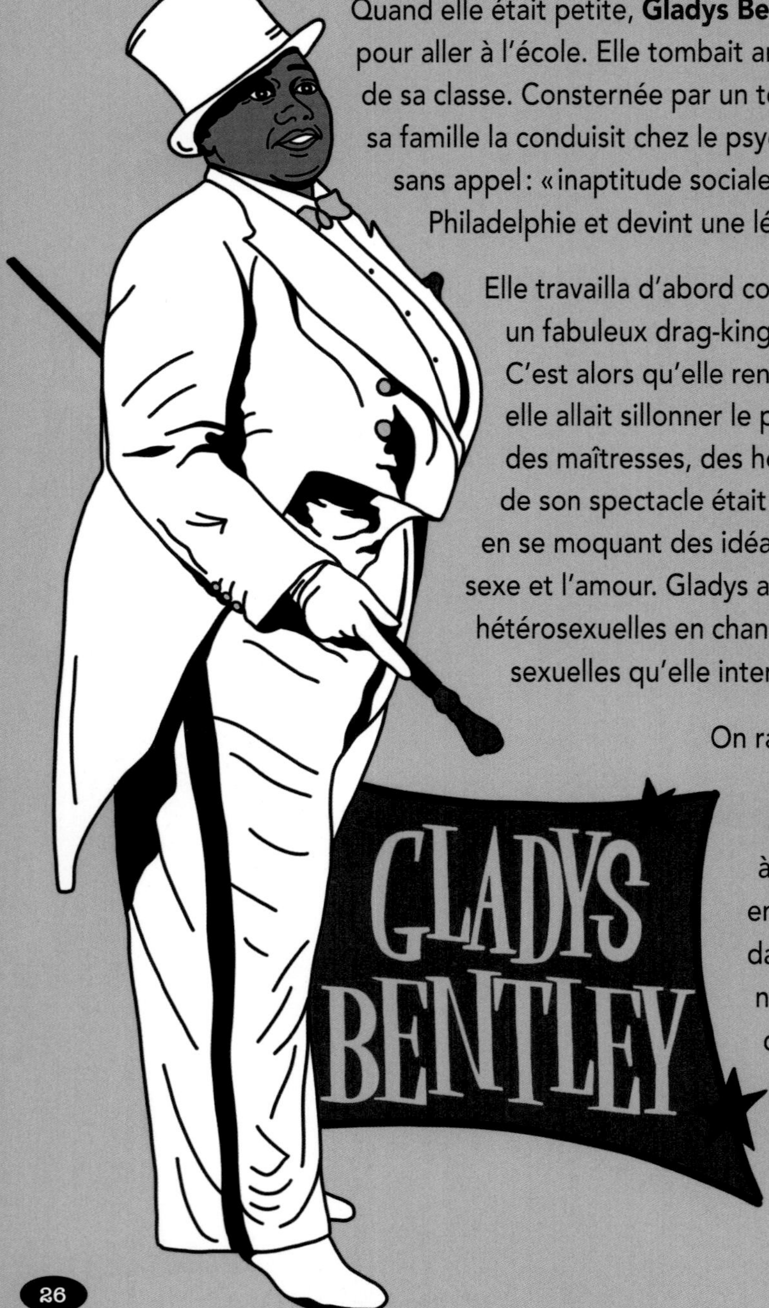

Elle travailla d'abord comme pianiste dans un club gay, incarnant un fabuleux drag-king en smoking blanc avec chapeau et canne assortis. C'est alors qu'elle rencontra les danseuses et les musiciens avec qui elle allait sillonner le pays, chantant la joie des relations ouvertes et libres, des maîtresses, des hommes efféminés et des filles masculines. Le clou de son spectacle était le moment où elle reprenait les chansons à la mode en se moquant des idéaux des classes blanches favorisées concernant le sexe et l'amour. Gladys avait un talent unique pour transformer les romances hétérosexuelles en chansons ambiguës, piquantes et pleines d'allusions sexuelles qu'elle interprétait en flirtant avec les femmes du public.

On raconte qu'elle s'est mariée avec une femme dans le New Jersey en 1931, et peu importe que ce soit vrai ou non, une rumeur pareille était à l'époque une raison suffisante pour être arrêtée, emprisonnée, lynchée ou socialement ostracisée dans n'importe quelle autre ville. Car Gladys ne se contentait pas de défier tous les codes de la société hétérosexuelle blanche, elle déclarait publiquement qu'une femme noire du Sud lesbienne et grosse pouvait gagner sa vie en s'habillant et en se comportant comme un homme.

Dans les années 1930, en même temps que la crise économique, la prohibition déclencha une chasse aux sorcières visant tout ce qui était « déloyal, subversif et traître à la patrie ». La police entrait dans les bars à coups de matraque, multipliait les expulsions et les fermetures, arrêtait et agressait tous les gays, les lesbiennes et les trans qu'elle trouvait à l'intérieur. La tension se faisait de plus en plus forte, les clients avaient un œil sur la scène et un autre sur la porte, on s'efforçait de ne pas faire trop de bruit pour ne pas attirer l'attention de la police. Gladys disparut progressivement…

Dans une tentative ultime pour sauver sa carrière, elle écrivit en 1952, dans la revue *Ebony*, qu'elle s'était « soignée de son étrange maladie » en prenant des hormones féminines, en retournant à l'église et – bien sûr – en tombant amoureuse d'un homme. Sur les photos qui illustrent l'article, celle qui fut la lesbienne la plus immodeste, la plus libre et piquante des années 1920 et 1930 refait le lit matrimonial ou lave des assiettes, vêtue du costume traditionnel de la bonne épouse. Elle ne remontera plus jamais sur scène.

EN 1912 APRÈS UN CONCERT AVEC LES RABBIT FOOT, UNE JEUNE FILLE EST VENUE ME VOIR DANS MON TRAIN...
Ma Rainey's Show
ELLE AVAIT UNE VOIX FORTE ET ELLE VOULAIT APPRENDRE QUELQUES TRUCS SUR LA SCÈNE
ALORS JE L'AI PRISE DANS NOTRE GROUPE, MALGRÉ SON CARACTÈRE BIEN TREMPÉ...
13 ANS PLUS TARD, J'ÉTAIS EN TRAIN DE FÊTER LE SUCCÈS DE MES DISQUES ET DE MES CONCERTS DANS HARLEM, QUAND QUELQU'UN A FRAPPÉ À LA PORTE DE MON APPARTEMENT...
GIN

DEUX POLICIERS FURIEUX ONT VIRÉ TOUTES MES AMIES
ET M'ONT ARRÊTÉE POUR AVOIR « DES RELATIONS » AVEC D'AUTRES FEMMES, DANS MA PROPRE MAISON !
LE LENDEMAIN, QUELQU'UN AVAIT PAYÉ MA CAUTION...
EN SORTANT, J'AI RECONNU CETTE JEUNE FILLE DE 1912 — ELLE ÉTAIT DEVENUE LA MEILLEURE CHANTEUSE DE BLUES DE TOUS LES TEMPS.

Bessie Smith avait 8 ans quand elle chantait dans les rues de Chattanooga, Tennessee. Elle en avait 18 lorsqu'elle rejoignit le spectacle de Ma Rainey et à 20 ans elle jouait dans les théâtres du nord-est des États-Unis gérés par la TOBA (Theatre Owners Booking Association), que Ma Rainey surnommait *Tough On Black Ass* pour les installations techniques précaires, les horaires abusifs et les maigres salaires qu'ils offraient à leurs artistes, où on refusait souvent de la programmer parce qu'elle était « trop noire » pour les audiences blanches. Bessie était également « trop brutale » pour de nombreux labels discographiques avec lesquels elle tenta de publier ses chansons.

Pas pour Columbia Records qui, après avoir connu un grand succès avec Mamie Smith, la première femme noire à enregistrer un Blues (75 000 disques écoulés pour *Crazy Blues* en 1920), publia Bessie Smith avec *Down Hearted Blues* en 1923. Alberta Hunter avait écrit et enregistré le morceau trois ans plus tôt et la version de Bessie se vendit à plus de 780 000 exemplaires en six mois. Ce succès permit à Columbia d'échapper à la faillite et à Bessie de sortir Ma Rainey de prison.

Ces disques de Blues qui assurèrent la prospérité des labels (gérés par et appartenant à des hommes blancs) étaient vendus avec l'étiquette « Race Records » collée sur la pochette. Les chansons de Mamie Smith, Bessie Smith ou Ma Rainey généraient d'énormes profits pour des entreprises qui perpétuaient la ségrégation raciale dans l'industrie musicale : différentes de la musique blanche, destinées uniquement au public noir, chansons de seconde catégorie.

La chanteuse blanche Sophie Tucker, bien qu'artiste de Vaudeville (genre méprisé par la bourgeoisie blanche pour son contenu fortement sexuel), avait commencé à publier ses chansons dès 1911, soit presque une décennie avant les chanteuses de Blues. Tucker – qui avait débuté sa carrière dans le circuit des *minstrels shows* blancs, spectacles fondés sur le recours au black face – fut une des premières représentantes du Jazz en Europe. Elle joua devant la royauté britannique en 1926 et la réédition de son *Some of These Days* est restée numéro 1 des listes de vente pendant cinq semaines, s'écoulant à plus d'un million d'exemplaires. Ce n'est pas qu'elle fut meilleure ou pire que Bessie Smith, Ma Rainey ou Alberta Hunter. Juive d'origine russe ukrainienne, elle avait migré à Boston à la fin du XIXe siècle et elle chantait sur sa forte corpulence avec la même audace débarrassée de honte (*I Don't Want to Get Thin* ou *Nobody Loves a Fat Girl, but Oh How a Fat Girl Can Love*) qu'elle abordait le sexe et la sexualité féminine. Son *My Yiddishe Momme* fut censuré et interdit sous l'Allemagne nazie. Elle épousa trois hommes qui ne supportèrent pas qu'elle gagne plus d'argent qu'eux, abandonna son fils pour être chanteuse et fut caricaturée comme Sophie Turkey («Sophie la Dinde») pour sa prétendue laideur. Mais quand le Vaudeville passa de mode, elle fit carrière au cinéma, fut élue présidente de la Fédération des acteurs américains, eut sa propre émission de radio sur CBS à la fin des années 1930 et apparut fréquemment à la télévision nord-américaine. Une telle prouesse aurait été impossible si Sophie Tucker n'avait pas été blanche.

C'est dans ce contexte que Bessie Smith fut l'artiste qui vendit le plus de disques et la mieux payée de son époque. Pour devenir la plus grande chanteuse de Blues de tous les temps, Bessie comprit que les avancées technologiques transformaient la façon de chanter. Plutôt qu'élever la voix avec suffisamment de force pour que les systèmes d'enregistrement analogique la captent, les studios d'enregistrement des villes du Nord se dotèrent de microphones qui captaient des nuances telles qu'il devenait possible de varier l'intensité du chant, de susurrer ou d'adoucir certaines phrases.

Bessie donna à ce chant du Sud appelé «*shouting and moaning*» un son plus sophistiqué et plus souple. Elle comprit par ailleurs que les problématiques de violences subies par une femme afro-descendante dans une grande ville n'étaient pas exactement les mêmes qu'au Sud des États-Unis. Intégrant ces expériences dans ses chansons, Bessie transforma substantiellement la thématique du Blues.

Dans Harlem, à New York, elle a fait partie du "THE NEW NEGRO MOVEMENT" plus connu sous le nom de **« HARLEM RENAISSANCE »** (écrivains, intellectuels, musiciens et artistes afro-américains qui créèrent et autopublièrent leurs œuvres pour la dignité du peuple noir, contre les lois ségrégationnistes et les thèmes racistes incrustés dans la société états-unienne, et qui posèrent les bases de la lutte pour les droits civiques des années 1950 et 1960).

Tous les récits de l'époque mettent l'accent sur son caractère extrême. Même Ma Rainey l'avait virée de son train en 1912 pour son entêtement à refuser les règles établies. Bessie Smith mettait autant de liberté dans sa musique que dans sa vie. On pourrait dire aujourd'hui qu'elle fut la première diva de la musique populaire. Une chanteuse à succès qui n'eut jamais honte ni de ses triomphes ni de son pouvoir. Parée de longues robes scintillantes, de manteaux de fourrure, coiffée de plumes et de perles, elle était capable de se battre à coups de poing avec le premier homme qui la prenait de haut. Comme ce fut le cas en 1925, alors qu'elle venait de jouer devant une salle comble dans son Chattanooga natal et qu'un type vint la déranger dans la cuisine où elle fêtait son succès avec ses amies. Bessie lui sauta dessus et lui mit une belle raclée, avant qu'il revienne la poignarder, plus tard dans la nuit. Bessie s'arracha elle-même le couteau des côtes et, huit heures plus tard, elle remontait sur scène pour donner un autre concert. On raconte aussi qu'elle était toujours partante pour une bonne virée, qu'elle ne perdait jamais une occasion de se saouler, et qu'elle refusa de se marier au nom de sa liberté et de son amour-propre. On dit encore qu'une nuit de 1927, elle fit sortir le fameux Ku Klux Klan de son concert à Concord, en Caroline du Nord, et qu'elle se vengeait sans pitié des infidélités de ses amants. Chantant le sexe et le plaisir, Bessie Smith a construit un des répertoires musicaux les plus fiers et libertaires.

NEED A LITTLE
SUGAR
IN MY BOWL

· JULIO ·
1927
– CONCORD –
NORTH CAROLINA

I AIN'T NO HIGH YELLA
I'M A
DEEP
KILLER
BROWN

END ME TO THE 'LECTRIC CHAIR
NO SYMPATHY
SEND ME TO THE 'LECTRIC CHAIR
A NEW WAY OF LOVIN'
THRILL ME NIGHT AND DAY
DADDY, MAMA'S GOT THE BLUES 'CAUSE YOU MISTREATED ME AND DROVE ME FROM YOUR DOOR
DADDY, YOU AIN'T HEAR THE NEWS: THERE'S ANOTHER PAPA IN YOUR SHOES
GEORGIA
UNDERGROUND
HUNT YOU
I'M AS MEAN AS CAN BE
I'M GON' DRINK GOOD MOONSHINE AND RUN THESE BROWN DOWN
A GOOD WOMAN
WHITE LIGHTNING
PLENTY MEN
NO TIME TO MARRY TO SETTLE DOWN
I'M A YOUNG WOMAN AND AIN'T DONE RUNNIN' AROUND
I'M AS GOOD AS ANY WOMAN IN YOUR TOWN
I AIN'T GONNA TO MARRY AIN'T GON' SETTLE DOWN
DON'T BOTHER ME
I'M LIKE THE BUTCHER RIGHT DOWN THE STREET
I CAN CUT YOU LIKE I WOULD
ALL TO PIECES OF MEAT

Au milieu des années 1920 apparaît la radio musicale – et les ventes de disques s'effondrent. Si tu peux t'acheter une radio, tu n'as plus à acheter chaque disque qui sort sur le marché pour écouter les derniers artistes.
Et, comme à chaque crise économique que traverse l'industrie musicale, les artistes sont les premiers affectés : les concerts se font plus rares et les contrats de moins en moins rémunérateurs. Dans le cas d'artistes comme Bessie Smith, cette précarisation s'accentue parce que les nouvelles stations de radio, appartenant à des hommes blancs, donnent la priorité aux chanteurs masculins blancs. Désormais, il faut six mois pour vendre ce que Bessie vendait en vingt-quatre heures. Toutes ces chanteuses de Blues grâce auxquelles l'industrie a décollé et sur le dos desquelles les directeurs se sont rempli les poches se voient obligées de retourner aux spectacles de Vaudeville ou au Cabaret.

Bessie tente sa chance dans les premiers spectacles musicaux de Broadway, mal payés et mal produits (comme *Pansy*, une production catastrophique qui lui attire des critiques calamiteuses) ou dans la très récente industrie cinématographique. Elle joue dans le film *St. Louis Blues*, unique archive de la chanteuse en live et un désastre pour sa carrière : le scénario repose sur des stéréotypes racistes qui contredisent radicalement les revendications du Blues et celles de Bessie.

Puis arrive 1929 et Wall Street s'effondre. Les théâtres ferment les uns après les autres, la TOBA fait faillite et disparaît, Columbia Records, après une décennie de collaboration, de profits exceptionnels et de grands succès, ne renouvelle pas le contrat de Bessie Smith.
En 1933, Okeh Records lui offre un nouveau contrat et Bessie retourne en studio. En 1937, après un concert à Memphis (Tennessee), elle prend sa voiture et fonce vers Clarcksdale (Mississippi), où elle joue le soir suivant. En pleine nuit et au milieu de nulle part dans le sud des États-Unis, son véhicule percute un camion arrêté sur la route 61.

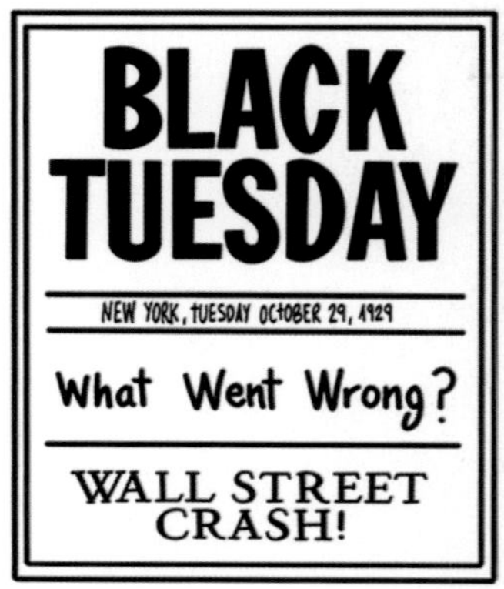

Les versions de ce qui s'est passé après l'accident varient – certains racontent que quelqu'un l'aurait conduite à un hôpital où on refusa de la soigner parce qu'elle était noire, d'autres disent que l'ambulance qui vint la chercher sur les lieux de la catastrophe choisit d'embarquer d'abord la femme de l'autre véhicule, car elle était blanche. Ce qui ne varie pas d'une version à l'autre, en revanche, c'est que Bessie est morte dans la matinée du 26 septembre 1937 à l'hôpital afro-américain de Clarksdale. Il parut dans la presse davantage de papiers sur sa mort et les mystères ou les négligences qui l'entourèrent que durant les sept dernières années de sa vie et de sa carrière musicale. Les droits de toutes ses chansons appartenaient pour toujours aux labels qui l'avaient produite. Les rééditions de ses chansons après sa mort générèrent plus de profit que tout ce que Bessie avait gagné de son vivant. Sur la tombe de la chanteuse qui avait été la mieux payée de son époque, celle qui enregistra et vendit le plus de disques, celle qui avait bouleversé le Blues et l'histoire de la musique populaire, nul n'eut la dignité de poser une pierre avec son nom. Trente années s'écoulèrent avant que Juanita Green, qui nettoyait la cuisine de Bessie de son vivant, et une admiratrice du nom de Janis Joplin honorent la sépulture de la…

EMPRESS OF THE BLUES

en y faisant installer une pierre tombale.

Bessie Smith a enregistré ses quatre dernières chansons dans les studios de Okeh et Columbia Records le 24 novembre 1933.

Trois jours plus tard, Billie Holiday entrait dans les mêmes locaux pour enregistrer, avec le même micro, ses premières chansons.

Dans le documentaire *Billie* réalisé par James Erskine, le chanteur Tony Bennett se demande pourquoi toutes les grandes chanteuses finissent par se briser. « Quand elles parviennent au sommet, quelque chose de tragique arrive. J'aimerais comprendre pourquoi. »

On peut parler pour **Billie Holiday** d'une distorsion entre l'image projetée par l'histoire qu'on raconte à son propos et celle qu'on entend quand on écoute sa propre voix. Entre la femme du Jazz Lady Day et cette autre femme que ses musiciens surnomment « Monsieur Billie Holiday » parce qu'elle se conduisait comme « un homme parmi les hommes ». Elle buvait, fumait, faisait la fête, jurait comme un charretier et draguait, selon les soirs, aussi bien les jeunes filles que les jeunes garçons. Il y a ce décalage entre la femme souffrante et victime d'elle-même et de ses excès, et cette autre crachant au visage du directeur de théâtre qui lui demandait d'obscurcir sa peau en la maquillant parce qu'il ne la trouvait pas « assez noire » (mais pas non plus assez blanche). Entre le gardénia blanc dans les cheveux et la voix de bar, de tabac et de whisky. Entre les deux, au milieu, cachée et effacée, il y a probablement, quelque part, Billie Holiday.

Qui elle était *réellement*, je n'en ai pas la moindre idée. Je peux essayer de comprendre sa naissance dans un bidonville, sa faim, son viol, son rapport à un proxénète violent ou à des maris tout aussi, voire plus, violents. Mais il n'y a pas un millimètre de ma peau blanche d'Européenne née dans les années 1980 capable d'imaginer ce que représentait être une femme noire dans les États-Unis des années 1930, 40 et 50. Ne pas savoir combien de jours passeront avant de trouver un restaurant qui accepte de te faire à manger pendant une tournée, combien de jours avant de trouver un hôtel où tu pourras dormir ou des toilettes publiques pour pisser ou chier. Ne pas pouvoir entrer par la porte principale du théâtre où tu te produis parce que cette porte est réservée aux Blancs qui payent pour te voir.
Ce que je sais c'est qu'il y a cette distorsion entre ce qui s'est écrit sur la « meilleure chanteuse de Jazz de tous les temps » et ce que les gens qui l'entouraient racontent. Et la Billie Holiday que j'entends quand j'écoute sa voix me paraît bien plus proche de la deuxième que de la première.
Mary « Pony » Kane, amie d'enfance de la chanteuse, dit que quand elle était petite Eleonora Flagan n'arrêtait pas de dire des gros mots.

MOTHERFUCKER COCKSUCKER YOU SUCK MY ASS MOTHERFUCKER

Le contrebassiste John Simmons raconte qu'un soir elle lui a demandé de l'attendre à la sortie d'un de ses concerts parce qu'elle avait envie de rentrer avec lui. Il l'a attendue, heureux de sa chance, et son sourire s'est effacé lorsqu'il l'a vue s'en aller au bras d'une femme. Mais la nuit suivante, elle s'est occupée de lui. Et la nuit d'après, elle est allée voir les putes.
Ce même Simmons dit que tout le monde savait qu'elle avait une liaison avec l'actrice Tallulah Bankhead, qui demanda qu'on brûle sa correspondance afin que cela reste secret.
Jimmy Rowles, un autre pianiste avec qui Billie jouait, affirme qu'il était impensable de parler de Lady Day sans évoquer sa vie sexuelle « inséparable de qui elle était et de ce qu'elle faisait ». Rowles ajoute que Billie chantait avec le bas-ventre et que le bas-ventre (qu'on pourrait aussi appeler sa chatte) de Billie était « probablement le meilleur bas-ventre du monde ». Billie voulait chanter « comme Louis Armstrong joue de la trompette ». Et ce faisant elle est devenue, dit-on, la chanteuse la plus innovante de toute sa génération. Celle qui a travaillé avec les meilleurs musiciens, qui a vendu le plus de disques et qui a gagné le plus d'argent de son temps.

the wrong place for the right people

Jusqu'à ce qu'elle chante *Strange Fruit* au **CAFE SOCIETY** (le premier club racialement mixte des États-Unis), en 1939. Tant qu'elles parlaient d'amour, loin des questions sociales et raciales, ses chansons avaient été consacrées « œuvres universelles » par la critique musicale blanche ; la classe blanche cosmopolite pouvait profiter de sa musique sans avoir à se confronter à la réalité d'un pays ségrégationniste, profondément raciste, où l'on voyait apparaître les premières photos de lynchage d'individus noirs dans le Sud. Ceci était le pacte de silence auquel le suprémacisme blanc dans l'industrie, les médias ou le public soumettait les artistes noirs : ton succès commercial contre l'absence de conscience sociale dans tes chansons. Ne perce pas notre misère à jour, garde la bouche fermée. Et Monsieur Billie Holiday l'a ouverte, et comment. Angela Davis démontre qu'avec la crudité et l'efficacité vigoureuse de *Strange Fruit*, Billie a rompu avec la tradition de dénonciation sociale du Blues basée sur l'usage d'un langage codifié et qu'elle a mis « la résistance et la lutte au centre de la culture musicale noire, transformant la dimension politique de la culture populaire américaine ».

Malgré la pression de son label, Billie refuse de ne plus chanter *Strange Fruit* dans ses concerts. Son manager appelle la police afin qu'elle l'arrête « pour son propre bien, pour la sauver ». Les agents des stups, raid après raid, ne trouvent rien qui justifie son incarcération. Commencent alors huit années de persécution et de surveillance, de jour comme de nuit, jusqu'à ce qu'en 1947 on trouve trop de grammes d'héroïne dans la Cadillac de Billie Holiday.

À sa sortie de prison, un an plus tard, son nouveau manager est un indicateur de la police. Dans le documentaire *Billie*, les agents des stups racontent que, compte tenu de la publicité que leur avait apportée sa première arrestation, la faire tomber encore une fois serait bénéfique pour la réputation de la police. « Billie menait une vie pleine d'excès. Ses visons, ses voitures de luxe, ses bijoux et ses diamants… elle jouait le jeu des grandes dames. »
Et jouer à la grande dame, elle n'aurait pas dû. Cette femme noire qui possédait tout ce qu'une femme noire ne devait pas posséder (succès, gloire, amantes, fêtes, sexe, drogue, argent, manteau de fourrure, diamants, Cadillac) avait en plus le culot de chanter durant ses concerts l'histoire sanglante de l'Amérique blanche.

« Nous sommes venus nous divertir et nous ne nous trouvons pas cela divertissant », disaient les Blancs qui quittaient la salle de concert quand Billie entonnait les premières phrases de *Strange Fruit*. Cette Amérique blanche construite sur le même colonialisme que celui de notre Occident blanc contemporain, et qui continue à exiger le même pacte de silence des artistes non blancs : du divertissement, sans inconfort. Ainsi, pour continuer à voir Billie Holiday comme la meilleure chanteuse de jazz de tous les temps, nous avons besoin de recourir à cette narration qui fait d'elle une victime d'elle-même, et de ses excès. De fait, pour qu'elle puisse être à la fois la diva élégante et sophistiquée que nous, Blancs, aimons tant et cette femme noire qui se comportait comme un homme venu des mauvais quartiers, Billie Holiday se doit de souffrir d'un genre de psychopathologie.

Quand ils l'arrêtent une nouvelle fois pour possession de drogue, plutôt qu'en prison on l'enferme dans un asile psychiatrique : elle est diagnostiquée psychopathe. Le médecin estime que son problème n'est pas l'addiction, mais son impulsivité. Son comportement imprévisible.

Après le psychiatrique arrive un troisième manager (et mari) qui contrôle ses contrats, son argent, son autonomie physique. Il l'enferme dans une chambre, il lui interdit de manger ce dont elle a envie et la bat constamment. Un défilé de figures masculines corrosives et parasites se succède dans la vie de Billie. Le violeur, le proxénète, le mari, le manager, le journaliste, le policier, le juge, le gardien de prison, le psychiatre. En 1959, dix jours avant de recevoir les papiers de son divorce, Billie Holiday meurt d'une crise cardiaque, menottée à un lit d'hôpital avec un policier de chaque côté du lit attendant qu'elle se remette sur pied pour l'arrêter. Tous les droits de l'œuvre de la plus grande interprète de Jazz de tous les temps resteront propriété de son dernier mari. La chanteuse qui a rempli le plus de salles, qui a battu tous les records de ventes de disques et qui a gagné le plus d'argent parmi tous les artistes de son époque est morte avec 750 dollars sur son compte bancaire personnel.

Ça, c'est la distorsion entre l'histoire qu'on raconte sur Billie Holiday et celle qu'on entend quand on écoute sa voix. C'est le moment où l'industrie du disque apprend à utiliser la presse et les institutions (police, psychiatrie, justice) pour imposer les règles du jeu du siècle à venir : si elles refusent de se conformer strictement à ce que l'on attend d'elles – être des belles femmes qui chantent des belles chansons et qui sont aimables et dociles en public–, si elles sont trop politiques, trop insoumises, trop complexes, elles seront déclarées folles, irresponsables et éliminées.
Billie Holiday, Nina Simone, Whitney Houston, Amy Winehouse ou Britney Spears.
Ce qui est tragique n'est pas qu'elles se brisent au sommet de leur carrière mais que le système patriarcal et colonial ait compris aussi tôt comment limiter leur puissance.

ELEANORA FAGAN
MISTER
BILLIE
BILL
HOLIDAY
LADY
DAY
APRIL 7, 1915
PHILADELPHIA
JULY 17, 1959
NEW YORK CITY
DON'T
EXPLAIN
TALLULAH BANKHEAD
T'AIN'T NOBODY'S
BIZNESS
IF I DO
CHIQUITA
PEPE

DÉSERTEUSES

En 1953, **Eartha Kitt** joue depuis dix ans à Broadway. Cela explique peut-être que son premier single semble davantage composé pour un spectacle musical que pour se classer en haut de la liste des meilleures ventes. Dans cette chanson, la jeune femme qui déclare « I Want to Be Evil » est fatiguée d'être une gentille fille. Elle n'est jamais allée dans un bar, n'a jamais bu de bière, n'a pas essayé les drogues et personne ne l'a jamais embrassée. Mais désormais, elle est résolue à devenir ce qu'elle est au fond : une mauvaise fille. Perverse, elle veut tromper son fiancé, Jack. Elle veut être indécente, cruelle, téméraire et terrifiante. Mentir et être aussi mesquine que possible. Elle veut boire de l'alcool et tout perdre.

BE BAD

BE NASTY

I WANT TO BE EVIL !!

Mais elle ne perd rien du tout et la chanson lance sa carrière de chanteuse pour plus de cinquante ans – qu'elle combinera avec le théâtre, le cinéma et la télé. Elle est une interprète extraordinaire aussi bien sur scène que devant les caméras, et elle se distingue régulièrement en disant publiquement ce qu'elle pense. En 1967 elle joue la mythique Catwoman dans la série *Batman*, ce qui fait d'elle une des rares femmes afro-américaines interprétant un rôle important à la télévision en prime time. Peu après, la première Dame Lady Bird Johnson organise un dîner « de femmes » à la Maison Blanche pour aborder les problèmes de délinquance juvénile dans les rues des États-Unis. Eartha – qui deux années plus tôt avait fondé la Kittsville Youth Foundation, pour venir en aide aux jeunes en situation précaire à Los Angeles, en lien avec d'autres organisations du même ordre, comme *Rebels With a Cause* à Washington D.C. – est l'une des invitées de la soirée.
Pendant le discours d'ouverture du président Lyndon B. Johnson, Eartha, qui était assise à côté du pupitre, s'est levée et l'a interrompu pour lui demander comment il pensait aider les parents qui ne pouvaient pas s'occuper de leurs enfants en raison de leurs journées de travail aussi longues que peu rémunérées.

Mal à l'aise, le président répondit, en évitant le regard direct d'Eartha, qu'il avait consacré beaucoup, beaucoup de millions de dollars à cette cause et qu'il espérait que lors de ce dîner les femmes trouveraient de nouvelles solutions. Il quitta la salle et Eartha resta assise à fumer clope sur clope, en attendant son tour de monter au pupitre.

« Les enfants d'Amérique ne se rebellent pas sans raison. Ils ne deviennent pas hippies sans raison. Nous n'avons pas ce qui se passe sur Sunset Boulevard sans raison. Ils se rebellent contre quelque chose. Il y a tant de choses qui blessent les habitants de ce pays, particulièrement les mères. Elles ont l'impression qu'elles vont élever leurs enfants, je sais de quoi je parle et je sais aussi que vous-même avez des enfants, madame Johnson. Nous élevons nos enfants et nous les envoyons à la guerre. Vous envoyez ce que ce pays a de meilleur se faire fusiller ou mutiler. Il n'y a rien d'étonnant à ce que les enfants se rebellent et qu'ils fument de la marijuana. »

Quelques jours plus tard, ses agents résilient ses contrats. Pendant dix ans, plus aucun producteur ni promoteur n'offrira de travail à Eartha Kitt.

En 1975, le *New York Times* contacte Eartha. Le journal lui demande son autorisation pour publier le dossier bidon que la CIA avait monté la concernant après l'incident de la Maison Blanche. Tout ce qu'elle avait fait, dit, chanté ou interprété au long de sa carrière et qui avait trait à la sexualité avait été utilisé contre elle pour détruire son image. Dans ce dossier, Eartha Kitt était présentée comme une femme perverse et cruelle. Diabolique. Une personne indécente, mesquine, menteuse, manipulatrice. Ou, pour reprendre les mots de la CIA, « une nymphomane sadique ».

CATWOMAN VS. THE UNITED STATES OF AMERICA

Heureusement, Eartha avait conquis quelques années plus tôt le public européen avec des chansons comme *C'est si bon* ou *Je cherche un homme*, et elle s'était attiré la sympathie de la communauté gay en rassemblant des fonds pour la lutte contre le sida et en s'exprimant pour le droit au mariage pour tous. Ces deux audiences lui permirent de poursuivre sa carrière en Europe jusqu'à sa mort, en 2008.

hound hound hound dog

La décennie de 1950 est considérée comme celle de l'avènement du Rock'n'roll, mais elle est aussi, et en fait surtout, le moment où l'industrie discographique a compris comment faire pousser les billets de banque sur les arbres… On peut dire que le Rock'n'roll est la version blanche du Rhythm'n'blues. Et que celle-ci est l'équivalent des « Race Records », l'étiquette avec laquelle l'industrie persiste à perpétuer la différence entre musique blanche et musique noire. Nous savons aussi que les premières vedettes blanches du Rock'n'roll doivent tout aux pionniers noirs du Rhythm'n'blues. Quelques artistes, parmi ces derniers, ont été reconnus et respectés. Une poignée d'entre eux a même été admise dans le Rock'n'roll Hall of Fame. Mais rares sont ceux qui ont profité du même confort économique que leurs équivalents blancs. Alors qu'ils avaient été les fondateurs d'un des styles de musique le plus rentable du siècle.

BIG MAMA THORNTON

compose, enregistre et publie *Hound Dog* en 1952. Une des «500 chansons qui ont façonné le Rock'n'Roll» selon *Rolling Stone*, le Rock and Roll Hall of Fame et n'importe quelle autre institution du même genre.

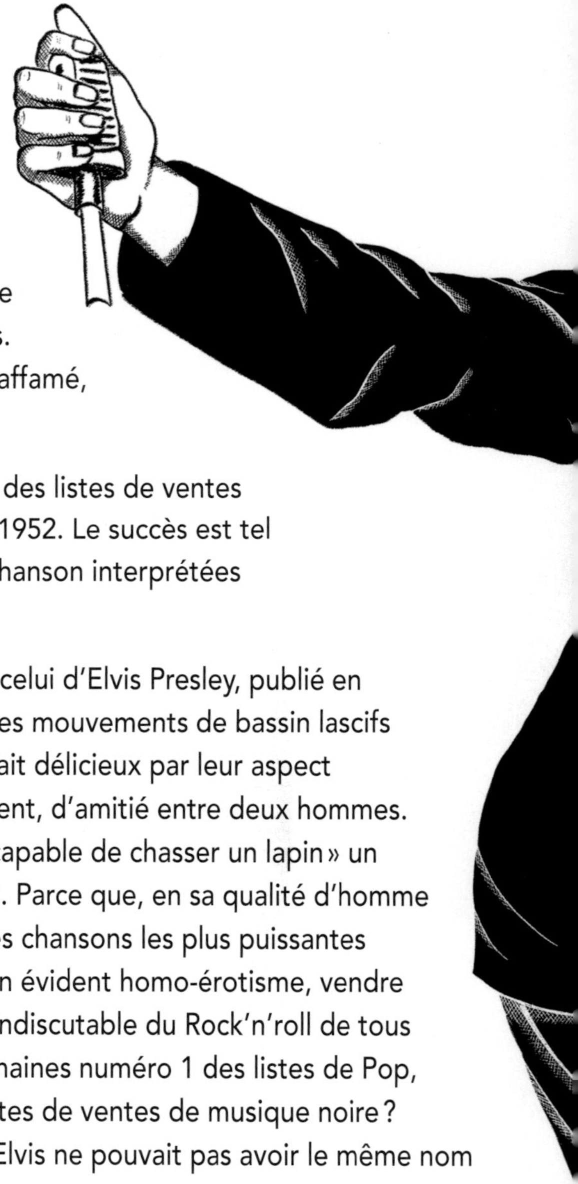

Une chanson qui synthétise tout l'héritage des chanteuses de Blues. *Hound Dog* parle de sexe, de satisfaction et de frustration sexuelles, d'infidélité, de promiscuité, d'autonomie, de liberté et de ce que Big Mama Thornton, une femme afro-américaine, exige de ses relations sexo-affectives. Si un homme remue de la queue partout où il va tel un chien affamé, elle n'a pas l'intention de continuer à le nourrir.

Avec cette chanson Big Mama reste sept semaines numéro 1 des listes de ventes de Rhythm'n'blues et vend presque un million de disques en 1952. Le succès est tel qu'en seulement trois ans sortent plus de dix versions de la chanson interprétées par divers chanteurs et musiciens.

Mais le *Hound Dog* le plus connu de tous les *Hound Dog* est celui d'Elvis Presley, publié en 1956. Si on retire de l'interprétation du « roi du Rock'n'roll » ses mouvements de bassin lascifs (qu'on n'avait jamais vus à la télévision et à mon sens tout à fait délicieux par leur aspect clairement efféminé), il reste une chanson qui parle, bizarrement, d'amitié entre deux hommes. Pourquoi Elvis ajoute-t-il à une chanson évoquant un ami « incapable de chasser un lapin » un coup de pelvis à la dimension aussi sexuelle ? Parce qu'il peut. Parce que, en sa qualité d'homme blanc hétérosexuel, il peut déformer le sens original d'une des chansons les plus puissantes jamais écrites sur le pouvoir sexuel féminin, et en dépit de son évident homo-érotisme, vendre plus de dix millions de disques, se proclamer roi suprême et indiscutable du Rock'n'roll de tous les temps et pour tous les temps – Amen – et rester onze semaines numéro 1 des listes de Pop, Country et Rhythm'n'blues. Un chanteur blanc en haut des listes de ventes de musique noire ? Y a pas moyen ! Ainsi naît le terme Rock'n'roll. La musique d'Elvis ne pouvait pas avoir le même nom que celle de Big Mama. Et de fait, ça n'était pas la même chose.

Elvis a gagné 

millions de dollars avec *Hound Dog*.

Pour avoir composé une des meilleures chansons de l'histoire, une des chansons déterminantes dans la transfusion sanguine dont le Rock blanc avait besoin pour exister, l'industrie a rémunéré Big Mama Thornton

M-I-S-É-R-A-B-L-E-S dollars.

Beaucoup prétendent que Big Mama a préféré rester fidèle à sa musique plutôt que se vendre à l'industrie et à ses bénéfices. Si on accepte cette explication délirante, on comprendra peut-être pourquoi en 2023 Big Mama Thornton n'a toujours pas été admise dans le Rock and Roll Hall of Fame. Ou pourquoi elle a été systématiquement effacée des livres consacrés à Elvis Presley ou à la naissance du Rock'n'roll (et ces livres sont si nombreux qu'ils rempliraient à eux seuls une bibliothèque). Il faudra être sacrément dans le déni pour croire que la mort en 1984, à seulement 57 ans et sans un centime, de la grande Mama, matrice du Rock, n'a rien à voir avec le racisme et le sexisme inhérents à l'industrie musicale, à la presse et à la société.

Los Angeles, 1938.

Une voiture dont les freins ont lâché tourne en rond sur le parking d'un hôpital. Dans cette voiture, une enfant de 14 ans est en train d'accoucher. Quand le véhicule s'arrête enfin, elle a mis au monde une autre enfant,

Jamesetta Hawkins.

« J'ai deux mères, deux enfances, vécues dans deux villes différentes. Peut-être que ça explique que je sois devenue deux personnes différentes. La première était

Jamesetta. »

Jamesetta grandit entre la messe du dimanche dans la maison de ses oncles à Sacramento où elle chante le Gospel à l'église et les nuits de fête dans la maison de sa mère à Los Angeles où elle écoute, chante et danse sur Billie Holiday. Jamesetta a 14 ans lorsqu'elle devient

ETTA JAMES

Deux ans plus tard, en 1954, elle sort sa première chanson *The Wallflower* – dont le titre original est

Roll With Me, Henry.

Pour ses premiers pas discographiques, Etta choisit de changer les paroles du méga succès de Hank Ballard & The Midnighters, *Work With Me, Annie*, afin de répondre à son sexisme. Mais le staff de Modern Records juge trop risqué de publier le premier single d'une nouvelle chanteuse avec un titre aussi explicitement

sexuel.

ROLL = BAISER

The Wallflower se classe directement numéro 1 dans les listes de R&B, mais est censuré (comme l'originale de Ballard) sur les radios et les listes de ventes de musique blanche. La version qui ne sera pas mise à l'index est celle de la chanteuse blanche Georgia Gibbs, qui enregistre une reprise du morceau, *Dance With Me, Henry*, en éliminant tout contenu sexuel explicite des paroles.

Le disque de Gibbs se vend à plus de 4 millions d'exemplaires. Des bénéfices économiques générés, Etta James ne verra pas un centime. Bien qu'elle ait écrit les paroles de l'original, tous les droits appartenaient au label puisque Etta était mineure au moment de l'enregistrement. Et comme elle était mineure, elle n'a rien pu faire sur le plan légal pour les récupérer. À 16 ans, Etta modifie la dynamique des chanteuses dans l'industrie musicale. Au lieu de s'adresser à d'autres femmes pour aborder les problèmes qu'elles rencontrent dans leurs relations, Etta répond avec morgue et humour aux hommes qui méprisent les femmes en utilisant leurs propres chansons. Quelques mois plus tard, Muddy Waters publie *Mannish Boy* où il affirme être un homme né pour aimer, provocateur et sexy. Aucune femme ne peut lui résister, ni à son cousin. Il chante qu'ils peuvent faire jouir une femme en cinq minutes comme seul un homme, un vrai sait le faire.

Comment ne pas répondre à pareille pédanterie pathétique ?

I'M A W-O-M-A-N
A
W-O-M-A-N

Nous sommes en 1955 et, en dépit de sa voix et de ses prestations scéniques remarquables, la jeune Etta James attendra 1960 pour sortir son premier album. Entre-temps, elle tourne avec Little Richards, chante avec B. B. King ou Elvis Presley et profite de ce laps de temps pour inventer le look qui définira les années 1960 des deux côtés de l'Atlantique. S'inspirant des prostituées et des drag-queens avec qui elle a l'habitude de faire la fête, elle donne un air de madame à toutes les madames des bas quartiers, elle se décolore les cheveux à l'eau oxygénée, les rassemble en un chignon sophistiqué, s'allonge les cils au charbon noir et maquille ses lèvres d'un rouge pute cinglant.

Quand elle sort enfin son premier disque avec Chess Records, elle ne peut que l'appeler **ENFIN !**

Ce premier album est aujourd'hui considéré comme l'un des meilleurs de tous les temps, il contient des classiques du Blues, du Jazz, du Rock et même de la Pop comme A SUNDAY KIND OF LOVE I JUST WANT TO MAKE LOVE TO YOU, ALL I CAN DO IS CRY, STORMY WEATHER AT LAST qui donne son nom au disque, est l'une des chansons les plus reprises de l'histoire (de Stevie Wonder à Christina Aguilera en passant par Cyndi Lauper, Céline Dion ou Beyoncé).

Etta traverse les années 1960 en brûlant la chandelle par les deux bouts, entre dealers et hommes violents, souvent accompagnée d'amies putes et de drag-queens, sortant un classique après l'autre : SEVEN DAY FOOL, SOMETHING'S GOT A HOLD ON ME SPOONFUL, ou le très résolu TELL MAMA qui ouvre les vannes du Rock en glorifiant une sexualité plus ludique et vigoureuse que celle de n'importe quel homme de l'époque. Janis Joplin en fera une version psychédélique lorsque la contre-culture hippie sera à son apogée. Mais dans cette révolution, Etta James – comme tant d'autres chanteuses noires – n'a jamais trouvé sa place.
Dans les années 1970, Etta se contente de survivre. À la rue, à l'héroïne, aux centres de désintoxication où elle consent à être envoyée régulièrement afin d'éviter de faire de la prison pour détention de drogue.

Quand arrive le temps des festivals de revival Blues dans les années 1980, Etta est consacrée comme l'une des meilleures chanteuses de tous les temps. On dit alors qu'elle est la seule chanteuse capable de chanter comme un homme. Et moi je dis que les hommes du Rock'n'roll ont tous essayé de chanter comme Etta James, mais qu'aucun d'entre eux ne lui arrivait à la cheville.

WANDA JACKSON sort vingt singles entre 1954 et 1958. Sur le premier, *You Can't Have My Love*, elle déclare à un homme qui la courtise que peu importe combien de voitures, de chauffeurs, de vêtements de marque et d'argent il peut bien avoir, il n'aura jamais son amour. Dans *Hot Dog! That Made Him Mad*, elle annonce à son fiancé qu'elle est sortie avec son meilleur ami pour qu'il n'aille pas s'imaginer qu'elle est seulement et entièrement à lui. Ça a marché : il n'arrête plus de l'embrasser pour éviter qu'elle recommence.

Dans une interview de 1959, Wanda explique :

« Vous pouvez penser à moi
comme à une chanteuse de Country
et de Western. Je chante du Rockabilly
parce qu'on dirait que c'est
ce qui plaît aux gens. »

Ça ne plaît pourtant pas tant que ça, puisque ses vingt premières chansons sont plus ou moins des échecs commerciaux aux États-Unis. Malgré sa voix exceptionnelle, brute et rauque, parfaite pour interpréter les standards Rock'n'roll ou Rockabilly de l'époque, et en dépit de son énergie phénoménale qui n'a rien à envier aux déhanchements lascifs d'Elvis Presley, seuls deux de ces vingt titres entrent dans le classement des meilleures ventes, sans jamais atteindre la première place.

À la fin des années 1940, les États-Unis étaient la première puissance mondiale. Cette position était due en partie au rôle décisif qu'ils jouèrent dans la défaite de l'Allemagne nazie, du royaume d'Italie et de l'empire du Japon et aux bombardements nucléaires de Hiroshima et Nagasaki en août 1945, qui mirent fin à la Seconde Guerre mondiale. Le territoire Japonais fut occupé jusqu'en 1952.

Devant une telle démonstration de force, les pays alliés ne savaient plus très bien s'ils devaient craindre les États-Unis, entrer en compétition avec eux et tenter de les dépasser, ou les admirer dans un état de délire quasi hypnotique. Dans beaucoup de pays européens, nous avons désiré anxieusement consommer « des choses américaines » et nous étions subjugués par les publicités, les icônes de la télévision et du cinéma, la musique américaines. Les bouteilles en verre de Coca-Cola nous séduisaient autant qu'Elvis Presley. Et nos artistes savaient qu'ils avaient réellement triomphé quand ils pénétraient le marché nord-américain. Cela reste vrai aujourd'hui. La culture a toujours joué un rôle-clef dans la capacité impérialiste des États-Unis. La musique Country et le Rock'n'roll, interprétés par des chanteurs masculins blancs, en tant qu'exemples de la musique populaire blanche nord-américaine, ont été des outils d'une importance capitale dans la construction et l'exportation du mythe du rêve américain dans les années 1950.

Les femmes blanches qui avaient accédé au marché du travail avec le départ des hommes pour la guerre furent reconduites telles des brebis au foyer lorsque les héros nationaux revinrent au pays. La télévision, la publicité, la presse, le cinéma et la musique que nous admirions et désirions tant en Europe, s'est occupée de produire et de reproduire la féminité hégémonique du siècle à venir : des femmes blanches, souriantes, bourrées d'amphétamines pour rester minces, vêtues de jolies robes chastes qui couvrent les genoux, dont la seule mission est de s'occuper des enfants, d'attendre que le prince charmant rentre du travail pour lui servir sa petite bouteille de Coca bien fraîche et sortir les cupcakes au chocolat du four.
Les seules représentations de femmes (blanches) « indécentes » ou « sexy » (ce qui dans ce contexte revient au même) étaient peintes à l'avant des avions militaires via lesquels les États-Unis faisaient démonstration de leur phallique supériorité :

Oh! The American Dream

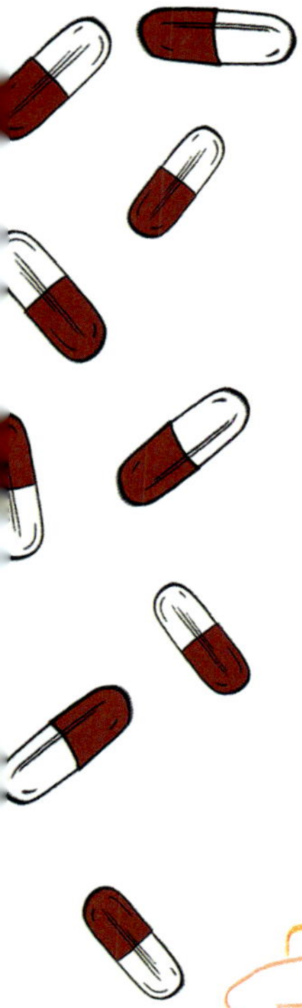

les pin-up à moitié nues qui portaient avec le même érotisme innocent un gâteau aux fraises ou un gros pistolet. L'Amérique du Nord avait deux obsessions simultanées : la répression de la sexualité féminine et la défense contre de possibles attaques militaires.

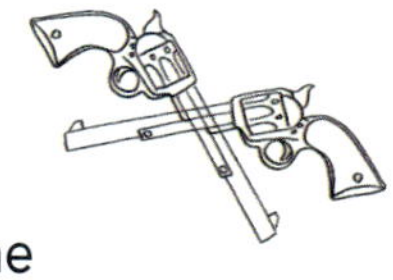

En 1951, l'American Social Hygiene Association publia un article affirmant que, en cas de bombardements,

> « les contagions de maladies vénériennes augmenteraient de 1 000 % car les standards moraux se relâcheraient et la promiscuité s'étendrait. »

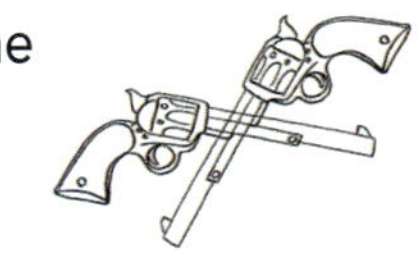

Cette relation entre le belliqueux et le sexuel établissait qu'une femme sexuelle (pin-up) était quelque chose de dangereux et de destructeur (bombe) qui devait être contenu, maîtrisé et effacé par le mantra répressif « famille, foyer, mariage, enfants ».

La musique blanche devint prolixe en chansons écrites et interprétées par des chanteurs hommes qui obéissaient à cette dynamique.

Et Wanda Jackson sortit l'une d'entre elles en 1957. Dans *Fujiyama Mama* elle compare le pouvoir de ses seins à celui des bombes atomiques de Hiroshima et Nagasaki.

Soit l'équipe marketing de Capitol Records était un désastre absolu, soit c'était un repaire de vieux messieurs avec beaucoup d'humour. Comment pensaient-ils imposer Wanda Jackson en tête des charts dans les États-Unis des années 1950 avec une chanson pareille ? Pourtant ce single est resté six mois numéro 1 au Japon – ce qui ne se produisit nulle part ailleurs que dans le pays qui avait été dévasté par les bombes en question. Une liste impressionnante de chanteuses japonaises la reprit, et Wanda partit pour une tournée triomphale.

De nombreux théoriciens et historiens de la musique attribuent ce succès inattendu à la méconnaissance de la langue anglaise dans la société japonaise de l'époque.

Mais le 45-tours fut également publié avec les paroles traduites en japonais cette même année 1958.
D'autres avancent que ce triomphe peut être attribué à son contenu féministe. *Fujiyama Mama* serait une des premières chansons dans lesquelles les associations de symboles comme les bombes phalliques, les bâtons de dynamite et les explosions éjaculatoires, quand elles sont chantées par une femme, la font échapper à la rhétorique de la femme victime, objet, séductrice diabolique, dominatrice ou bouc émissaire. Ce qui expliquerait pourquoi le titre n'eut aucun succès dans les États-Unis si puritains.

Si l'on fait abstraction du contexte politique des États-Unis et du Japon dans les années 1940 et 1950, on peut effectivement avancer que oui, *Fujiyama Mama* est bien l'une des premières chansons interprétée par une femme blanche représentant la sexualité féminine hors des normes réactionnaires de l'époque. Cette théorie est cependant problématique.

Seules deux musicologues ont relevé que l'extraordinaire succès de *Fujiyama Mama* a eu lieu, précisément, après que deux champignons nucléaires eurent détruit des régions entières et six années d'occupation militaire nord-américaine du territoire Japonais. La présence de milliers de soldats bouleversa profondément les dynamiques sociales, politiques et culturelles du pays. Dans *The Hidden Histories of Fujiyama Mama*, Leah Branstetter explique que, dès les premiers jours de l'occupation, le gouvernement japonais lança une mission afin de protéger la chasteté d'une majorité de femmes japonaises : si quelques-unes acceptaient de se prostituer dans les bordels (dans lesquels serait jouée de la musique blanche nord-américaine), les soldats yankees seraient satisfaits et laisseraient les autres tranquilles.

Le gouvernement des États-Unis lançait en même temps une vaste campagne de communication : les « geishas » étaient des femmes séductrices très dangereuses qui risquaient de tuer pendant qu'on couchait avec elles.

STAY AWAY FROM THE WOMEN OF JAPAN. ALL OF THEM.

Dans la nouvelle Constitution japonaise imposée par les États-Unis, il y avait quelques avantages pour les femmes, comme le droit de vote, mais elle les laissait sans aucun recours contre les abus et la violence des soldats américains. À peine un an plus tard (et ici on comprend d'où sortait le fameux article de l'American Social Hygiene Association en 1951), la transmission des maladies vénériennes augmenta de façon si spectaculaire que la prostitution fut interdite et les bordels devinrent des clubs de musique Country et Rock'n'roll. Beaucoup de Japonaises en situation de précarité, et souvent avec des enfants non reconnus à charge, continuèrent d'exercer illégalement la prostitution (seulement 39 % des plus de cinq mille bébés nés de pères américains pendant l'occupation furent reconnus. Pour enrayer les naissances d'enfants racialement mixtes, plus de huit mille femmes japonaises furent stérilisées entre 1950 et 1959.)

D'autres restèrent dans les bordels reconvertis en clubs musicaux en tant que serveuses, danseuses ou chanteuses de Country et de Rockabilly. Les chanteuses qui avaient le plus de succès et qui gagnaient le mieux leur vie étaient à peine adolescentes. Elles avaient grandi dans un pays où « l'image de prostituées avec des soldats était si répandue que jouer à la prostituée était devenu une activité commune pour les petites filles » (Dower, *Embracing Defeat*).

Voilà comment *Fujiyama Mama* fut un triomphe au Japon. Le cataclysme nucléaire et l'occupation militaire consécutive ont obligé une grande partie de la société japonaise à accueillir cette musique. Et la sexualité féminine évoquée dans la chanson correspondait en fait parfaitement à l'image coloniale que l'imaginaire américain avait construite : des femmes victimes, objets, séductrices diaboliques, dominatrices ou boucs émissaires.

Systématiquement, la sexualité féminine a été utilisée contre celle qui l'incarne. Le contenu sexuel de *Fujiyama Mama* et l'interprétation qu'en faisait Wanda Jackson furent, sans aucun doute, des facteurs déterminants de son échec commercial. Le titre qui connut le plus grand succès de toute sa discographie est *Right or Wrong* (1961), dont les paroles sont si rétrogrades qu'en comparaison *Fujiyama Mama* passe pour une chanson émancipatrice pour la femme blanche hétérosexuelle nord-américaine. Mais pour adhérer à cette idée, il faut accepter que cette libération reconduise les standards racistes sur lesquels s'est construit le féminisme blanc occidental hétérosexuel et bourgeois.

Dans une interview réalisée au Japon en 1969, Wanda Jackson disait de son tube que c'était une chanson sur une fille qui se compare à une bombe atomique.

« Mais, au final, c'est avant tout une bonne chanson de Rock'n'roll. »

Si l'on cherche une bonne chanson de Rock'n'roll interprétée par une des meilleures chanteuses blanches, on peut écouter son disque *The Party Ain't Over*, sorti en 2011. Ce « mais » de l'interview de 1969 est le « mais » dont Wanda s'est servie pour continuer à chanter *Fujiyama Mama* pendant toute sa carrière, sans changer un mot des paroles. Ce « mais » est la preuve que, bien que sa propre sexualité ait été opprimée, son privilège blanc lui a permis de perpétuer les pires stéréotypes racistes sur d'autres femmes racisées.

Que ce soit l'industrie, la radio ou la presse musicale (entités toutes entièrement aux mains d'hommes blancs jusqu'à la fin du XXe siècle), ou la musique blanche qu'ils produisirent (interprétée indifféremment par des hommes et des femmes), toute cette culture s'est construite aux dépens des corps non blancs.

C'est la raison pour laquelle les chanteuses blanches sont quasiment absentes de la première partie de ce livre – et qui rend plus précieux encore l'héritage que laissent les artistes noires de cette époque – car c'est dans ce contexte particulier, activement réactionnaire et extrêmement vigilant sur la décence féminine, qu'elles ont rendu possibles d'autres représentations, d'autres incarnations, d'autres musiques, d'autres mondes.

Cette année 1958 est également celle de la sortie de *Maybe* par The Chantels

The Chantels sont cinq étudiantes afro-américaines qui fréquentent une école religieuse du Bronx, à New York. Mais pas seulement. The Chantels est le premier groupe composé exclusivement de femmes à entrer dans le top des ventes de R&B et le premier groupe composé exclusivement de femmes noires à atteindre le Hot 100 du blanchissime *Billboard.* (Cette année-là, Tommy Edwards est le premier artiste noir avec un numéro 1 dans ce fameux Hot 100, avec *It's All in the Game.*)
Et *Maybe* est « possiblement le premier coup de tonnerre du son des *girls groups* ». Mais pas seulement.

En 1938, la Cour suprême des États-Unis avait aboli le travail des enfants. Cette décision donna l'opportunité à de nombreux jeunes de prolonger leur scolarité et, à la fin des années 1940, un nouveau terme apparut dans la société nord-américaine : *teenager*. Jusqu'alors utilisé en référence au caractère rebelle de certains jeunes, le mot désigna désormais cette nouvelle génération qui retardait l'entrée dans l'âge adulte (travail, famille, enfants) mais qui bénéficiait d'une certaine autonomie économique – ce qui la différenciait des enfants. La machine nord-américaine à produire et consommer fonctionnait à plein régime dans les années 1950 et les départements commerciaux de nombreuses entreprises décidèrent de faire des teenagers une cible privilégiée. Musique, films, livres, mode, journaux et même automobiles furent fabriqués et commercialisés spécifiquement pour ce nouveau groupe socio-économique de parfaits consommateurs. Les teenagers.

Maybe est la formule pop parfaite : une chanson courte, avec une structure et des paroles simples, un refrain qui se répète. David Boyle définit la musique Pop comme « la musique, quel que soit son genre, à laquelle on est exposé via les médias de communication de masse ».

L'icône ultime de l'art pop. Au début des années 1950 Andy Warhol travaille comme designer de chaussures. Pour se faciliter le travail, il développe sa technique de la *blotted line* : il dessine avec une encre liquide les lignes basiques de la chaussure sur un papier non absorbant, puis y dépose un papier qui absorbe l'encre. Une forme rudimentaire de sérigraphie, ou l'imitation artisanale de la photocopieuse.

À la fin des années 1950, Andy Warhol compose des pochettes de disques pour RCA Records. Peu de temps après, en 1962, il expose pour la première fois sa série des *Campbell's Soup Cans*. Suivront les *Marilyn Monroe*, les *Elvis Presley*, les *Elizabeth Taylor*, etc.

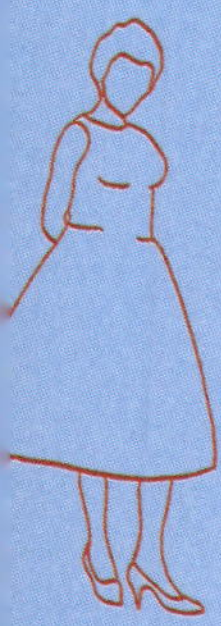

Les équipes marketing des labels discographiques reprennent les lignes basiques propres à The Chantels et commencent à les « sérigraphier ». Entre 1960 et 1966, plus de 750 groupes féminins se forment sur les seuls territoires des États-Unis et du Royaume-Uni. Les *girls groups* sont les premières influenceuses de l'histoire. Groupes de filles « teenagers » qui dansent à l'unisson sur des chansons courtes, accessibles et entêtantes et qui occupent, en masse, les listes des meilleures ventes, les radios et la télévision. D'un côté de l'Atlantique comme de l'autre, des milliers de teenagers les consomment comme des Chupa Chups. Elles s'habillent comme elles, se coiffent comme elles, bougent comme elles. L'impression de rébellion provoquée par cette rupture avec la génération des vieux (leurs parents) s'inscrit en fait dans la consommation compulsive d'une culture spécialement conçue pour que toi, adolescent, tu apprennes à reproduire les mêmes valeurs fondamentales que celles de la génération de tes parents.

Ces groupes de filles sont comme ton groupe de copines. Il y a la voix solo et les choristes derrière elle, mais l'uniformité des looks annule toute expression de personnalité individuelle. Elles sont toutes la même. Les hauts découvrent les bras, mais pas le décolleté. Les jupes bouffantes laissent voir les chevilles, mais pas les genoux. Le fin talon de leurs chaussures n'est ni trop haut ni trop bas. La coiffure discrète et le maquillage subtil vont avec ce qu'elles chantent et c'est ce dont toi, teenager, tu vas parler pendant des heures et des heures avec tes amies : ton but essentiel est ce futur de bonne épouse, femme au foyer bien mariée. Comment te comporter pour que ton prince charmant soit vraiment princier et vraiment charmant.

Mais dans l'opération de «blotting» wharolienne, les lignes se tordent et s'estompent de copie en copie.

Deux ans après le *Maybe* de The Chantels sort le *Will You Still Love Me Tomorrow?* de the Shirelles

premier single du premier groupe de chanteuses afro-américaines, paru sur le premier label à appartenir à une femme (blanche), à se classer numéro 1 du Hot Top en 1960. *Will You Still Love Me Tomorrow?* est écrit et composé par Carole King, qui est aussi l'autrice du méga tube de Little Eva, *The Loco-Motion*.

En 1961, The Marvelettes publient *Please Mr. Postman*: première chanson numéro 1 sur les listes de ventes d'un label discographique créé et géré par des Afro-Américains, la MOTOWN

C'est également avec Motown qu'ont signé Martha Reeves and the Vandellas

Leur premier 45-tours sort en 1963. *Heat Wave* est numéro 1 pendant cinq semaines consécutives et définira le son soul du label, la chanson mettant pour la première fois la tension sexuelle et le désir au centre du romantisme adolescent.

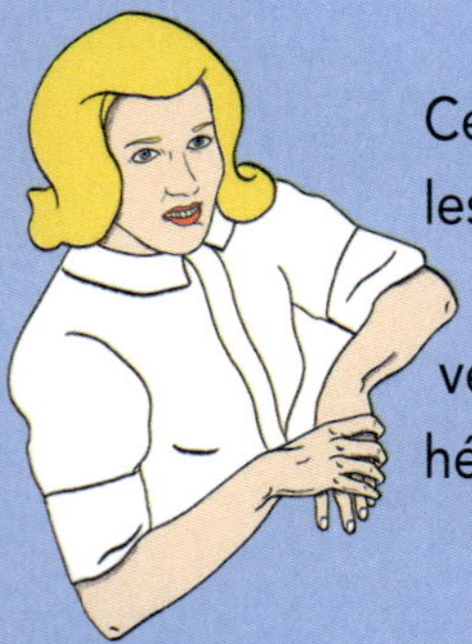

Cette même année, Lesley Gore, chanteuse blanche, lesbienne et activiste pour les droits des LGBTQIA+, se classe en haut des listes de ventes avec *You Don't Own Me*, véritable avertissement sur les inconvénients des relations amoureuses hétéro-patriarcales.

Et la chanteuse trans Jackie Shane s'impose comme locomotive du marché canadien connu comme le Toronto Sound, avec le sublime *Any Other Way* et une présence scénique comparable à celle de James Brown.

Martha Reeves & The Vandellas reviennent en haut des charts avec une chanson qui deviendra l'hymne de la lutte pour les droits civiques afro-américains dans les rues de Detroit, *Dancing in the Street*; en cette année 1964 qui voit l'agente artistique Maxine Powell arriver chez Motown.

L'ex-mannequin promettait de «transformer les chanteuses en artistes dignes des rois et des reines». Maxine leur apprenait à marcher en se tenant droites, à s'asseoir avec élégance, à s'habiller, se coiffer et se maquiller comme les femmes issues des plus hautes sphères sociales. Ses meilleures élèves, ses élèves suprêmes s'appellent Florence Ballard, Mary Wilson et la divine et déjà diva Diana Ross :

The Supremes

WHERE DID OUR LOVE GO est le premier succès d'une liste interminable de hits :

BABY LOVE
COME SEE ABOUT ME
STOP! IN THE NAME OF LOVE
BACK IN MY ARMS AGAIN
I HEAR A SYMPHONY
YOU CAN'T HURRY LOVE
YOU KEEP ME HANGIN' ON
LOVE IS HERE AND NOW YOU'RE GONE
THE HAPPENING
LOVE CHILD
SOMEDAY WE'LL BE TOGETHER

L'extraordinaire réussite de The Supremes (unique groupe capable de détrôner *Revolver* des Beatles en 1966 avec le décisif *The Supremes A' Go-Go*, confirme l'importance du rôle qu'a joué la Motown dans l'intégration raciale de la musique populaire, le label décrochant numéro 1 sur numéro 1 dans les listes de ventes jusqu'alors réservées aux artistes blancs.

Hors de la Motown, dans la Pop, *He's a Rebel* de THE CRYSTALS s'est classé numéro 1 en 1962. Bien qu'en fait il ne s'agisse pas de The Crystals mais de The Blossoms

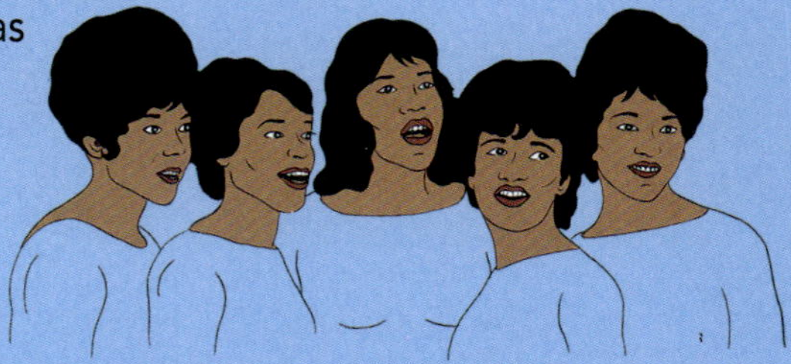

Je m'explique.

Le producteur Phil Spector (connu, reconnu et adulé, bien qu'il ait assassiné l'actrice Lana Clarkson en 2003) apprend que Liberty Records va lancer la carrière de la chanteuse Vikki Carr avec *He's a Rebel*. Il se met alors en tête que le groupe phare de son label, The Crystals, doit absolument sortir ce morceau en premier. Mais The Crystals sont en tournée sur la côte Est. Pas de problème : Phil Spector l'enregistre avec un autre groupe de son label, The Blossoms, et sort le titre comme le nouveau 45-tours de The Crystals. De toute façon, ni les unes ni les autres n'apparaissent aux crédits du morceau – numéro 1 dans les charts. À partir de là, The Crystals se voient obligées de jouer une chanson enregistrée en studio par d'autres interprètes jusqu'à la fin de leur carrière. Mais ce n'est pas tout.

À cette époque, Spector est en train de construire son fameux *wall of sound*. Pour masquer la médiocrité de certaines compositions, le producteur superpose divers instruments sur la même piste et la mixe en la saturant d'écho et de réverbération. Il en résulte un mur du son tellement spectaculaire qu'on ne sait plus exactement s'il y a deux guitares ou dix-sept.
Ce qui l'oblige à trouver des voix suffisamment puissantes pour s'imposer face à ce déluge sonore, chose peu courante à l'époque.

Exception faite de la première voix de The Blossoms, Darlene Love qui devient la chanteuse studio du producteur : il la paye à la cession de studio et il n'omet pas seulement de la mentionner dans les crédits des chansons qu'elle enregistre, il sort ses morceaux en les attribuant à d'autres chanteuses. Darlene Love dira d'elle-même qu'elle est

Continuons jusqu'au gros lot. Trois cousines du Spanish Harlem new-yorkais sonnent à la porte de Phil Spector. Elles veulent devenir des vedettes de la Pop. Elles commencent par enregistrer elles aussi des chansons qui sortiront sous le nom de The Crystals.

Mais FUCK it !

Elles ont des voix et une attitude extraordinaires. Au mois d'août 1963, Phil sort

BE MY BABY

de

THE RONETTES

Les cheveux relevés en chignon surcrêpé, les lèvres peintes en rouge et les yeux maquillés d'un épais trait d'eye-liner ; le décolleté un peu plus profond, la jupe plus étroite et les talons un peu plus hauts. *Be My Baby* reprend le *call and response* du Blues : la première voix, Veronica, formule un désir qui, répété par les choristes (sa sœur Estelle et sa cousine Nedra), est plus proche de l'impératif que de la sage et soumise supplique pop traditionnelle. Le son est brut et sale, la mélodie entêtante, et la batterie marque le rythme iconique PUM PUM-PUM PÁ PUM PUM-PUM PÁ PÁ PÁ

BE MY BABY
BE MY... BE MY BABY

élevant la Pop du parfait american dream jusqu'à la formule rock effrontée avec laquelle Etta James répondait aux petits machos dix ans auparavant.

À *Be My Baby* succède *Baby, I Love You* et *Walking in the Rain*, qui remporte un Grammy. Les groupes qui font les premières parties des concerts des Ronettes s'appellent ni plus ni moins The Beatles et The Rolling Stones. La chaste féminité américaine mute en bande de *bad girls* s'encourageant les unes les autres à s'échapper du cauchemar nord-américain… Sauf que… Spector. Spector épouse Veronica (Ronnie) en 1968. Il arrête The Ronettes, liquide toutes leurs chansons comme si elles n'avaient jamais existé et enferme Ronnie avec ses enfants dans son hôtel particulier. Il abuse d'elle, physiquement et moralement, lui montre le cercueil dans lequel il l'enfermera si elle essaye de se sauver et cache ses chaussures pour qu'elle ne puisse pas sortir. Trois ans plus tard, la mère de Ronnie l'aidera à sauter, pieds nus, par la fenêtre.

Après une longue bataille judiciaire qui dure presque trente ans, The Ronettes reçoivent un million et demi de dollars en dédommagement des royalties qu'elles n'ont jamais perçues. Est-il nécessaire de préciser que le montant est dérisoire en comparaison de l'argent que Spector a empoché durant toutes ces années grâce aux succès du groupe, autant que relativement à l'importance décisive que le groupe eut pour les femmes dans l'histoire de la musique populaire ? Ronnie continue à chanter avec George Harrison, Liza Minnelli, Alice Cooper, Bruce Springsteen, B. B. King, Joey Ramone, The Misfits, The Raveonettes, Patti Smith ou Keith Richards. Madonna dit qu'elle voulait « que son look ressemble au son de Ronnie Spector ». Amy Winehouse s'inspire de The Ronettes jusqu'à les révérer. Chaque étincelle, des Runaways à Megan Thee Stallion en passant par les Destiny's Childs, les Pussycat Dolls ou Poly Styrene, est un reflet de la première déflagration de la vraie rébellion pop : trois cousines du Spanish Harlem impossibles à reproduire à l'identique. Inphotocopiables. Emmenant les chastes *girls groups* des années 1950 faire un tour sans honte ni remords sur les grands boulevards du vice et de la gloire.

Performantes en studio, The Ronettes étaient également des bêtes de scène accomplies. En live, certaines chanteuses deviennent de véritables figures spirituelles, et les foules se rassemblent pour voir ces chamanes se produire en direct.
Dans cette multitude, il y a ceux qui vont au concert comme à Lourdes, au Vatican ou à Saint-Jacques-de-Compostelle. Et parmi ces fidèles, certains croient que la psychomagie de la musique live peut être encapsulée dans un disque et d'autres affirment que c'est impossible. Pour les croyants, les disques live sont des objets sacrés que nous gardons comme la pèlerine à Lourdes garde sa bouteille d'eau bénite en forme de Vierge Marie, nous le palpons comme le visiteur du Vatican palpe son scapulaire et le rangeons comme le randonneur de Compostelle ordonne les coquillages qui prouvent qu'il a fait le chemin. Ils sont des objets anthropologiques uniques grâce auxquels – en dépit de l'échec technologique du XXIe siècle qui n'a même pas encore inventé la télétransportation – nous pouvons voyager dans le temps et l'espace. Des capsules renfermant des secrets occultes universels.

Ainsi, on peut dire qu'il existe deux types de personnes : celles qui aiment les disques live et les autres.

Durant le printemps 1964, **NINA SIMONE** donne trois concerts au Carnegie Hall de New York. Depuis quelques années, la chanteuse essaye de vaincre les réticences de sa maison de disques à la laisser adapter son répertoire musical à ses idéaux politiques. Sur les contrats, la chanteuse jouit d'une pleine liberté artistique. Dans les faits, son label met la pression pour qu'elle interprète des chansons d'amour et de désamour, beaucoup plus rentables que des chansons politiques.
Mais au cours de l'été 1963, alors que la rébellion sexuelle et raciale, en pleine effervescence, gagne la Pop adolescente, le fantôme de sa réalité apparaît à l'Amérique du Nord : le 12 juin, le KKK assassine l'activiste afro-américain Medgar Evers à Jackson, Mississippi. Le 15 septembre, quatre fillettes afro-américaines sont assassinées dans une église baptiste à Birmingham, Alabama.
Nina Simone écrit une chanson en réponse à ces attentats, *« like throwing ten bullets back at them »*.

Colpix refuse de l'enregistrer. Nina dénonce son contrat et signe avec Philips Records. Le premier disque qu'elle sort avec le label néerlandais est le live qui regroupe les trois concerts au Carnegie Hall, *Nina Simone in Concert*, qui se conclut par MISSISSIPPI GODDAM,

«une chanson pour une comédie musicale – mais la comédie musicale n'a pas encore été écrite».

La funeste comédie, en revanche, avait déjà commencé depuis longtemps:

THE UNITED SNAKES OF AMERIKKKA VS NINA SIMONE

La chanson est censurée et interdite sur de nombreuses radios dans le pays, qui renvoient les disques cassés en deux à la chanteuse. Comme ses compagnons de lutte, condamnés à vivre dans la clandestinité, à s'exiler ou à mourir, Nina Simone est poursuivie, harcelée et menacée par la CIA. Les promoteurs de concerts et les labels cessent de travailler avec elle. Nina s'exile dans un premier temps dans les Barbades, puis en Lybie, avant d'atterrir finalement en Europe, où elle poursuit sa carrière en se produisant dans des clubs et des festivals de Jazz. Nina Simone vit en Suisse, à Paris, aux Pays-Bas, et en 1993 elle s'installe dans le sud de la France où elle enregistre son dernier disque, *A Single Woman*.

En 2008 sort une version longue du disque, sur lequel se trouve une version de *Do I Move You ?* que Nina avait enregistrée pour *Nina Simone Sings the Blues* en 1967. Elle n'est pas enregistrée sur scène, mais dans les conditions de l'époque : chanteurs et musiciens jouent en studio en même temps, comme s'il s'agissait d'un live. Le dialogue entre Nina, l'harmonica et la guitare (dans la version de 1993 ces instruments avaient été remplacés par un piano) est typique de l'improvisation du Jazz et du Blues, et amplifie l'impression de live. Les « yeah yeah » des musiciens qui acquiescent à chaque question de Nina pourraient être les « yeah yeah » de n'importe quel public pris dans l'euphorie du concert.

DO I MOVE YOU?
I MOVE YOU?
I MOVE YOU?

Et si, écoutant la version de 1967, tu n'entends pas que ce que le système suprémaciste blanc cherche à éliminer c'est une femme noire en pleine possession de sa raison, de son corps et de son esprit, alors peut-être que tu n'es pas fait pour les disques en live.
Et si la Nina Simone du premier *Do I Move You ?* de 1993, celle qui a connu l'exil, la persécution, le diagnostic psychiatrique, la médication corrective et qui arrive à 60 ans dans le sud de la France, si la puissance de cette Nina Simone qui exige que tu répondes « oui » en invoquant Dieu Tout-Puissant à la fin de la chanson ne perturbe pas la connexion érotique entre ton mental, ton corps et ton esprit, alors, définitivement, tu n'es pas fait pour les disques en live.

MY Attitude toward SEX is that WE SHOULD BE HAVING it ALL THE time

Et puisqu'on parle de Dieu Tout-Puissant…

En 1971, ARETHA FRANKLIN joue dans la salle Fillmore West, l'épicentre de la contre-culture hippie. *Aretha Live at Fillmore West* s'ouvre sur un morceau qui a changé sa carrière quatre ans plus tôt. Après neuf disques qui avaient rencontré un succès d'estime, Aretha quitte Columbia Records pour signer avec Atlantic. Le label l'envoie dans ses nouveaux studios Fame à Muscle Shoals, Alabama pour enregistrer un nouveau disque. La légende raconte que les Indiens qui vivaient sur cette terre appelaient le fleuve la traversant Nunnahsae – « le fleuve qui chante » –, de nos jours connu sous le nom de Tennessee. Les Yuchis disaient que dans ses eaux vivaient des femmes qui chantaient pour les protéger. Quand l'eau était basse et calme, les chants étaient doux. Mais quand le fleuve enflait et s'agitait, les voix gonflaient et devenaient colériques.

En arrivant au studio d'enregistrement, Aretha s'est retrouvée face à un groupe de musiciens blancs du Sud. Elle n'a rien dit. Elle n'est pas partie. La légende veut qu'elle ait tourné en rond, comme si elle cherchait une idée dans sa tête, ou dans l'air, ou plus loin. Elle a fumé une clope, une deuxième clope. Et encore une. Sans rien dire. Puis elle s'est assise au piano, a posé ses mains sur le clavier et a joué une note, deux notes, et encore une.

Comme si elle venait de conjurer les voix du fleuve. *I Never Loved a Man (The Way I Love You)* est le titre de son premier disque avec Atlantic. Et cette même nuit, pris d'une crise de jalousie, son mari (et manager) s'est battu avec les propriétaires du studio Fame. Il décide alors de rentrer à New York en avion, avec Aretha dans ses valises.

Si Aretha ne va pas à Alabama, Alabama viendra à Aretha. Tous les musiciens de Muscle Shoals arrivèrent à New York où Aretha désirait enregistrer une reprise d'Otis Redding, qu'elle admirait. Mais comment la mère de toutes les voix de tous les fleuves se serait-elle contentée d'une simple reprise ? Eh bien en ne faisant pas de reprise : Aretha a réécrit une chanson passée inaperçue deux ans auparavant et en a fait non seulement un succès planétaire qui relança sa carrière, mais surtout l'hymne historique de la lutte pour les droits civiques afro-américains et du mouvement féministe à la fin des années 1960. *Respect* est la reprise la plus brillante de toute l'histoire de la musique.

Ce qu'elle veut, c'est un peu de RESPECT !

Les choristes sont ses sœurs, Carolyn et Erma, et Aretha entre avec elles dans un *call-response* qui remplace le « *give it to me* » d'Otis par un

SUCK it to ME !

dont la diction n'est pas suffisamment claire pour qu'on puisse dire qu'il s'agit d'un « donnez-moi ce respect » ou d'un « lèche-moi » (« *suck it to me* »).

Dans les paroles originales d'Otis, il dit à sa partenaire qu'elle est douce comme le miel et qu'il est partant pour lui donner tout son argent. Aretha chante que oui, ses baisers sont comme le miel, mais l'argent qu'elle gagne est encore plus doux.
Aretha Franklin ne demande pas le respect, elle l'exige, le chante, le crie, et si jamais ça n'était pas suffisamment clair pour quelqu'un dans la salle : elle l'épelle. Lettre par lettre.

R-E-S-P-E-C-T, TCB

Take care of business.

Les arnaques et les extorsions systématiques que l'industrie du spectacle a imposées aux artistes noirs-américains s'arrêtent ici : dans son contrat Aretha Franklin a exigé pleine liberté artistique sur toutes ses chansons, ne jamais devoir jouer devant un public ségrégué et recevoir le paiement de ses prestations avant de monter sur scène, toujours en cash. Les billets devaient être remis à la chanteuse en main propre et elle les comptait chaque soir méticuleusement avant de les remiser dans un sac à main qui l'accompagnait, posé sur le piano à queue, pendant tous les spectacles. Le sac à main d'Aretha Franklin marquait la fin du concert : les rappels cessaient quand la diva sortait de scène en l'emportant.

Aretha est une grande artiste de studio. Une des meilleures. Magnifique. En seulement deux ans, elle sort quatre disques et classe quatorze chansons dans le Hot 100.

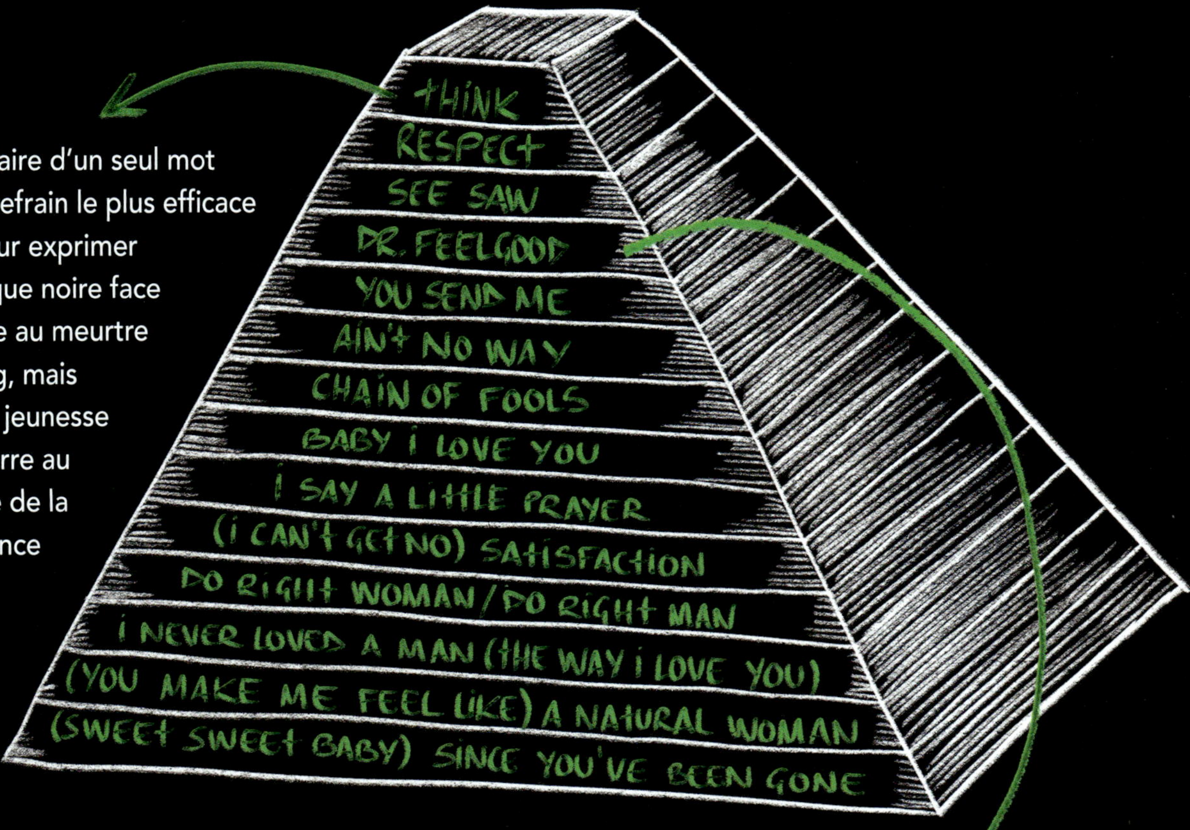

(*Think*, ou comment faire d'un seul mot répété douze fois le refrain le plus efficace de toute l'histoire pour exprimer la fatigue de l'Amérique noire face au racisme blanc, face au meurtre de Martin Luther King, mais aussi la fatigue d'une jeunesse qui s'oppose à la guerre au Vietnam, et la fatigue de la femme face à la violence patriarcale.)

Avant de commencer à chanter *Dr Feelgood* sur la scène du Fillmore West en 1971, elle demande à la salle si tout le monde est prêt à écouter

THE BLUES

YEAH !

Et le public, qui l'acclame depuis six chansons, répond à l'unisson sans se douter qu'il vient de lui accorder sa bénédiction pour mettre le feu au théâtre.

Tout ce qui suit, les phrases entrecoupées de silences à contretemps, ce « s » du sssssssssSSitting

susurré sur trois coups de grosse caisse, l'insolence avec laquelle elle demande si elle a raison et se répond que oui dans un *call-response* avec elle-même (parce qu'Aretha Franklin n'a besoin de personne, pour rien, absolument rien), les oooooh uh AH! uuh ooooh uh AAAAH ! !

adressés aux femmes du public, les invitant à arrêter de perdre leur temps et à faire un tour chez son Docteur Jemesensbien, tout cela constitue une démonstration de la maîtrise d'Aretha Franklin en live : la tension érotique qu'elle instaure entre elle et son public est si torride que celui-ci ne peut que supplier, implorer, hurler pour qu'elle en finisse.

Et c'est le moment qu'Aretha Franklin choisit pour faire ce qu'elle sait faire : alors que le morceau atteint un final en apothéose orgasmique et que le public délire et répond en criant à chacun de ses *shoutings and moanings*, Aretha assène :

GOOD GOD ALMIGHTY, cet homme la fait se sentir vraiment bien.

Et le Blues, l'orgasme, la musique du Diable franchit la porte de l'église comme s'il s'agissait d'un Gospel, d'une prière, de la musique de Dieu. Si tu as compris de quoi elle parle, Aretha Franklin te demande de regarder vers le ciel et de dire YEAH !

Si, à ce moment du morceau, tu ne t'es pas converti en un hippie de San Francisco sous hypnose, répondant YEAH ! YEAH ! YEAH !

à chaque « can I hear you say yeah ? » de ta prédicatrice, déesse toute-puissante Miss Aretha Franklin, alors tu n'es pas, mais alors vraiment pas, quelqu'un qui aime les disques live.

C'est à la Fillmore West que Big Brother & The Holding Company donnèrent leurs premiers concerts, avant de jouer dans le mythique Monterey Pop Festival en 1967, là où leur chanteuse se proclamait « la première superstar féminine du Rock ». Les hippies hallucinaient en la voyant, jamais ils n'avaient vu une chanteuse bouger comme ça, parler comme ça, être sapée comme ça. Chanter comme ça. Columbia Records réédita alors le premier disque du groupe avec le nom de l'interprète séparé du reste :

Big Brother & The Holding Company featuring **JANIS JOPLIN**

Les Big Brothers n'ont pas bien pris la chose et, après leur deuxième disque, *Cheap Thrills*, Janis s'est tirée et a formé le Kozmic Blues Band. C'est avec eux qu'elle a joué au non moins mythique Woodstock de 1969, puis a sorti *I Got Dem Ol' Kozmic Blues Again Mama!* et s'est séparée du groupe. On la retrouve au Brésil, où elle arrête l'alcool et les drogues. Quand elle revient en Californie, elle monte le Full Tilt Boogie Band et grimpe à bord du train du Festival Express en compagnie d'autres groupes, comme The Band, Grateful Dead ou Buddy Guy, direction le Canada. Le 28 juin 1970, Janis Joplin arpente la scène du stade CNE de Toronto et elle chante *Try (Just a Little Bit Harder).*

« ESSAYER (JUSTE UN PEU PLUS FORT) » pourrait être le titre de n'importe lequel des milliers de livres, articles ou documentaires concernant la chanteuse qui ont été publiés par des centaines de critiques, historiens et musicologues experts ès Rock de la fin des années 1960. Probablement la mythologie la plus répandue de l'histoire de la musique. Selon l'histoire officielle, ces macro-festivals de Rock furent la première (et unique) expérience radicalement égalitaire et sexuellement libérée (et libératrice) de l'histoire de l'humanité. En l'espace d'à peine quatre ans, ils transformèrent pour toujours la musique et les sociétés des deux côtés de l'Atlantique. Pourtant, la foule qui se masse devant les scènes, loin de l'idée qu'on aime à s'en faire, est majoritairement blanche. Ce que ces jeunes gens n'avaient jamais vu, c'était une chanteuse blanche capable de faire ce qu'Aretha Franklin, Nina Simone ou Etta James faisaient, loin des festivals blancs. Est-ce que ce ne serait pas ça, le Rock ? Quelques musiciens blancs qui font la même chose que les musiciens noirs, mais sous un autre nom ? Sur l'affiche de cette révolution ne figuraient qu'un musicien afro-américain et une chanteuse. Janis Joplin est morte seize jours après Jimi Hendrix.

Parce que pour entrer dans la mythomaniaque coupole des dieux du Rock sans être un homme blanc cis hétérosexuel, il faut avoir essayé si fort qu'on en meurt. Mourir en essayant.

La mythologie du Rock consacre Janis Joplin comme la meilleure chanteuse de la contre-culture, c'est vrai. Mais seulement après avoir inscrit son génie, son talent, sa voix incroyable, son énergie débordante, sa personnalité extraordinaire et même l'ampleur de son succès comme autant d'éléments impossibles à gérer pour la pauvre jeune femme solitaire, autodestructrice, martyrisée et névrosée qu'elle était *au fond*. Cette adolescente de qui on se moquait au collège pour sa laideur et sa bizarrerie était si incapable d'accepter ce que la révolution du Rock lui donnait qu'elle ne put que sombrer dans l'alcool et les drogues et finir sa vie dans une chambre d'hôtel de Hollywood, alors qu'elle enregistrait le meilleur album de sa carrière, *Pearl*. Et peut-être fut-il considéré comme le meilleur parce qu'il fut le dernier, celui qui prouvait la tragédie. Dans la réédition de 2005 de ce disque on trouve le *Try (Just a Little Bit Harder)* que Janis a chanté à Toronto en 1970. Neuf minutes qui contredisent toute la mythologie misogyne du Rock.

Janis était chelou. Elle était la meuf chelou de sa famille, la meuf chelou à l'école, la meuf chelou de la ville où elle est née, Port Arthur. Et comme ça nous arrive parfois à nous, les meufs chelous, à l'adolescence, essayer de correspondre à ce qu'on attend de nous en tant que femmes relève du calvaire. Janis ne correspond pas aux canons de beauté classiques, ni aux exigences de discrétion, ni au sens inné de la soumission qu'on attend des femmes. Et comme certaines d'entre nous, les meufs chelous, le faisons, Janis s'arrache de ce trou de l'Amérique profonde et s'inscrit dans une école d'art à San Francisco. Où elle rencontre d'autres personnes chelous. La beauté de cette histoire, c'est que cette meuf chelou du Texas commence à faire de la musique avec d'autres gens chelous au moment précis où tous ces *weirdos* vont cesser d'être regardés comme les débiles de leur classe, de leur ville, de leur famille pour devenir les dieux autoproclamés d'une noble et difficile (et fort boiteuse) révolution. Janis Joplin voulait être une star du Rock. Elle voulait être la meilleure chanteuse blanche de sa génération. Elle avait appris – comme elle l'a toujours dit – des meilleures : Odetta, Billie Holiday, Bessie Smith.

OH TRY

Elle a dit aussi qu'être sur scène c'était comme « baiser avec tout le public ». C'est ce qu'elle fait dans *Try (Just a Little Bit Harder)* en live. Et c'est, précisément, ce que la narration mythomane du Rock a supprimé et corrompu dans le cas de Janis Joplin. Une fille avec une voix extraordinaire, une énergie hypnotique et une personnalité fascinante jouissant de son talent, de son succès et de sa sexualité. Une perle rare, rescapée de la féminité hégémonique blanche et qui était devenue la meilleure Blanche de sa génération.

TRY
JUST A LITTLE BIT
HARDER

TRY TRY TRY
JUST A LITTLE BIT HARDER
OH YEAH!
TRY OH YEAH!!
WHO ARE YOUR FAVORITES
TINA TURNER, SHE'S MY CURRENT FAVOR, SHE'S THE BEST CHICK EVER. FANTASTIC SINGER, GREAT DANCER, FANTASTIC SHOW
YOU WOULD BE SHOCKED IF I DIDN'T K WHO TINA TURNER WAS?
NO, A LOT OF PEOPLE DON'T. BUT THAT'S TOO BAD. SHE SINGS WITH THE "IKE AND TINA REVUE". IKE IS HER HUSBAND AND BAND LEADER...
AND TINA IS THE SHOW.

Écoutez n'importe quel disque ou regardez n'importe quelle vidéo de Tina Turner en live, de n'importe quelle époque, avec ou sans Ike, dans les années 1960, dans les années 1980 ou 2000, aux États-Unis, aux Pays-Bas ou en Angleterre. Peu importe. TINA TURNER est toujours le show.

Anna Mae Bullock naît sous le signe du Sagittaire à Brownsville, Tennessee, en 1939.

À 19 ans elle commence à chanter avec les Kings of Rhythm de Ike Turner. Leur premier 45-tours, *A Fool in Love*, se classe directement numéro 1 en 1960.

En 1965, ils enregistrent *River Deep, Mountain High* avec le fameux mur du son de Spector : une des meilleures chansons de tous les temps selon le magazine *Rolling Stone*, une de celles qui ont fondé le Rock'n'Roll d'après le Rock and Roll Hall of Fame, et qui reçut le Grammy Hall of Fame en 1999. La chanson n'a pas dépassé la 88e place dans le hit américain, mais s'est classée numéro 1 dans plusieurs pays européens.

La Ike & Tina Turner Revue fait la première partie des concerts des Rolling Stones en Angleterre en 1966, l'année où Tina devient la première artiste femme et la première artiste afro-américaine à faire la couverture de *Rolling Stone*.

En 1968 l'album *Outta Season* est leur premier grand succès aux États-Unis avec une reprise de *I've Been Loving You Too Long* d'Otis Redding. Bowie, Janis, Elvis, Cher, James Brown, Sly Stone, Elton John… tout le monde veut les voir à Las Vegas.

En 1969, les Rolling Stones commencent leur tournée mythique aux États-Unis – qui se terminera avec le désastre d'Altamont. Ils demandent à Ike et Tina d'assurer leur première partie sur tous les concerts.

Cette tournée a été filmée pour un documentaire sorti en 1970. Seul un court extrait d'un concert de Ike et Tina y figure : à la fin de *I've Been Loving You Too Long*, ils simulent l'un et l'autre un rapport sexuel oral.

Croyez-le ou pas, mais en pleine révolution rock, censée libérer sexuellement les hippies des deux côtés de l'Atlantique, il n'existait aucune représentation audiovisuelle d'une pipe ou d'un cuni. Avant que le célèbre film *Gorge profonde* ne s'occupe de le faire en 1972, Tina Turner s'en est chargée – et de quelle manière – sur la scène du Madison Square Garden à New York, le 27 ou 28 octobre 1969. Les réalisateurs de *Gimme Shelter* (Albert et David Maysles et Charlotte Zwerin) choisissent de commencer la séquence au moment où Ike l'appelle « bébé » et chante qu'il achètera tout ce qu'elle veut, tandis que Mick Jagger s'habille dans les loges. Tina répète chaque phrase de Ike jusqu'à la fin de la chanson. Mais si on écoute l'enregistrement intégral du morceau sur le disque des Stones *Get Yer Ya-Ya's Out !* (édition du 40e anniversaire, sortie en 2009), on entend Tina Turner en solo sur deux minutes et demie, délivrant l'une des meilleures versions du morceau. Il règne dans le public un silence religieux. C'est lorsqu'elle chante qu'elle veut que tout le monde sache combien elle l'aime que l'audience se manifeste, pour la première fois, en applaudissant, en sifflant et en criant

YEAHS!

et

UUUHSS!

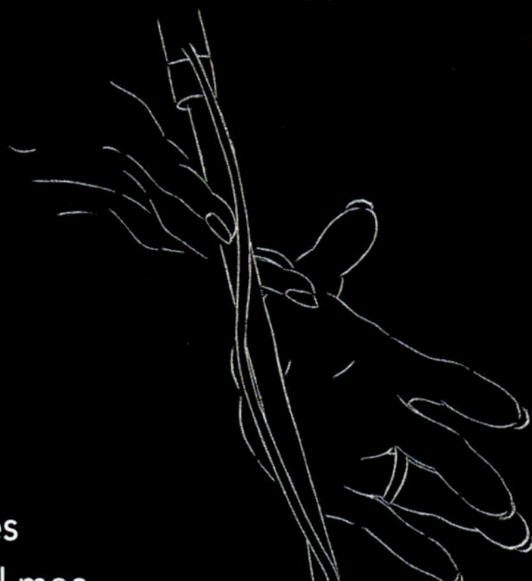

C'est à ce moment précis, à la troisième minute du morceau, que Ike intervient pour confesser qu'il fera absolument tout ce qu'elle lui dira de faire. Ainsi commence la conversation la plus torride du Rock'n'roll, avec un Ike asservi au pouvoir d'une Tina qui va pousser la tension sexuelle pendant les deux minutes et demie qui suivent. Elle ne se contente pas de répéter chaque phrase de Ike en affirmant qu'elle est celle qui maîtrise la situation et qui conduit le show. Elle bouge ses mains, puis ses lèvres autour du micro comme si c'était le sexe de n'importe quel mec de la salle. Et pendant tout ce dialogue, le public retourne à son silence atone, qui ne se rompt que lorsque Tina considère que Ike a eu son compte et que son tour à elle est venu. Elle hurle, la musique explose, le public explose, et le climax se prolonge pendant trente-cinq secondes – exactement le temps que Tina estime nécessaire.

SUCK it
to ME,

BABY !!!

Et si, quand on arrive à la fin de l'exercice
de domination de Tina Turner,
tu continues de croire que :

• la puissance de sa voix et sa capacité à transmettre toutes les émotions qu'un être humain peut ressentir,

• son génie pour détourner à sa guise la mélodie et le rythme, construisant des édifices sonores capables d'accueillir le Blues, le Psychédélisme des années 1970 et le meilleur du Rock'n'roll dans tous les stades du monde,

• son instinct de la scène, son extraordinaire acuité pour savoir comment bouger ses jambes, ses mains, ses hanches, ses pieds, sa tête,

• la puissance avec laquelle elle s'empare du dernier (et phallique) symbole de la soumission féminine,

• l'importance cruciale du retournement qu'elle opère – en rompant avec l'imaginaire pédophile alors hégémonique des représentations de la sexualité féminine,

• la superbe avec laquelle elle démontre que sa bite est bien plus grosse et bien plus efficace que celle de ce satané Ike Turner, et que celles de tous ses amis critiques, historiens ou académiciens des petites histoires de pacotille du Rock…

Si tu continues à croire que tout ça est seulement dû à la résilience qui fut la sienne pour vivre et survivre à l'enfer machiste de son mari, comme si cette violence dégueulasse était ce qui avait contribué à faire d'elle la plus grande chanteuse, artiste et performeuse de l'histoire, alors, définitivement, tu n'es pas quelqu'un qui aime les disques live.

RAP
DISCO
PUNK
UNDERGROUND
FUNK
HARDCORE
NO PUNK

À la fin des années 1960, David Mancuso s'amusait à jouer avec l'acoustique du loft dans lequel il vivait. Les émeutes de Stonewall avaient eu lieu huit mois auparavant et le DJ en avait marre des nuits passées à scruter la porte du bar dans la crainte que la police la défonce pour arrêter tout le monde. Le 14 février 1970, pour la Saint-Valentin, il organise « Love Saves the Day ». Une fête pour tous ses amis. Des serpentins et des ballons de couleur tapissent le plafond du loft, les tables débordent de confiseries et de punch. Au centre, une cabine en forme de juke-box Wurlitzer Rock-Ola, depuis laquelle Mancuso gère la musique avec deux tourne-disques connectés entre eux. Les enceintes sont disposées pour que le son se diffuse simultanément et de façon circulaire dans tout l'espace. Du son à 360 degrés qui permet de « surfer sur les vagues de musique qui t'emportent tandis que, une chanson après l'autre, se forme une crête hallucinante qui brusquement se rompt, provoquant des cris presque involontaires dans la salle, puis la vague ralentit, s'adoucit, pour recommencer à gonfler lentement avant de former une nouvelle crête ». (Vince Aletti)

Terminé de se demander combien de temps la police garderait les amis au poste, terminé de se demander par où se sauver en courant quand les flics débarqueraient, ni quel projectile lancer pour se protéger de la violence policière. Mancuso avait converti sa maison en la discothèque qui allait inaugurer l'underground new-yorkais jusqu'à ce qu'ouvrent d'autres clubs, comme le Studio 54.

Dans le loft, les invités n'étaient pas des célébrités. Ils étaient pédés, gouines, trans, drag-queens, blancs, noirs, latinos, sans-domicile fixe du quartier. L'intégration raciale devenait une réalité, bien plus que dans n'importe quelle autre fête, concert ou festival. C'était également un endroit de mixité de genre, de sexualité et de classe sociale. Stonewall avait canalisé un réveil politique.

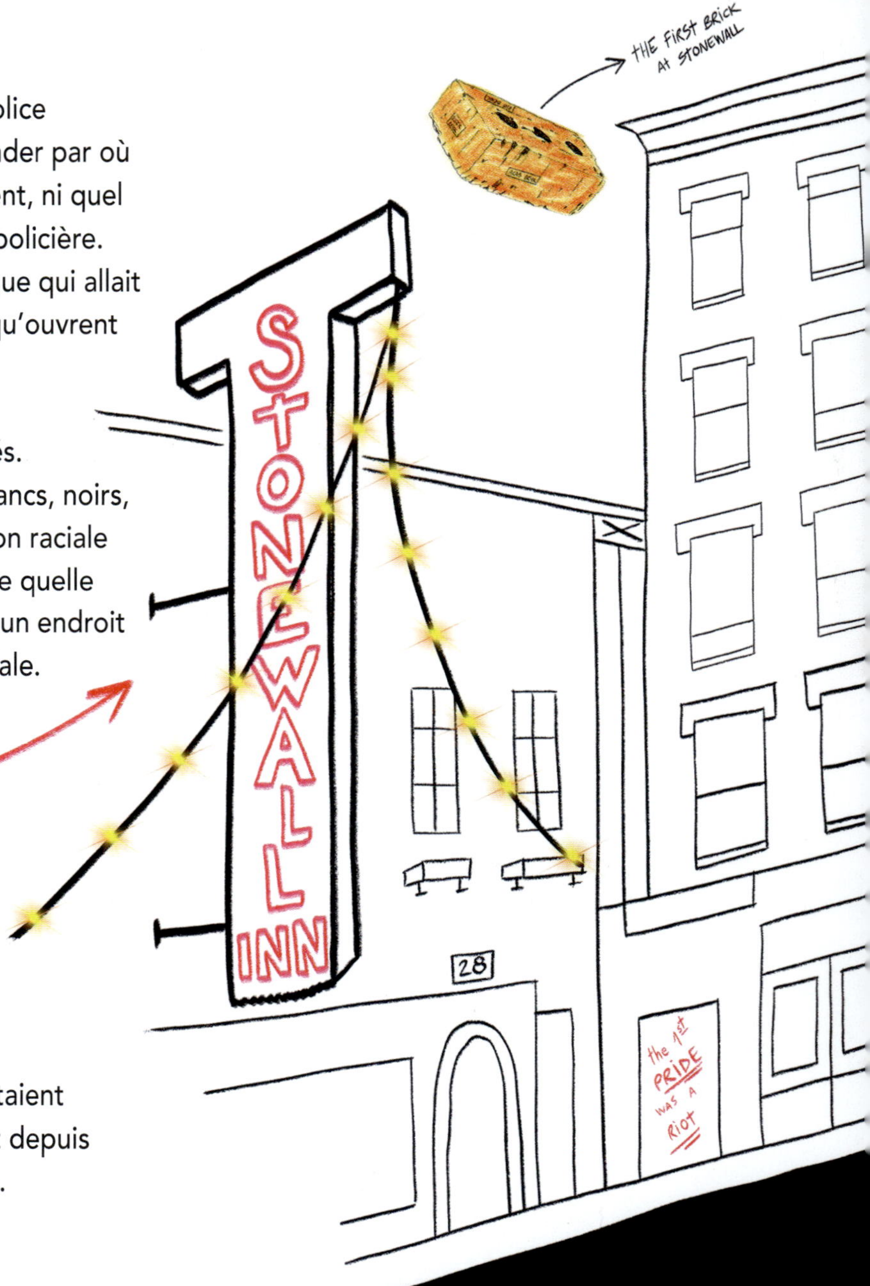

Et de la même façon que la Soul avait été la musique accompagnant le mouvement des droits civiques, la Disco fut la bande-son de la lutte pour les droits LGBTQIA+. Ses interprètes se convertirent en étendards de nos sexualités, ils devinrent les divas de nos dissidences. Peu importait la sinuosité du chemin, leurs voix étaient de longs bras Technicolor qui nous enveloppaient depuis les profondeurs d'une société au bord du gouffre.

En 1970, LaDonna Adrian Gaines, aka

DONNA SUMMER

joue à Munich dans la comédie musicale *Hair*

Le duo *Je t'aime, moi non plus* de Serge Gainsbourg et Jane Birkin passe sur toutes les radios européennes. La chanson scandalise le Vatican et est interdite à la vente et à la diffusion dans tous les pays, sauf le Royaume-Uni. Le disque se vend à 750 000 exemplaires. Et le morceau inspire à LaDonna les paroles d'une chanson.

Lorsque quatre ans plus tard elle rencontre le musicien et producteur italien Giorgio Moroder, LaDonna lui propose de mettre son texte en musique. Moroder accepte. Ils enregistrent. Prise de doute, LaDonna se demande si ce n'est pas trop explicite. Et en juin 1975 Giorgio la sort aux Pays-Bas sur son propre label, Oasis Records, et en envoie une copie à Neil Bogart, PDG du label américain Casablanca Records. Bogart joue le morceau dans une fête privée chez lui. Hallucinés, les invités demandent de la passer en boucle, encore et encore. Le lendemain, Bogart appelle Moroder :

« Tu peux me faire une version de vingt minutes ? »

LaDonna et Giorgio retournent en studio. Ils éteignent les lumières. LaDonna ne doute plus de rien, elle s'allonge sur le sol, prend le micro et commence à susurrer et gémir, Moroder entrelace les boucles et les effets sonores sur les 16 minutes et 49 secondes que dure love to love you baby

La BBC fait le décompte : vingt-trois orgasmes qui vont palpiter dans toutes les fêtes de cette année-là. *Love To Love You Baby* est numéro 2 pendant deux semaines consécutives, partageant le haut des charts avec une autre chanson qui a marqué non seulement la scène disco, mais aussi une grande partie de la Pop des années 1990 :

LADY MARMALADE

Quand Vicki Wickham devient leur manageuse, Patti LaBelle, Nona Hendryx et Sarah Dash, qui forment The Bluebelles, cherchent le succès depuis dix ans. La productrice anglaise leur propose d'emblée un changement de direction radicale : pour commencer, laisser tomber le style *girls group* des années 1950. Changer le nom de The Bluebelles pour

☆ LABELLE ☆

Ensuite, le look : remplacer les robes pudiques d'honnêtes collégiennes par des plumes, des décolletés, des minijupes… Tout doit être porté près du corps et argenté des pieds à la tête, talons hauts, maquillage bleu, vert ou orange. Troisièmement, les morceaux : fini les « woops » des chansons d'amour romantiques, place à une histoire de séduction entre une prostituée affranchie et son client potentiel. *Lady Marmalade* gagne directement la première place des hit-parades et s'impose sur les pistes de danse en 1975. Elle s'imposera de nouveau dans les années 1980 avec la reprise de la chanteuse italienne Sabrina, en 1990 avec les Canadiennes de All Saints, puis en 2001 avec Missy Elliott, Mya, P !nk, Lil' Kim et Christina Aguilera, pour le film *Moulin Rouge* de Baz Luhrmann, qui réaliseront à l'occasion un des clips les plus fascinants de cette décennie.

Labelle est le premier groupe d'Afro-Américaines à jouer au Metropolitan Opera House à New York et à faire la couverture du magazine *Rolling Stone*. Un extravagant cocktail de trip cosmique, de Pop Rock Soul Glam Funk qui transforme les chansons des pionnières de La Nouvelle-Orléans en classiques célébrant la liberté sexuelle féminine des années 1970.

À ce moment-là, l'indestructible tandem industrie discographique et radio qui organisait et régnait sur la création des tubes a été remplacé par les DJ les plus influents. Désormais, un tube se fabrique sur les pistes de danse. Et Giorgio Moroder réutilise le synthétiseur Moog, sur lequel il a déjà créé quelques-uns des effets sonores de *Love To Love You Baby*, pour composer la chanson qui changera pour toujours l'idée que nous nous faisions du futur. Une ligne de basse qui répète quatre notes en boucle et une boîte à rythmes oscillante comme une soucoupe volante sur une nappe légère tout droit sortie d'un film de science-fiction. Moroder demande à Donna d'écrire les paroles. Elle vient de quitter son petit ami et

UUUUUUH I FEEL LOVE

8 minutes et 13 secondes qui pourraient s'étendre jusqu'à l'infini. La musique Dance, la House et quasiment toute la musique électronique s'inclinent devant ce prodige sonore. Le secret ? *I Feel Love* sonne toujours futuriste quarante ans après parce qu'elle injecte dans nos cerveaux la promesse d'un futur magique et brillant, sans horaire, sans devoir et sans obligation. Le plaisir et l'extase en mouvement.
De minuscules lumières de couleurs rebondissent sur ton corps, « un animal scintillant déploie ses ailes satinées depuis les profondeurs du cœur corrompu de la grosse pomme » comme l'écrivait Peter Shapiro dans *Turn the Beat Around. L'histoire secrète de la disco.*

Dans quel sens est-ce que ça marche ? C'est le DJ qui guide les pulsations de ton muscle cardiaque, ou c'est le contraire ?

Le 12 juillet 1979, l'animateur de radio Steve Dahl organise la « Disco Demolition Night » : sur le gazon d'un stade de Chicago, à la mi-temps d'une partie de base-ball, une foule casse, brûle et fait exploser des vinyles de Disco. Cinq minutes plus tard, l'euphorie est telle que la sécurité préfère ne pas intervenir. Le match est annulé et des centaines de personnes portant un tee-shirt « Disco sucks » continuent leur sinistre démonstration.

Trop faible et instable, trop fragile et trop molle, la révolution Rock ne supportait pas que ses idoles testostéronées soient détrônées du classement des meilleures ventes et des plus grosses rotations radio par cette vague d'émancipation raciale, féminine et pédé. Steve Dahl a brûlé les vinyles comme le dictateur brûle les livres. Ce que l'industrie mainstream ne comprendra jamais, c'est que sur les braises des bas-fonds le feu peut toujours reprendre.

Le premier disque de **BETTY DAVIS** sort en 1973. Elle avait jusqu'alors composé des chansons pour d'autres musiciens. Quand elle signe un contrat avec le label Just Sunshine, elle sait très bien ce qu'elle veut : une liberté musicale absolue et conserver les droits d'auteur sur tous ses morceaux. Betty Davis a un son en tête et a les moyens de le concrétiser : elle écrit, compose, fait les arrangements et dirige les cessions studio avec les meilleurs musiciens de la Bay Area.

The Pointer Sisters et la future Queen of Disco, Sylvester, font les chœurs.

Dès que le premier 45-tours, *If I'm in Luck I Might Get Picked Up*, passe sur une radio de Detroit, le scandale est au rendez-vous. Selon plusieurs groupes conservateurs, les chansons de Betty Davis font l'apologie de la prostitution et contribuent à la dévalorisation des personnes afro-américaines. Elle est censurée sur une grande partie des radios du pays. Ses détracteurs ne l'ont pas encore vue sur scène… Quand ça arrive, les manifestations de protestation à l'entrée de ses concerts parviennent à faire annuler beaucoup de ses performances.

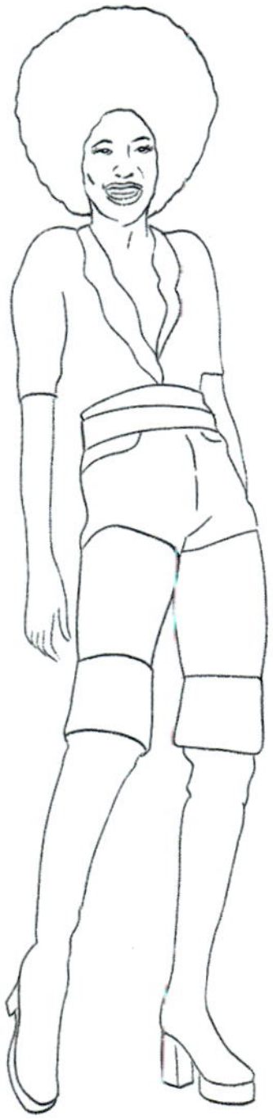

Betty répond :

« Ce qu'ils ne veulent pas comprendre, c'est qu'il existe des Afro-Américains de tous les niveaux. Nous ne sommes pas tous docteurs, avocats, infirmières ou travailleuses sociales. L'homme qui vend de la cocaïne sur la 116e Rue dans Harlem existe, il est réel, il est dealer et il ne peut pas disparaître sous le tapis. Les filles sur le trottoir devant les portes de Broadway ou sur la 46e Rue existent et elles sont noires. Indépendamment de tes idéaux ou de ta réalité, elles existent. »

Betty Davis paraît la même année que le *Let's Get It On* de Marvin Gaye. Un disque audacieux qui, comme celui de Betty, est plein de références sexuelles mais qui atteindra, lui, la deuxième position des listes de vente. Et pas parce que Marvin était un homme. Si on regarde les listes des morceaux les plus écoutés de cette époque, on trouve *It Hurts So Good* ou *Feelin' Bitchy* de Millie Jackson, *Feel Like Makin' Love* de Roberta Flack, *Help Me Make It Through the Night* de Sammi Smith, Minnie Riperton et son *Inside My Love*, ou Diana Ross avec *Love Hangover* et *Touch Me in the Morning*. Toutes ces chansons sont sexuellement explicites, mais elles s'inscrivent musicalement dans les codes du R&B – genre que l'industrie musicale continue d'utiliser pour perpétuer la ségrégation raciale dans la classification musicale. La musique de Betty était d'une part trop « sale » pour les classes moyennes et hautes, trop noire pour le Rock et trop Rock pour le R&B ou la Soul, ce qui la situait dans une zone trouble : impossible à classifier et, par là même, impossible à promouvoir et à vendre.

« Quelque chose que j'ai appris sur ce business, c'est qu'ils doivent pouvoir t'étiqueter. Si tu sors des catégories, tu es foutue. Et esthétiquement, j'étais incatalogable. Je ne suis pas Tina Turner. Je ne porte pas de perruque et je n'ai pas trois filles qui chantent et dansent derrière moi. Toutes celles qui ont réussi ont les cheveux lisses, des boucles d'oreilles et des robes longues. »

Parfois on utilise le terme «Funk» pour décrire sa musique. Et à ce moment-là, avec l'avènement du Rock et de la Soul comme étiquettes/styles musicaux mainstream, la Funk était une sous-culture, quelque chose d'alternatif, d'underground. En ce sens on peut rattacher l'œuvre de Betty Davis au Punk, l'underground le plus célèbre des années 1970 (le plus blanc et masculin, aussi). Dans *She Bop*, Lucy O'Brien écrit que le Punk a permis aux femmes d'exploser les limites du genre, d'explorer leur pouvoir, et d'exprimer leur colère et leur agressivité «jusqu'à la saleté, la vulgarité, la grossièreté». Cette jeunesse désenchantée était en rupture avec les mythes de la décennie 1960, qui s'était achevée sur une série de catastrophes (guerre du Vietnam, Nixon, le Watergate, Charles Manson, Altamont…), et elle faisait un doigt d'honneur à l'autorité, à papa, à l'État, au Rock'n'roll, un *fuck* généralisé à travers une nouvelle musique.

Betty faisait partie de cette génération. Ses concerts n'ont pas été filmés, mais on raconte qu'elle était un ouragan sur scène, qui secouait ses hanches, ouvrait les cuisses, enroulait sa langue autour du micro sans la délicatesse de Tina Turner. Ses chansons, sa façon de les interpréter sur scène «déplaçaient le privilège masculin vers un système centré sur le désir féminin qui prenait tout son pouvoir»

(Tricia Rose, *Talking Visions: Multicultural Feminsm in a Transnational Age.*)

Elle rompt avec les stéréotypes hétéronormatifs tels que la monogamie ou la construction même du genre via l'érotisme, et non seulement cela horrifie les réactionnaires, mais cela révulse également une partie du public le plus moderne du New York punk des années 1970.

> « Il y a plusieurs raisons qui font que le public ne répond pas positivement. Numéro 1, je suis une femme. Et une femme noire… Mon physique dit une chose et les gens pensent que je devrais avoir un autre son. Je travaille comme un homme. Judy Garland se servait de ses mains d'une façon très expressive. Bon, j'utilise mon corps pour produire des effets similaires. Je n'écris pas sur quelque chose que les gens ne font jamais, ou auquel ils ne pensent pas du tout… »

Pour sortir son troisième (et dernier) disque, Betty signe avec Island Records, un label plus commercial et plus conventionnel qui insiste pour qu'elle couvre ses jambes, change sa coiffure et adoucisse le plus possible sa musique – tout cela afin de toucher un plus grand public. Ils lui demandent de « blanchir » son art. Alors Betty prend la seule décision possible en 1975 pour sauver sa créativité et son œuvre : elle disparaît. Et elle le fait si bien que beaucoup pensent qu'elle est morte. Jusqu'à ce que, trente-cinq ans plus tard, le réalisateur et producteur de cinéma Phil Cox la recherche et la retrouve « vivant dans la cave d'une maison, sans internet, sans téléphone ni voiture ». Dans l'underground. Betty a vécu et disparu dans l'underground.

Et c'est depuis cet endroit qu'elle est parvenue à incarner sur scène cette femme si fantasmée dont les groupes phares du Rock'n'roll parlaient tant dans leurs chansons. Elle lui a donné une voix, un corps, un esprit et une identité propre. La représentation de son désir précise et détaillée, avec tous ces « *fanny crazy nasty tramping camping* », a suscité un rejet généralisé, qui a dévoilé les pratiques racistes, classistes et patriarcales du monde de la musique, de la société et de la politique des années 1970.

« La musique est quelque chose de physique, et elle parle du sexe. Dans les années 1960 tout le monde se droguait. Maintenant, dans les années 1970, tout est sexuel. Homme et femme. Mes paroles parlent de ça, directement. Je n'y vais pas par quatre chemins. Manger des chattes est à la mode aujourd'hui. »

WHEN i WAS HiS WOMAN
i PLEASED HiM
i'D LEAD HiM to tHE tRiP
WHEN i WAS HiS MiStRESS
i GAVE HiM CHEAP tHRiLLS
WHEN i WAS HiS PRiNCESS
SiLK AND SAtiN AND LACE
i'D WEAR FOR HiM
HE WAS A BiG FREAK!!
i USED to BEAt HiM WitH tURQUOiSE CHAiN

En 1973, **suzi quatro**

a trois titres classés numéro 1 des listes de Rock : *Can the Can*, *Devil Gate Drive* et

your mama won't like me

Cette même année, quand elle apparaît à la télévision, moulée dans une combinaison de cuir noir à la Elvis Presley, chemise ouverte, poitrine couverte de chaînes d'argent, campée derrière sa basse et conduisant un groupe d'hommes blancs, ni les critiques rock ni le public ne comprennent ce qu'elle est, ni ce qu'elle fait, ni comment l'étiqueter. Personne n'avait jamais rien vu de similaire. Personne. À part cinq adolescentes qui sont devant la télé et qui décident qu'elles veulent faire comme Suzi Quatro.

sortent leur premier album en 1976. Le deuxième, *Queens of Noise*, rencontre un succès phénoménal au Japon, où elles partent en tournée et sont reçues et acclamées comme des déesses. Mais Jackie Fox quitte brutalement le groupe. Quelques mois plus tard, Cherie Currie et Lita Ford se prennent la tête au point que Cherie quitte le groupe à son tour. En 1978, elles sortent leur quatrième – et dernier – album *And Now… The Runaways*, et splittent définitivement dans les mois qui suivent.

Comment est-il possible qu'avec autant d'énergie sur scène et un répertoire pareil le groupe ait duré si peu de temps ?

Pour la presse rock de l'époque, The Runaways n'étaient qu'un groupe de minettes sexy, une pure fabrication de Kim Fowley, leur excentrique manager. Après la mort de ce dernier en 2015, Jackie Fox a pris la parole : il les avait manipulées, il leur avait volé beaucoup d'argent (ne commençant à les payer qu'après le succès du deuxième disque). Mais surtout il l'avait droguée et violée pendant la tournée au Japon, alors que Cherie Currie et Joan Jett dormaient dans la même chambre.

Si ça avait été des mecs blancs, il ne serait jamais passé par la tête des journalistes de la presse rock de les décrire comme un groupe de *sex kittens* fabriqué par un manager excentrique… de toute façon il n'y aurait sans doute pas eu neuf membres se succédant dans le groupe en trois ans. Si ça avait été des mecs blancs, ils ne se seraient pas fait arnaquer économiquement sans que personne leur vienne en aide. Si ça n'avait pas été un groupe de filles, leur talent aurait été indiscutable. La qualité de leurs quatre disques, leur force sur scène, l'influence qu'aurait leur esthétique (corset, résille, porte-jarretelles, bracelets de cuir, pantalon vinyle, platform boots, chemises déchirées, gants léopard, maquillage et coiffure outranciers) auraient fait de The Runaways les cinq piliers porteurs du Punk.

CH - CH - CH -
JOAN JETT
JACKIE FOX
SANDY WEST

CHERRY
BOMB
CHERIE CURRIE
LitA FORD

DO IT YOURSELF

Peu avant de créer leur propre label au sein duquel ils publieront la musique de leur groupe **Throbbing Gristle** («pénis palpitant»), le collectif artistique et activiste **COUM transmissions** organise sa dernière exposition, *Prostitution*.

Une rétrospective des photos de Cosey Fanni Tutti, publiées dans plus de quarante revues pornographiques et à partir desquelles la strip-teaseuse, qui est également actrice de films pour adultes et modèle porno pour des photos, propose d'ouvrir un débat sur l'usage sexuel du corps féminin, sa représentation et son exploitation dans les médias et le monde de l'art. Le débat tourne à la controverse, puis à l'hystérie, jusqu'à éclater au Parlement britannique où est discuté le futur de l'art contemporain anglais. Débats au cours desquels les conservateurs appellent Fanni Tutti «*the wrecker of civilization*» («la démolisseuse de civilisation»).

En 1978 CRASS le collectif anarcho-punk, antifasciste, pacifiste, féministe, anticonsumériste, antiglobalisation, pro-droits des animaux et de la planète sort son premier disque, *The Feeding of the 5 000.* Le label avec lequel il s'apprêtait à le publier ayant refusé que la chanson *Asylum* figure sur le vinyle, Crass a monté son propre label, Crass Records. En 1981, ils sortent un troisième album -PENIS ENVY- , manifeste féministe contre le mariage et la répression sexuelle chanté par Joy De Vivre et Eve Libertine. Une des chansons s'intitule *Our Wedding* et Crass propose à *Loving*, magazine pour adolescentes, d'offrir le disque à chaque lectrice de la revue. *Loving* accepte et lance sa campagne de promotion avec le slogan « Pour faire du jour de ton mariage un jour encore plus spécial ! ». Les équipes du magazine n'avaient pas pris la peine d'écouter la chanson, qui était une parodie hautement rageuse et destroy d'une chanson d'amour romantique classique. Dès la sortie du magazine avec ce single, le disque est interdit à la vente et Crass est traîné en justice pour « publication obscène ».

C'est avec Crass Records que POISON GIRLS sortent leur premier disque, *Hex*, en 1979. Vi Subversa est la chanteuse, guitariste et compositrice de tout le répertoire du groupe. Elle fait irruption sur la scène punk à 44 ans (en même temps que ses deux fils montaient leur groupe punk) avec des paroles politiques, anarchistes, féministes – mais qui contiennent plus de poésie que celles de n'importe quel autre groupe underground.

signe avec la multinationale Virgin en 1977 pour leur premier 45-tours. Lora Logic joue les lignes mélodiques au saxo. Le groupe fait sa première apparition télé à *Top of the Pops* alors que la chanteuse, **Poly Styrene** a 21 ans. Cheveux courts, appareil dentaire, vêtements dont les couleurs rappellent plus la garde-robe d'une vieille dame que l'obscur registre punk, Poly devient aussitôt une idole pour adolescentes. Sa présence récurrente dans les tabloïds britanniques renforce l'idée que X-Ray Spex est un groupe plus commercial et plus conventionnel que ses contemporains punk.

SOME PEOPLE THINK LITTLE GIRLS SHOULD BE SEEN
AND NOT HEARD, BUT I THINK
OH BONDAGE,
UP YOURS !!!...

Et pourtant, X-Ray Spex et Poly Styrene étaient punk y compris à l'intérieur du mouvement punk. Ce que Poly a fait de son image est exactement ce qu'avaient fait Patti Smith ou Chrissie Hynde : s'opposer aux exigences de l'industrie, qui voulait que le talent des artistes femmes soit moins important que leurs attributs physiques à la fois convenables et séduisants. Poly voulait être prise au sérieux, que la presse et le public ne se concentrent pas sur son look, mais sur son travail de compositrice, de chanteuse et d'interprète. Mais plus elle cherchait à détourner l'attention de son physique, plus elle « s'enlaidissait » et plus son corps était remarqué. Poly était une song writeuse au talent exceptionnel, et personne n'en avait rien à foutre : ni la presse musicale, ni les tabloïds, ni la scène punk elle-même.

IF I BECOME A SEX SYMBOL, I'LL SHAVE MY HEAD

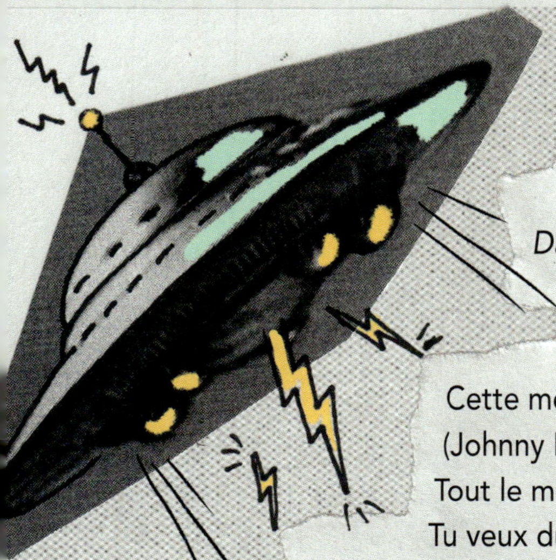

La réflexion sociale et politique de son premier et unique disque est si pertinente et précise qu'elle semble avoir été écrite aujourd'hui. Que ce soit l'attaque contre le consumérisme dans *The Day the World Turned Day-Glo*, la réflexion sur la technologie dans *Genetic Engineering* ou sur l'identité, le genre, le féminisme, la romance postmoderne dans *I Am a Cliché*, la satire de *Germfree Adolescents*, tout, dans sa production, est prophétique.

Cette même année, Poly se retrouve dans une fête avec les Sex Pistols et John Lydon (Johnny Rotten) fait une blague devant tout le monde sur comment Poly est «freaky». Tout le monde éclate de rire. Elle s'enferme dans la salle de bains et se rase la tête. Tu veux du freaky? Je peux t'en servir une double dose. Quelques jours plus tard X-Ray Spex joue dans le cadre du festival Rock Against Racism et Poly dénoue le turban qui recouvre sa tête. En découvrant son crâne chauve, les spectateurs et l'opinion publique réagissent de la même façon qu'ils le feront en 2007 devant les photos de Britney Spears qui s'était également rasé la tête.

Folle, hystérique, crise de nerfs, elle a complètement perdu les pédales.
Sans surprise, quelques mois plus tard, quand Poly déclare avoir vu un ovni, le diagnostic est clair: schizophrénie, donc médication, internement.
À 22 ans, elle dissout le groupe et disparaît.
À la Betty Davis.
L'institution psychiatrique l'enferma dans la schizophrénie comme la société et le Punk lui-même l'avaient enfermée dans son genre et sa biracialité.
L'authenticité avec laquelle elle eut l'intuition du futur à travers son époque, l'intégrité dont elle fit preuve en s'éloignant d'un mouvement qui avait cessé d'être le sien au moment où sa carrière pouvait décoller: le Punk n'était pas prêt pour son héritage politique et musical.

Pas plus que le Punk n'était prêt pour **the slits**, qui débarquèrent avec un premier disque en 1979 sorti sur Island Records, une multinationale. Deux ans plus tôt, The Clash avaient publié *White Riot*, disque qui faisait référence aux émeutes de Notting Hill Carnival – durant lesquelles de jeunes Noirs s'étaient rebellés contre la répression policière. Trois mois plus tard, Bob Marley sortait *Punky Reggae Party*. Le Rock accéléré de la classe blanche laborieuse et la musique des populations migrantes caribéennes faisaient front uni contre « les vieux croulants » de l'industrie musicale dominante et de la société conservatrice britannique.

TYPICAL GIRLS

TYPICAL GIRLS SO CONFUSING

Le **CUT** de The Slits s'inscrit davantage dans cette fusion musicale « révolutionnaire » que dans le onetwothreefour-poum chak poum du Punk.

The Slits, c'était quatre gamines entre 14 et 17 ans qui se comportaient comme des filles de cet âge et qui, sans avoir le début d'une idée de comment jouer d'un instrument, s'étaient fait une place dans la scène underground britannique. Pendant les premiers concerts, il pouvait arriver que Viv joue une chanson totalement différente de celle que jouait Tessa ou Palmolive. Ari Up sautait d'un côté à l'autre de la scène en braillant dans le micro. Musicalement, ça n'avait aucun sens. Mais l'attitude et l'énergie des membres du groupe faisaient que ça n'était pas important. The Slits, c'était un pur désastre, un chaos insupportable, une folie de cacophonie terrifiante pour tous ceux qui ne savaient pas comment les cataloguer.

TYPICAL GIRLS

« Nous étions les rebelles absolues. Notre look était beaucoup plus dérangeant ou plus bizarre que ceux des garçons, parce que les gens commençaient à s'habituer à ce que les mecs aient des looks rock'n'roll, mais des filles avec des fringues fétichistes, des chemises déchiquetées, les cheveux hérissés et des bottes Doc Martens ? C'était insupportable. On ne pouvait dormir à l'hôtel qu'à condition d'atteindre directement l'ascenseur sans que personne nous voie. Le tour manager menaçait de nous virer de la tournée. Norman, le chauffeur du bus, il fallait le convaincre tous les jours de nous laisser monter dans son van. »

Un jour, un homme porta plainte contre le label parce qu'il avait écrasé sa voiture contre un mur, choqué par la pochette du disque sur une affiche publicitaire. D'autres petits hommes assistaient aux concerts des Slits uniquement pour les interrompre. Cracher. Se battre. Les insulter. Et même poignarder la chanteuse Ari Up.

« Ils nous ont fait sortir d'un hôtel juste parce que j'avais un graffiti "The Slits" sur ma valise », qui en argot signifie, littéralement, les fentes de la chatte.

TYPICAL GIRLS

UNPREDICTABLE

The Slits ne se comportaient pas comme on attend des femmes qu'elles se comportent, y compris à l'intérieur du mouvement punk. Elles ne correspondaient à rien de connu, à rien qui existait avant elles. À rien de ce qu'on leur avait appris. Elles voulaient incarner « tout ce que la société déteste chez une femme ». La rage avec laquelle elles exprimaient leur frustration était primitive et sauvage.

« Les hommes ne savaient plus s'il valait mieux baiser avec nous ou nous tuer. »

TYPICAL GIRLS

DON'T

CAN'T

D'un point de vue économique, les bénéfices furent dérisoires – comparés à ceux de n'importe quel groupe de garçons de la même époque. Le succès commercial fut nul. Et « les pressions exercées contre nous parce que nous étions des femmes eurent raison du groupe. Si on avait été un groupe de mecs, on aurait duré bien plus longtemps ». Mais c'est après avoir vu The Slits sur scène qu'Ana da Silva et Gina Birch décidèrent de monter

THE RAINCOATS

« C'était comme si j'avais reçu la permission. Je n'avais jamais imaginé faire partie d'un groupe. Les filles ne faisaient pas de groupes. Et puis j'ai vu The Slits et ça a été une évidence : moi aussi. C'est mon truc. »

WHO INVENTED THE TYPICAL GIRL?

On dit souvent que, dans le Punk, les filles se sentaient libres d'être différentes. Mais ça restait un problème si elles le faisaient en étant trop excellentes, ou trop sauvages. Toujours un problème, qu'elles s'habillent comme des grands-mères ou qu'elles ne s'habillent pas du tout. Qu'elles soient blanches ou noires, qu'elles aient un son plutôt funk, ou reggae, ou purement punk. Toujours un problème. Comment faire ?

Picture This : une fille blanche, très belle, blonde, yeux verts, qui pourrait incarner à la perfection la « dumb blonde » nord-américaine.

Appelle-la Marilyn Monroe,
appelle-la Jayne Mansfield
ou appelle-la…

DEBBIE HARRY

OK, Debbie, l'agressivité frontale n'a pas fonctionné.
La réflexion politique non plus. Qu'est-ce qu'on fait ?

On s'approprie la musique la plus commerciale et la plus conventionnelle que l'Amérique du Nord ait créée et on l'enfonce dans les égouts dégoûtants du New York des années 1970. Qu'est-ce qui serait plus punk que de pervertir et la musique et la féminité du mainstream depuis l'underground le plus antisystème ?

OK, Debbie, je te suis. Mais comment on s'y prend ? Comment être sûr qu'on comprenne que c'est une critique et pas une reproduction ?

On s'en fout ! On veut surtout s'amuser !
OK, on va injecter un peu de sex-appeal à ces ménagères, depuis le temps qu'elles préparent des gâteaux et qu'elles s'occupent du linge sale…

Avant de fonder Blondie, Debbie a été serveuse, Bunny Playboy, elle a monté deux groupes qui n'ont pas marché.
Dans le premier single du premier disque de Blondie, une prostituée s'adresse au policier qui vient de l'arrêter : je sais que ce qui t'intéresse, c'est de coucher avec moi.
Et elle a un plan : elle va être *sex offensive* avec lui pour faire de lui un *sex offender* et l'envoyer en cellule à son tour.

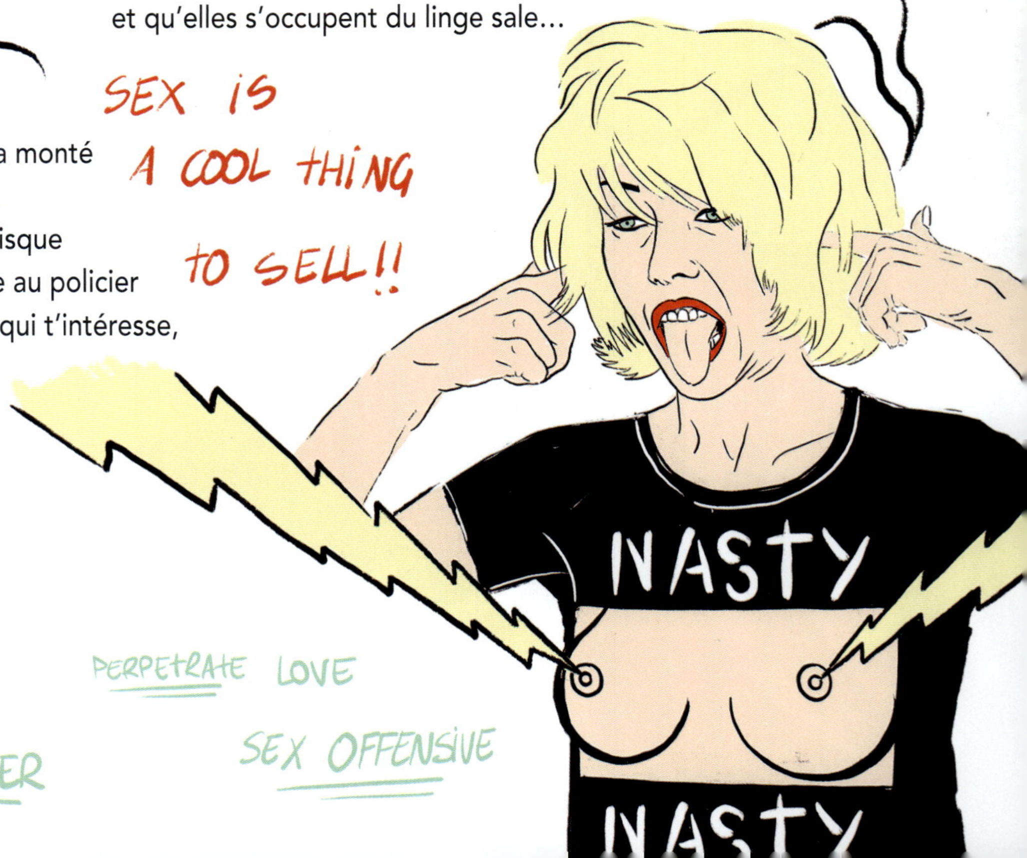

Sur le deuxième, au mid-tempo si sucré qu'il en devient volontairement crétin, elle prend la voix mièvre de la femme enfant innocente pour déclarer sa flamme à un homme déjà pris et qui ne lui demande rien.
Elle le veut « en chair et en os ». Et s'empare, l'air de rien, du point de vue du harceleur.

L'important avec Debbie Harry, c'est comment elle dit ce qu'elle est en train de dire. Comment une jeune femme de 29 ans a fondé un groupe avec ses potes pour s'éclater. Elle ne veut ni plan de carrière, ni emploi stable, ni mariage, ni famille. Debbie est ce genre d'amie que tes parents n'aiment pas, que ton fiancé n'aime pas (même si elle l'affole beaucoup), et avec laquelle tu adores sortir faire la fête.
Une hooligan. Elle ne cherche pas à faire plaisir, elle peut rire de tout et foutre le bordel n'importe où. Elle est effrontée, elle est au courant de tous les potins. Et elle a toujours la bonne réponse, la bonne vanne, acide et drôle.

Toi, tu mets une robe courte trop jolie pour sortir et Debbie passe te chercher avec une chemise XXL totalement destroy. Des chaussettes de basket, des genouillères de hockey, des santiags ou des Converse noires. Mon Dieu, si ma mère me voyait… On ressemble à deux Bunny Playboy échappées d'un futur apocalyptique, prêtes à en découdre avec les petits machos qu'on croise.

De l'humour, Debbie, il nous faut beaucoup d'humour !

C'est peut-être pour ça que les premiers disques de Blondie connaissent un succès certain au Royaume-Uni et en Australie, mais ne parviennent pas à pénétrer le marché nord-américain ni l'antre mythique du Punk new-yorkais, le CBGB. Debbie Harry est trop jolie pour Patti Smith. Debbie Harry ne se prend pas au sérieux. Debbie Harry est bien trop à l'aise avec sa sexitude.

Comment tu vas faire, Debbie ? Comment tu vas faire pour décrocher un numéro 1 ? Le groupe a beaucoup de dettes, et tu n'as même plus de quoi acheter un paquet de riz…
Debbie regarde autour d'elle, ses yeux vont d'un égout à l'autre.

Lequel est le meilleur du moment ?
Disco ! On va faire
une chanson DISCO !

Tu es sûre que les radios Rock et le public Punk vont t'accepter si tu fais une chanson Disco ? Fais attention, tu vois bien que c'est un genre super critiqué, un truc de pédé, de la musique de travesti, de second rang, de mauvais goût.

Qu'est-ce qu'on en a à foutre ?
On veut s'amuser ! On va faire
une chanson DISCO PUNK.
J'ai une meilleure idée :
on va en faire TROIS.

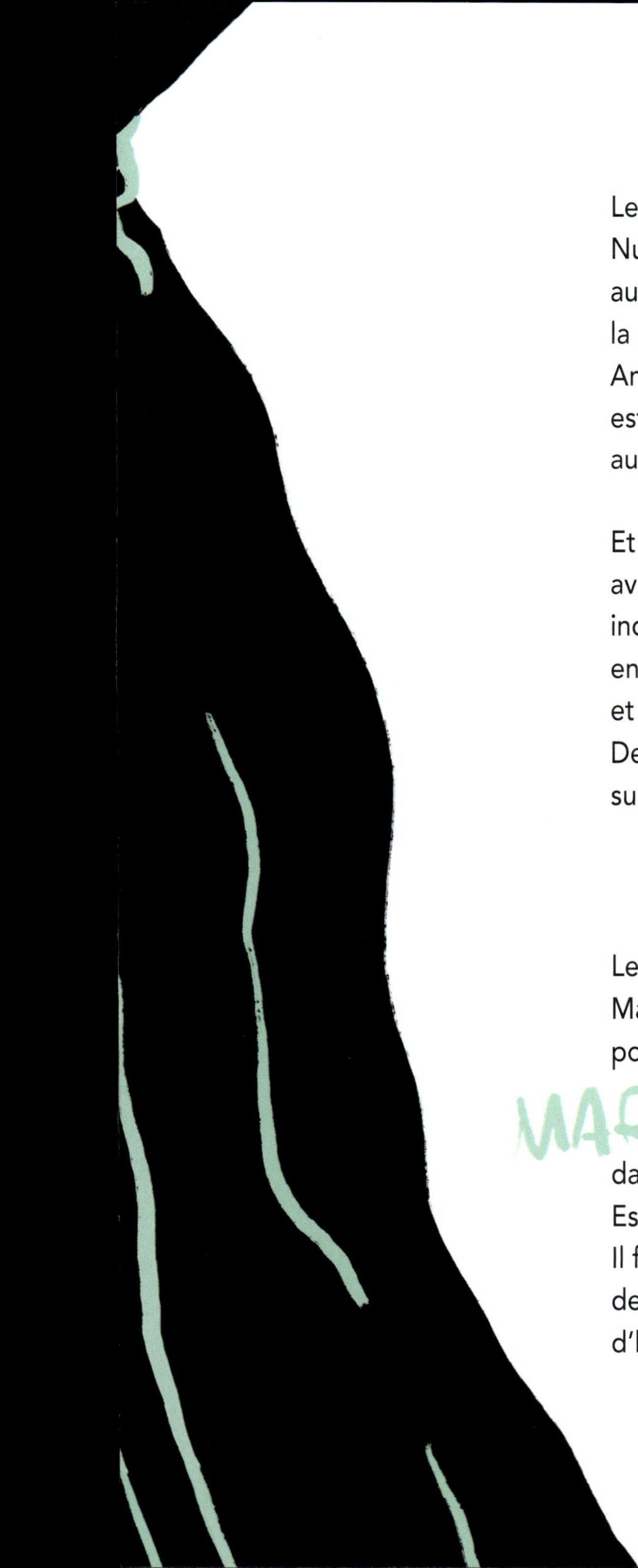

Le 29 janvier 1979 Blondie sort HEART OF GLASS
Numéro 1 dans vingt pays, plus d'un million de disques vendus aux États-Unis, Royaume-Uni et Australie. Un an après, la collaboration avec Giorgio Moroder pour la BO du film American Gigolo, CALL ME
est numéro 1 dans plus de vingt pays, six semaines consécutives aux États-Unis.

Et deux semaines après, Blondie sort ATOMIC
avec un clip postapocalyptique délirant : dans une grange industrielle abandonnée, le groupe joue devant des spectateurs en combinaison vinyle, sur fond d'images du Cambodge et d'explosions nucléaires en Technicolor. Au milieu de tout ça, Debbie – totalement défoncée – danse comme un robot sur un solo de basse improbable. Pourquoi pas ?

De l'humour. Il nous faut de l'humour !

Les membres de Blondie se séparent en 1982. Mais dix-sept ans plus tard, ils se remettent ensemble pour sortir un disque : *No Exit*.

MARÍA est le premier single, il reste dix-sept semaines dans le top 100, se classe numéro 1 en Grèce, Pologne, Écosse, Espagne et Royaume-Uni. Pile vingt ans après *Heart of Glass*. Il fallait mettre un peu de strass sur la poussière, un peu de paillettes sur le Punk, un peu de bruit sur la Disco, et un peu d'humour sur tout ce vieux fourbi du patriarcat.

Et voilà. Après trois jours et trois nuits de fête à traîner dans le coin vient le moment de la descente. Tu as envie de mourir. Tes yeux sont cernés de noir. Tu fermes les volets. Tu éteins la lumière. Tu n'as pas envie d'aller travailler. De toute façon, Reagan et Thatcher célèbrent la loi impérialiste patriarcale, sans vergogne. Qui aura de quoi manger demain ? Il n'y a pas de futur. Regarde l'état du pays, regarde l'état de la relation de tes parents, regarde la voisine qui n'arrive pas à boucler ses fins de mois. Et tout le monde s'en fout et s'abrutit devant la télé. On est de la merde. Cette cruauté – indicible. Rien ne fonctionne, tout va mal, il n'y a pas d'issue.

Quand SIOUXSIE SIOUX amène la critique politique du Punk dans le coin le plus obscur de nos vies individuelles, elle élargit son spectre. En affinant son terrorisme esthétique, elle le déforme. Elle plie les formes jusqu'à ce qu'elles rompent. C'est au creux de ce point de rupture que Siouxsie établit les bases du « mouvement » gothique anglais, l'une des subcultures les plus attachées à la déconstruction du genre, de la binarité et de l'hétérosexualité.

Le maquillage, la coiffure, les vêtements, la conscience de soi-même, tout se dilue dans le clair-obscur gothique. Siouxsie ne s'enlaidit pas pour s'éloigner de la féminité, Siouxsie n'appartient ni au masculin ni au féminin. Ni au beau ni au laid. Peut-être que Siouxsie, la chanteuse, n'appartient déjà plus à l'humain.

Sa séduction et son désir sont plus éloignés qu'ils ne l'ont jamais été des griffes patriarcales parce qu'ils sont autre chose. Une altérité habitant les ténèbres. Mutante jusqu'à être menaçante. Quelque chose d'étrange, de variable, de malfaisant qui t'attire et te repousse en même temps. Siouxsie n'est pas souriante, on dirait qu'elle n'a pas de sentiments. Comme un cadavre sublime et fascinant. Un vide trouble et captivant. Un abîme macabre et artificiel qui frustre les idéaux masculins de la féminité. Elle n'est pas asexuelle et elle n'est pas une femme fatale. En même temps statue gréco-romaine, déesse égyptienne, salope, pin-up arborant une svastika, dominatrice BDSM avec la poitrine nue qui enfonce son talon aiguille dans la jugulaire du macho alfa.

Tout ce que nous avons appris sur les drogues, le sexe, la religion, la politique, la mystique, les turbulences de genre, de race, la mise en scène, l'esthétique, la musique et le chant ne sert plus à rien. Le regard masculin importe peu avec Siouxsie ou Debbie. Maintenant, ce n'est plus qu'il compte moins, c'est qu'il n'existe plus. Qu'est-ce que le regard, au juste ?

Dans le clip de *My Jamaican Guy*, elle chante et il embrasse ses lèvres sans qu'elle bouge. Elle est maquillée, il porte un petit pansement aux sourcils. Elle porte des talons et lui non. Il danse et elle bouge les hanches d'une façon si subtile que l'incitation semble folle, hypnotique, déchaînée. Elle ne va pas l'abandonner, et lui non plus. Elle et lui, c'est la même personne :

GRACE JONES

Dans le clip de *Smack Jack*, une sorte d'agent SS ou de la Stasi ou de la Polizei décrit ce que ça fait de shooter un peu d'héroïne. Une sorte de junky/clown et une sorte de chanteuse lyrique très bronzée font les chœurs. Les trois dansent ensemble sur des petites étoiles de couleur. Une nonne/vierge implore : arrête la drogue. Et les trois reprennent cette phrase avec elle. L'agent, la junkie, la diva et la nonne, c'est la même personne :

NINA HAGEN

Nina et Grace ne ressemblent à rien de connu jusqu'alors.

Une mannequin jamaïcaine installée à New York dans les années 1970, une coupe iconique et des vestes aux larges épaules masculines, qui fait la fête avec la crème de la crème au Studio 54 et qui chante comme ne chanterait aucun homme, mais aucune femme non plus, et parfois chante lyrique et d'autres fois fait du Rap, sur des rythmes qui ne sont pas du tout disco mais pas non plus funk, certainement pas rock, un peu dub électronique, musique de club, ou pas.

Une chanteuse d'opéra de Berlin-Est qui passe à l'Ouest pour monter un groupe punk en 1977 et interprète le Reggae comme si c'était de l'art lyrique ou l'art lyrique comme si c'était du Punk, avec les cheveux rouges, ou verts, ou jaunes, ou bleus et les yeux surlignés d'un eye-liner iconique, et qui montre comment se masturber avec le micro en prime time à la télévision publique allemande.

Elles ne ressemblent à rien de connu jusqu'alors, mais tout ce qui nous paraîtra futuriste, nouveau, progressiste, avant-gardiste dans les années qui suivront ressemblera irrémédiablement à l'une ou à l'autre, ou aux deux simultanément.

Grace Jones dit : « Je me rebelle sans cesse. Et je ne crois pas que j'arrêterai de me rebeller. » Mais au lieu de le faire comme nous avions appris à le faire, en critiquant, en proposant des alternatives, en contestant, Grace et Nina opèrent une transfixion. Une amputation au scalpel de nos points de référence afin de les reproduire artificiellement, comme un travail de caméléon. Le joker dans un jeu de poker. Le début et la fin devenant incongrus, comme sur un escalier d'Escher. C'est la forme et l'espace fondus de l'horloge de Dalí. La ligne continue, se déroule, forme un cercle, devient angle, le cadre est un litre de mercure s'écoulant dans un abîme.

Mannequin, chanteuse, statue, œuvre d'art, performance, underground et haute-couture. Punk, Disco, Reggae, Opéra, New Wave, Cabaret, Pop et Jazz. Tout, son contraire et rien du tout, cherchant et trouvant une résolution à l'absurdité stupide de toutes les normes telles qu'elles apparaissent si on les extrait de leur cadre coutumier. Déformant l'axe de tension de ce qui est connu jusqu'à le rendre indéfinissable. Comme l'obscurité profonde de l'onyx : absorber, unifier, mâcher, détruire et **RECRACHER**.

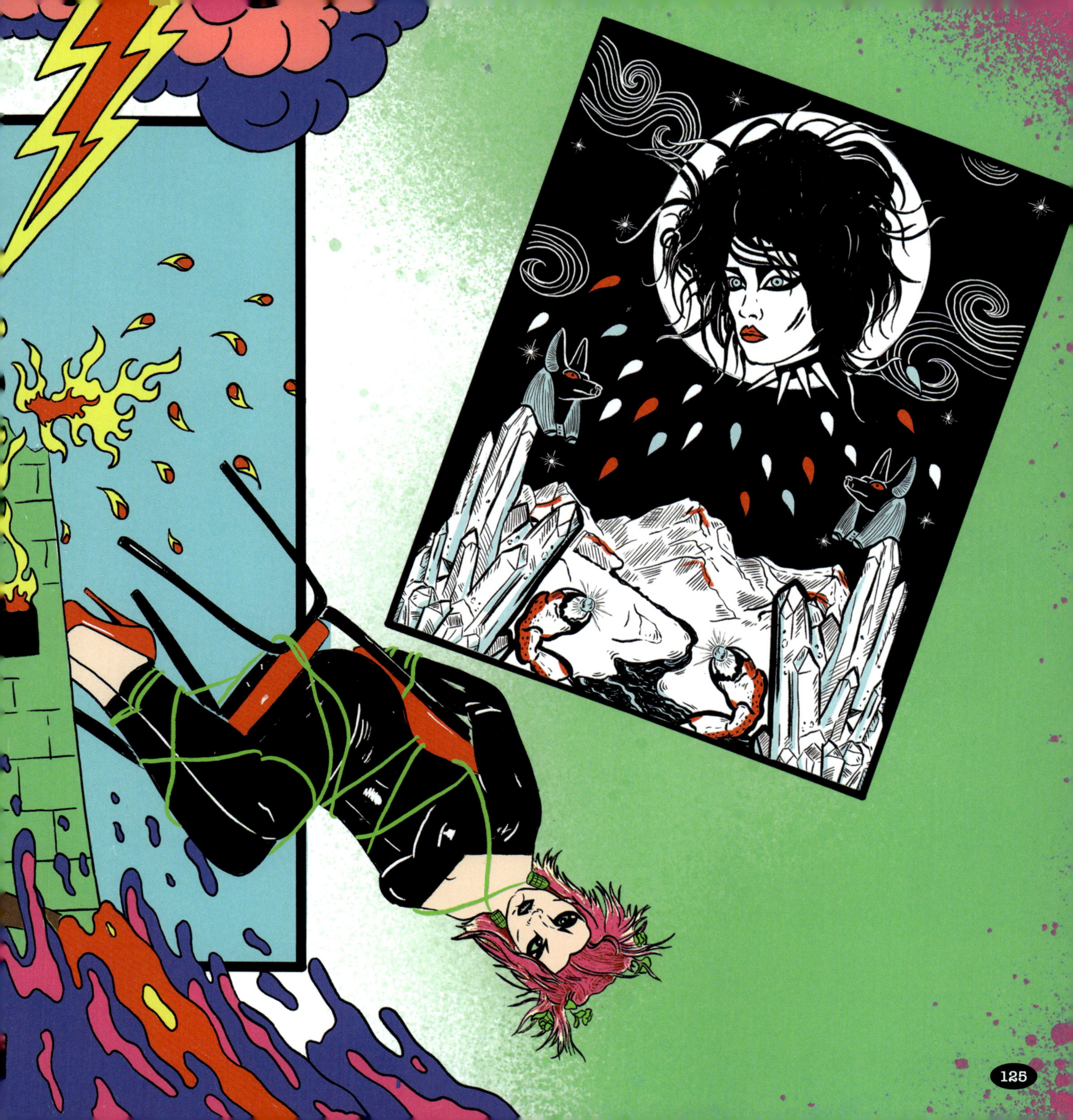

Après la fête avec Debbie au CBGB et la descente avec Siouxsie à Londres, tu es retournée t'éclater avec Nina Hagen à la station de métro Zoologischer et avec Grace Jones au Studio 54, profitant de ce qu'avec elles ni Berlin ni New York n'existent vraiment, ou bien ce sont les mêmes villes.

De retour chez toi, si tu as une maison, tu as croisé un cafard gigantesque – comme ceux qu'on voit dans *Men in Black*. Impossible de t'échapper. Il t'a avalée entièrement. Dans son estomac tu te retrouves avec Elvis Presley et Eddie Cochran, entre des litres de whisky et le brouillard de la fumée de tabac. Le cafard shoote dans les sacs-poubelles, il avance en trébuchant. Il s'est pris une bonne caisse. Avant de tourner sur Bowery Street, il vomit une masse verte fluorescente de laquelle émergent deux créatures.

L'une joue à la guitare :

tiru tiru tiru tiru tiru tiru
tiru tiru tiru tiru tiru tiru tititititititit- ARARARARA
WRATATARA WRATATARA (tic tic tic tic) WRATATARA WRATATARA (BOOM)
WRATATARA WRATATARA WRATATARA WRATATARA
WRITITIRI WRITITIRI WRITITIRI WRITITIRI WRATATARA WRATATARA WRATATARA WRATATARA
WRUTUTURU WRUTUTURU WRUTUTURU WRUTUTURU WRATATARA WRATATARA WRATATARA
WRATATARA

et l'autre dit qu'il est un humain mouche, BUZZ BUZZ BUZZ
et qu'il a 96 larmes et 96 yeux, BUZZ BUZZ BUZZ
une poubelle dans le crâne, une chenille prête pour une guerre bactériologique, BUZZ BUZZ BUZZ envoie plus de pesticide.

Va savoir ce que sont devenus Elvis et Eddie.
Ils te donnent des crampes. Lux Interior
et Miss

THE CRAMPS POISON IVY

LIKE A BAD GIRL SHOULD
BORN BAD · STAY SICK

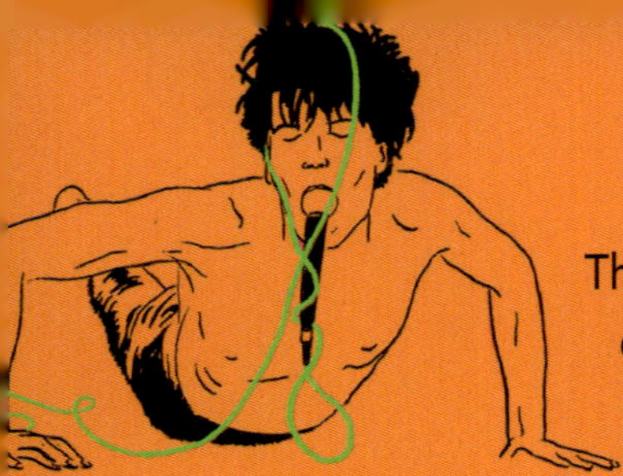

The Cramps retournent la tête, à 360 degrés, de la dynamique de genre en usage dans le Rock'n'roll. Lux chante, Poison joue de la guitare, de la basse, dirige le groupe, produit et écrit tous les morceaux. Il ressemble à un fou psychopathe et sexy, avec ses pantalons de cuir noir et ses talons aiguilles. Il termine invariablement ses concerts pratiquement à poil. Elle resplendit comme une strip-teaseuse des bas-fonds avec une attitude de maton qui va t'en coller une à la première occasion. Lux enfonce son micro dans sa bouche comme s'il taillait une pipe tout en émettant des sons gutturaux au rythme de sa guitare à elle, ou de la batterie d'une des trois batteuses ou des trois bassistes meufs qui feront partie du groupe.

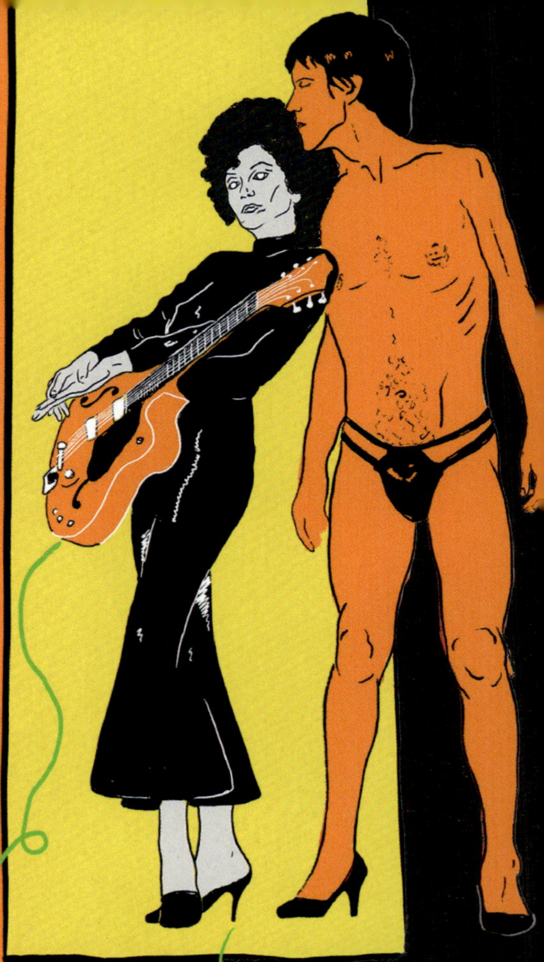

Poison a regardé Lady Bo, aka Peggy Jones, aka «The Queen Mother of Guitar», jouer dans le Sacramento Live de Bo Diddley. Ou peut-être une de ses remplaçantes au début des années 1960, Norma-Jean Wofford, aka «The Duchess». Qui sait. Quoi qu'il en soit, Poison veut leur ressembler. Elle veut canaliser le sexe le plus obscène et vulgaire qui soit dans le son d'une guitare. Elle et Lux vont construire une œuvre qui assume de remettre le sexe au centre du Rock'n'roll.

Ce spécimen californien injecte un peu de magie noire aux stars hollywoodiennes des années 1950, et une bonne dose de dominatrice spécialiste du bondage à la petite pin-up du Rock'n'roll. C'est comme si Betty Page posait en bikini de sequins rouges pour la revue fétichiste la plus décadente en prenant des poses de butch agressive. La sueur ruisselle le long de son corps et dégouline de son soutien-gorge en latex tandis qu'elle appuie sur la pédale de distorsion de sa guitare en jouant des chansons qui évoquent « des décapitations, des défigurations, des frénésies psychopathes, des soucoupes volantes, du vaudou et des chattes. Toujours des chattes » (Jas Obrecht, dans le magazine *Guitar Player*, en 1990).

On aurait dit que pendant la scène la plus sanglante d'un film de série B, l'assassin et la victime avaient ensemble un orgasme tantrique infini. Comme si Dracula, Morticia Addams et la Gorgone étaient un seul et même être, abominable et répugnant. Violent. À cheval entre le truc sexuellement excitant et la possession démoniaque. Pionnière du Psychobilly, Poison Ivy est une figure fondamentale de l'histoire du Rock. En trente ans de carrière en studio et sur scène, « jamais personne ne m'a parlé de musique ou de guitare », dit-elle.

À la fin des années 1980, **WENDY O. WILLIAMS** dit à peu près la même chose dans une interview télé : « Le machisme de l'industrie et dans les médias leur interdisait de me parler, tout ce qu'ils voulaient, c'était me regarder. Jusqu'à ce que je commence à tout détruire. À partir de là, ils ont commencé à se demander qui était Wendy O. Williams et qui étaient les Plasmatics. »

L'histoire raconte qu'en 1976, à New York, Wendy voit un magazine par terre, à une station de bus. À la page des petites annonces un certain Rod Swenson cherche une dominatrice pour les performances live de son show *Captain Kink's Sex Fantasy Theatre*. Le théâtre des fantasmes sexuels du capitaine Pervers. Comment ne pas appeler ? Wendy décroche le rôle et, en 1977, Rod et Wendy montent leur groupe de musique, Plasmactics. Deux ans après, Wendy tourne dans le film porno *Candy Goes to Hollywood*, où elle lance des balles de ping-pong avec sa chatte.

Sa visibilité grandit et tout le monde veut la voir sur scène, détruisant des voitures, des télés et des guitares avec un fusil à pompe, un marteau ou une tronçonneuse. Mais personne ne veut parler avec elle. Ça n'intéresse personne de savoir que Wendy fait exactement ce qu'elle chante dans ses textes : détruire le matérialisme, le capitalisme, le fascisme.

Beaucoup de ses concerts sont interdits pour incitation à l'anarchisme. Le 18 janvier 1981, les Plasmatics arrivent à Milwaukee, Wisconsin. La police menace de les arrêter s'ils jouent. « Ce spectacle attire les Noirs et les pédés. » Le groupe monte sur scène. Après le concert, Wendy assomme d'un coup de poing le policier qui vient l'interpeller. Les autres policiers lui tombent dessus. Ils lui ouvrent la tête, lui cassent le nez, la frappent jusqu'à ce qu'elle perde connaissance et l'arrêtent pour « scandale exhibitionniste et atteinte à la sécurité des lieux ». Ils la traînent au poste et la violent.

« Dans nos sociétés, on trouve normal qu'il y ait des viols et des meurtres, mais on ne supporte pas que quelqu'un détruise une télé. (…) Je suis une anarchiste, je crois que tout le monde devrait avoir le droit de faire ce qu'il veut si ça ne fait de mal à personne. Je ressens un soulagement et une libération quand je fais ces choses. Plus tu retiens les émotions, plus tu les réprimes et plus tu génères de violence. »
« Avec Plasmatics, j'ai la chance de faire ce que j'aime, c'est-à-dire détruire des trucs et montrer que c'est seulement des objets. Les gens accordent trop de valeur aux choses matérielles. Ça te fait aller au travail pour économiser de l'argent pour pouvoir les acheter. Ne me faites pas dire ce que je n'ai pas dit : j'aime les choses. Mais je les déteste aussi. C'est pour ça que j'adore les détruire. Rien ne m'excite plus que de voir exploser une voiture, comment la carrosserie monte à dix mètres au-dessus du sol. Quand je vois une télévision parfaitement bien installée, ça me plaît de la fracasser par terre. »
« J'aime le son que ça fait. J'aime les lumières. J'aime que mes poumons se remplissent de fumée. Et j'aime la fatigue de manier une masse et d'avoir tapé jusqu'à aplatir, jusqu'à transformer en une pile de débris. Ça fait circuler mon sang. »
DON'T BE A WANKER!

Le système l'avait parfaitement compris : l'arme la plus puissante de Wendy était son propre corps. Musclé, tendu, nu. Posant pour la double page centrale de *Playboy* en 1986. Serrant une tronçonneuse entre les cuisses pour découper une guitare en deux, faisant balancier avec les hanches d'avant en arrière. Comme si la tronçonneuse avait été son gros gode sodomisant l'industrie musicale pour la couper en deux. Arrivant sur scène dans une voiture d'où elle sautait juste avant qu'elle explose en mille morceaux. Ou jouant le rôle d'une gouine délinquante ultra-sadique (et très sexy) dans *Reform School Girls*, une parodie délirante des films de prisons de femmes. Écrivant FORNICATE sur la carrosserie d'une voiture orange avant de la bourrer de dynamite et de la faire exploser sur un plateau télé. Ou encore conduisant un bus au milieu du désert et le laissant s'éclater à toute vitesse contre un mur de téléviseurs.

La sexualité furieuse d'« une nymphomane marginale et exhibitionniste terminale » émettant une extrême et folle SEXtence de mort contre le statu quo.

Le grand-père paternel de Marianne est l'inventeur de la première machine anti-frigidité, il était convaincu que la libération de la libido serait la solution à tous les problèmes de l'humanité. Son grand-oncle, du côté maternel, est l'écrivain Leopold von Sacher-Masoch, auteur de *La Vénus à la fourrure*. C'est de son nom que vient le mot «masochisme».

Le fils du premier et la nièce du second se marient et ont une fille, MARIANNE Evelyn Gabriel FAITHFULL, née sous le signe du Capricorne le 29 décembre 1946.

À 21 ans, Marianne Faithfull est follement éprise de Mick Jagger, qu'elle vient de rencontrer. Pendant un week-end de défonce entre potes à Redlands, dans la maison de campagne de Keith Richards, douze policiers surgissent et perquisitionnent la baraque. Ils trouvent du LSD, des amphétamines, un peu d'héroïne et une femme nue sous un manteau de fourrure – seule au milieu des garçons complètement défoncés. Jagger et Richards sont arrêtés et la «femme nue sous un manteau de fourrure» fait la couverture de tous les journaux et tabloïds pendant des semaines.

«Le raid de Redlands a détruit ma vie. Être un mec addict aux drogues et se comporter comme tel est un signe supplémentaire de crédibilité et de glamour.» Comme elle le raconte dans le magazine *Details*: «Une femme dans la même situation est une dégénérée et une mauvaise mère.»

Entre autres anecdotes, les journalistes écrivent qu'au moment de la perquisition Marianne avait une barre de chocolat britannique dans le vagin, pour le délice de Leurs Majestés les Rolling Stones, évidemment. En vingt-quatre heures, «l'angélique bourgeoise blonde aux yeux bleus, innocente et manipulée par les héros du Rock les plus obscènes et dégénérés» de toute l'Angleterre et d'une grande partie du monde, devient "Miss X": une jeune vicieuse, maudite et décadente qui vient incarner une vieille prophétie familiale.

Marianne Faithfull sort six albums entre 1965 et 1969. Elle vit – ou survit – aux côtés des Stones au raid de Redlands, à l'enfer d'Altamont et à une – pour le dire avec les mots des journalistes – « tentative de suicide peut-être infligée par son satanique et flamboyant fiancé » en Australie. Marianne mélange marijuana, LSD, cocaïne, héroïne, amphétamines, alcool et somnifères. En février 1969, elle publie **SISTER MORPHINE** qui est immédiatement retiré de tous les rayons et, de nouveau, la prophétie : quand les Stones reprennent la chanson deux ans plus tard, Marianne vit derrière un mur en ruine de Soho, accro à l'héroïne. Elle perd la garde de son fils, sa mère tente de se suicider, Marianne souffre d'anorexie et elle fait une apparition à la NBC, vêtue en nonne, avec David Bowie qui est aussi défoncé qu'elle. Ils chantent ensemble le succès de Cher et Sonny *I Got You Babe*.

Quatre ans plus tard, en 1975, Marianne interprète *Dreamin' My Dreams*, « Rêvant mes rêves », et comme cela ne pouvait arriver qu'au cours de la décennie la plus prolifique en impossibles, la chanson est numéro 1 en Irlande. Oui, en Irlande. Faithfull décide de se désintoxiquer, de retourner en studio et elle signe en 1979 un des meilleurs disques de l'histoire de la musique, **BROKEN ENGLISH**

La chanson sur la terroriste communiste Ulrike Meinhof donne son titre au disque, les sorcières folles complotent contre le patriarcat dans *Witche's Song* et une droguée arrogante semble s'adresser à ses amis du passé dans *What's the Hurry*. La culpabilité catholique comme banqueroute morale de *Guilt*, la pulsion suicidaire d'une femme au foyer de la classe moyenne qui a perdu ses illusions dans *The Ballad of Lucy Jordan*, et l'ironie suprême de ce que la fille d'un militaire anglais et d'une baronne de l'aristocratie austro-hongroise fasse une reprise de *Working Class Hero* de John Lennon et que ce soit une réussite.

BROKEN BROKEN ENGLISH

Broken English est une anthologie incomparable de toutes les féminités indécentes et marginales. La perspicacité intellectuelle est sans fioritures et s'énonce avec une musicalité précise – peut-être trop pour cette époque. Quand Marianne entre en studio pour enregistrer un texte de Heathcote Williams, les musiciens sont horrifiés. La chanson *Why'd Ya Do It* sera censurée dans plusieurs pays pendant plus de dix ans. Mais ces sept minutes frénétiques durant lesquelles une amante trompée s'obsède pour connaître les motivations qui ont amené son amant à « trahir sa petite huître » marquent la renaissance glorieuse de Marianne Faithfull, bien loin des règles du Rock macho.

"I'M A FABULOUS BEAST, AND AS SUCH,
I SHOULD ONLY BE GLIMPSED VERY RARELY,
THROUGH THE FOREST, RUNNING AWAY
FOR DEAR LIFE."

SOY LA QUE ACOSA AL ACOSADOR

Ainsi parlait

LYDIA LUNCH :

« La meilleure façon de définir l'art de Lydia Lunch
est de ne pas le faire, c'est simple. »

LYDIA LUNCH est née un 2 juin de la fin des années 1950 « sexuellement ségréguée, comme quasiment tout le monde, obligée de se conformer à des comportements acceptables que nos parents adoraient nous imposer pour nous faire entrer dans des moules ».

C'est une Gémeaux de Rochester, New York, qui dit : « Rompre avec cette ségrégation sexuelle fut mon premier acte de protestation, qui m'a donné le courage d'entreprendre mon propre voyage vers l'anti-popularité. Je suis née avec un frère jumeau mort dans le ventre de ma mère. Je l'ai dévoré. C'est peut-être pour ça que je me suis sentie très mec et très meuf en même temps. »

LYDIA LUNCH dit qu'elle est un pur produit de la génération de la guerre du Vietnam, de Nixon, du Watergate, du *Summer of hate* durant lequel Charles Manson a sinistrement mis fin au *Summer of love* des hippies, une génération qui sentait que « les années 1960 nous avaient laissé tomber, nos parents nous avaient laissé tomber, l'État nous avait laissé tomber ».

Elle abandonne l'école à 15 ans et part pour New York City, « sombre, putain de sombre. C'était une ville détruite, endolorie et corrompue qui m'attirait précisément parce que je me sentais comme elle – brisée et corrompue ».

En 1979, **LYDIA LUNCH** a déjà monté quatre groupes, enregistré *Queen of Siam*, son premier disque en solo, et s'est initiée au Spoken Word, « cherchant à exorciser toutes les facettes de mes invalidités émotionnelles. J'en avais déjà assez de la putain de musique ».

NO SOY EL ACOSADOR

LYDIA LUNCH

dit que, quand elle a commencé à faire du Spoken Word, elle s'est aperçue que «tout ce qui m'avait inspirée, Patti Smith y compris, était trop traditionnel et devait donc être détruit. L'antithèse que je voulais créer devait se construire sur les mots puisque chaque mot a son importance pour moi. Les mots m'ont impactée, ils m'ont sauvé la vie. En les utilisant, je voulais en finir avec le cycle d'abus dans lequel j'avais été forcée de vivre, je voulais cesser d'alimenter ma haine contre l'autorité. Contre toutes les autorités – l'État, la famille, le père».

LYDIA LUNCH

dit: «J'ai creusé aussi profond qu'il l'a fallu pour trouver ce qui était si empoisonné qui, si je ne le purgeais pas, allait me tuer. J'ai dû fouiller l'endroit de l'impact émotionnel, agressif et violent que le langage de l'ennemi aggravait en moi et le transformer en exorcisme de ma propre possession démoniaque.»

Elle publie cet exorcisme sur son propre label le jour de la Saint-Valentin de 1985: «C'était le point de départ de tout: je suis devenue cette fille facile, en premier lieu pour laver de mes mains l'odeur de mon père. Et cela m'a réussi. J'ai été une prédatrice fertile.»

LYDIA LUNCH

dit: «Je ne parlais pas seulement pour moi, je cherchais les blessures universelles. C'est pourquoi *Daddy Dearest* a été important pour beaucoup de gens, parce que la catharsis de mon hystérie et de ma psychose était le reflet de la démence de beaucoup d'autres. Dans un pays dans lequel les violences, les assassinats en série et les abus domestiques sont les plus fréquents au monde, on utilise le sexe féminin pour vendre n'importe quoi. Du dentifrice ou des voitures. C'est pourquoi nous devons récupérer le plaisir. C'est la première chose qu'ils nous ont volée. L'utilisation de notre propre sexe est la grande vengeance des femmes sur les hommes.»

Lydia Lunch dit : « Ma mission, mon étrange devoir préhistorique était de remplir ce vide qui existait dans la littérature, et je devais utiliser le langage de l'ennemi comme ma propre arme de guerre : te cogner et te caresser en même temps avec des mots pour que tu fasses confiance à l'enfant en toi qui avait été maltraité. T'embrasser avant de te tuer. »

KISS BEFORE KILL

Baiser avant de tuer « cette spirale générique, historique, continue, familière, qui est le noyau nucléaire de toute famille tenue par une figure masculine. Cette perturbation, ce trauma, cette mutilation exercée par la stupidité des hommes, leur égoïsme, leur avarice, leur brutalité infinie. Ce patriarcat plein de merde. Stupide, homicide, génocidaire, avide et égocentrique qui ne fonctionne pas. Ça fait des centaines de milliers d'années que ça ne fonctionne pas et qu'il faut que ça change. Et tant que le monde sera ce trou dégueulasse, abusif, injuste et violent, je continuerai de lui hurler ses quatre vérités – dans la gueule. Sa saleté, ses abus, son injustice ».

Lydia Lunch dit qu'elle était « à la recherche de quelqu'un avec qui commettre des actes de violence, sachant que la violence et le sang donnaient un bon équilibre à mes petites histoires sanguinaires ». Et elle a rencontré Richard Kern. Ensemble ils ont tourné « des films porno qui n'étaient pas compliqués à faire. Richard allumait la caméra et sans dialogues ni histoires ni plans ni séquences, j'essayais de sortir de mon obsession. De ma compulsion de toujours plus. Toujours insatisfaite, allant d'un homme à l'autre sans être capable de satisfaire ni ma faim ni ma rage ».

Lydia Lunch dit qu'avec le court-métrage *Fingered* elle voulait « briser le schéma de l'abus, sans que la solution devienne une addiction. Je cherchais à comprendre quand et comment la victime devient bourreau. C'est aussi pour ça que j'ai écrit *Paradoxia. Journal d'une prédatrice.* »

« Mes pires ennemis ne vivent pas en moi. Je suis ma meilleure amie, ma meilleure amante, mon plus grand soutien et ma plus grande admiratrice. Je suis le sexe, de la pornographie en marche. Et rien de ce qui touche à la pornographie ne me semble être une exploitation des femmes. Ce sont les hommes qui sont exploités. Ce sont les hommes qui sont stupides, débiles et ridicules dans leur poursuite de l'élixir doré. Les femmes sont belles, elles font ce qu'elles veulent et elles sont les mieux payées pour le faire. »
Lydia Lunch dit : « Tout ce malaise physique, cette mort et cette tragédie qu'on trouve dans mes textes ne sont qu'une carte pour arriver à l'univers émotionnel qu'il est de mon devoir d'explorer. Je sais que je ne suis pas la seule habitante de ces lieux sombres qu'est la spirale de l'abus dans lequel nous avons été projetées. Moi, je ne suis qu'une grande gueule avec un vocabulaire exceptionnel qui essaie de dealer avec la vérité. Et la vérité n'est pas une pute sympa et populaire. Lydia Lunch n'est pas sympa et populaire. Je confronte. Je ne suis pas distrayante. J'irrite. Ma psychothérapie publique est une activité irritante. Peu de gens sont capables d'acheter ce que je vends. Je n'ai rien à voir avec le mainstream et ça ne va pas changer. Je serais réellement humiliée si quoi que ce soit dans mon œuvre devenait un succès commercial. »

« Je veux aider ceux qui ont été maltraités parce que je ne veux pas qu'ils deviennent des assassins. Au final, nous sommes une société composée de personnes vulnérables, frustrées et solitaires qui ont toutes accès à des armes. Je veux que l'impact émotionnel de mon travail pénètre ta psyché. Ces images incarnées à partir de mes textes, je veux qu'elles infectent ton cerveau, même si tu n'es pas sûr à cent pour cent d'avoir compris ce que je viens de dire. Ces images, il faut qu'elles se congèlent dans ta tête pendant un moment, et qu'ensuite ça te perde. Que tu disparaisses un instant. Dans ce limbo, cette no go zone transcendantale. C'est ça, ma religion. Mon lieu sacré. Mon orgasme. Mon apogée. Ma mission sacrée, c'est te savoir hors de toi, hors de ton corps, habitant avec moi cet autre lieu qui n'existe que dans la rébellion ultime du plaisir. »

STOP THE ULLSHIT

THE ABUSED, THE OUTCASTED, THE WEIRDOS. THANK YOU TO EMBRACE ME. I EMBRACE YOU BACK WITH NO JUDGEMENT.

CULTURAL ICON? TO WHO? THE MARGINALIZED, THE MISREPRESENTED, THE INSECURE, THE SHY, THE BATTED

I'M A HYSTERIANT. CULTURAL ICON IS A WORD SO LOADED WITH BULLSHIT.

blunt

GHOSTS AND MONSTERS

SHOCK.

AINCRAPTED

not fair

FUCK-ED-UP

generous

regain **ORGASM** pleasure

FULL OF SHIT

PATRIARCHY

nomatic

poor

dig in
dig in
dig in

nterrupt circle of abuse with vegetative state

LIMBO

selfishness greed brutality stupid homicidal wrong genocidal abusive end

pattern pattern pattern pattern

lost behaviour

SICK WITH DESIRE

VIOLENCE

TRANSCENDENCE

no justice

memories

CONCEPT

FILL THE GAP

futility

though

battlefield

CUNTZILLA

STUCK

exasperated

HYS

ADICTION act action adict diction

FINGERED

HARD

SAVES ME

BOOK **LITERATURE** WORD

SAVES PEOPLE

hateful

conspiring

catharsis

burden

suffer

battle the shadow

didn't belong

relief?

too traditional
"
have to be DESTROYED

LOT OF SHIT

overemotional

oversensitive

REBELLION

LIVED

SEXUALLY SEGREGATED CHILDREN

MALE GEMINI FEMALE

TWIN DEAD IN THE WOMB

I consumed him

tragedy

death

EXHAUSTED

BEAST

recrimination

FAIR CUNT

CASTRATED BURIED MURDER BOYS

KISS BEFORE KILL

TRAUMA

UNIVERSAL WOUND

fever

POPULAR INCOMODITY

BURDEN BY REALITY

TRUST THIS WITCH
INSECURE, INSATISFIED, LONELY PEOPLE WITH ACCESS TO MACHINE GUNS
ALONE
FREEDOM
SPOKEN
WORD
SHUT UP
MOUTH
SPEAK
HAUNTED
PARADOXIA
breath
anger
desesperate mesures
ENEMY
LANGUAGE
EVERY WORD MATTERS
MUTILATIONS INFLECTED ABOUT MY BODY?
ABOUT MY SOUL? ABOUT MY PSYCHE?
ABOUT MY MIND? I CALL IT THE SEXUALLY TRANSMISSIVE INCURABLE DISEASES
CAN YOU SMELL ALL THOSE REMOVES
CAN YOU SMELL IT? WHAT YOU CALL LIFE,
SACRED PLACE
needs
problems
desires
ANTITHESIS
DESTROY
TRUTH
Sexual
disability
intimate
honest
ability
THE WAR IS NEVER OVER
insidious
DARK
NASTY
demonic possession
bizarre prehistorical DUTY
anti popularity
CORRUPT.
SICK
DESIRE
PENETRATE YOUR PSYCHE
EXORCISE
the GUN is LOADED
PSICOSIS
BLOOD
SHITTING IN THE FACE OF HISTORY
DANGEROUS
PUBLIC PSYCHO THERAPY
NO BULLSHIT
FULLY LOADED
DUMB HUMAN EMOTIONS
SCHIZOFRENIA
REVOLVER
SOFT
TRASH
protest against my own existence
CHURCH OF CREATIVITY
SEX
truth
agressive

WORDS

En 1979, les sœurs Paulett et Tanya « Sweet Tee » Winley enregistrent *Rhymin' and Rappin'*. C'est une production underground : le 45-tours est produit par la mère et commercialisé sur le label du père.

En 1981, les Funky Four Plus One jouent dans le *Saturday Night Live*. C'est la première apparition à la télévision de cette subculture née dans les rues de New York à la fin des années 1970. L'Amérique découvre l'impressionnante Sha Rock au micro, elle rappe *That's the Joint*.

Aux côtés de la Zulu Nation d'Afrika Bambaataa, de DJ Kool Herc ou de Grandmaster Flash, on trouve Lady D, Lisa Lee, Pebblee Poo, Lady B ou le groupe The Sequence, qui posent les fondations de ce qui deviendra le

En 1983, la rappeuse new-yorkaise

DIMPLES D.

répond au Sucker M.C.'s (*Krush-Groove*) de RUN-DMC avec le morceau

" SUCKER D.J.'S (I WILL SURVIVE)"

Souviens-toi d'Etta James, avec sa perruque blond platine et ses lèvres rouges qui répondait à Hank Ballard avec le morceau *Roll With Me, Henry* en 1954 – tu peux changer le Rock pour le Rap et voilà le premier Rap-réponse.

L'année suivante, Lolita Shanté Gooden – une adolescente de 14 ans qui remporte toutes les battles de Rap de son quartier, le Queens – écoute le tube du moment *Roxanne, Roxanne* du groupe UTFO. Une déclaration d'amour des trois rappeurs à une Roxanne qui visiblement ne leur prête aucune attention. Lolita se met à la place de Roxanne et leur répond avec une impro en une prise appelée *Roxanne's Revenge* qu'elle sort sous le nom de Roxanne Shanté.

La chanson s'écoule à plus de 250 000 exemplaires juste pour l'État de New York. Commence alors

The Roxanne Wars

Les UTFO enregistrent une réponse à la réponse de Shanté avec la rappeuse Elease qui déclare être « la Vraie Roxanne ». Le morceau se classe directement dans le top 10. Mais l'authentique Roxanne paraît être, en vérité, Adelaida Martínez, une autre rappeuse qui change son nom et prend le pseudonyme du titre de la chanson. L'année 1985, plus de cent chansons sur Roxanne sont enregistrées.

Le cousin, le père, le frère, l'amie de Roxanne – tout le monde connaît Roxanne et tout le monde a quelque chose à dire sur Roxanne. Jusqu'à ce que Sparky Dee, rappeuse réputée de Brooklyn, fatiguée de tant de Roxanne par ci et Roxanne par là, enregistre *Sparky's Turn (Roxanne You're Through)*. Qui dit quelque chose comme « Écoute, c'est mon tour, tes quinze minutes de gloire sont terminées, Roxanne ». Sparky Dee et Roxanne Shanté s'affrontent lors d'une battle.

La première dit à la seconde qu'elle est bien meilleure qu'elle…

… et Shanté répond en mentionnant la maman de Sparky.

La dispute oppose deux quartiers – Queens et Brooklyn –, et pour éviter que le conflit ne s'étende au-delà des limites du Rap, les deux artistes partent pour une tournée où elles s'affrontent verbalement sur scène, et seulement sur scène. Un disque sort : *Round One. Roxanne Shanté vs. Sparkly Dee*, en 1985, et la même année deux autres filles du Queens répondent à la misogynie de *The Show* de Doug E. Fresh avec *The Show Stoppa (Is Stupid Fresh)*.

Cheryl James et Sandra Denton s'associent à Latoya Hanson pour former le premier groupe de Rap féminin qui entrera dans les listes des meilleures ventes, passera à la télé et sera nominé aux Grammys, devenant un phénomène culturel à part entière : SALT'N PEPA

On n'avait pas vu ça depuis les *girls groups* des années 1960. Le Rap, avec sa capacité de transformer le langage hégémonique en y injectant les mots bruts de l'expérience des banlieues noires et d'infiltrer le marché du mainstream à l'international, deviendra la subculture la plus influente jusqu'à nos jours. Mais avant d'évoquer Salt-N-Pepa et *The Show* – avant de raconter comment elles ont changé la donne une fois pour toutes – il faut parler de ça :

INTERLUDE

À la fin des années 1970, l'essor des musiques underground telles que la Disco, le Punk ou le Rap, qui n'étaient ni produites ni distribuées par les majors, était préjudiciable à l'économie de l'industrie du disque. Cela coïncide avec la commercialisation de la cassette vierge. Pour les plus jeunes, il faut expliquer que la cassette était un moyen de reproduction sonore, un objet rectangulaire, en plastique, beaucoup plus petit qu'un disque vinyle et beaucoup moins fragile. Elle permettait à l'auditeur de créer ses propres listes, enregistrant ses chansons préférées à la radio – sans avoir à acheter les disques. Un peu comme Spotify – mais avec un putain de signal sonore radiophonique qui marquait les heures et qui interrompait toujours le hit du moment. C'était la stratégie de l'alliance radio-label pour inciter les auditeurs à acheter le morceau s'ils voulaient l'écouter sans interruption. Mais en réalité, tout le monde se foutait du bip bip – il suffisait d'avoir un ami qui avait le disque et on pouvait le copier sur la cassette vierge.

Et la cassette a pris toute son importance avec l'arrivée de mon meilleur ami – le walkman. C'était une invention incroyable. Un reproducteur de musique portable. Comme ton smartphone. Dans les années 1980 et 1990, nous avions tous des casques (qui se connectaient avec un câble au walkman) et des cassettes plein nos sacs – et on vivait notre meilleure vie, n'importe où et n'importe quand. Nous étions les flibustiers ultimes du marché musical.

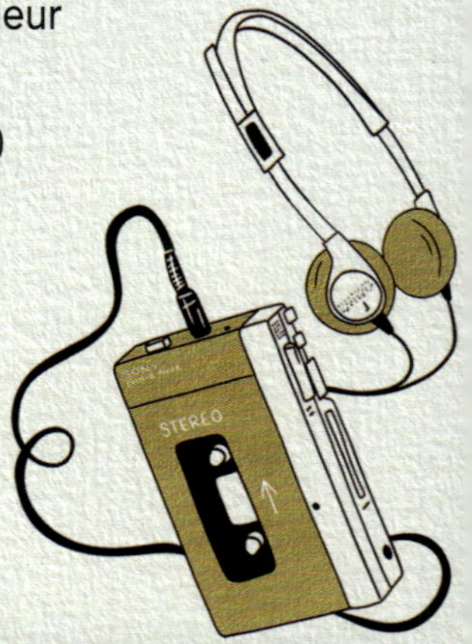

Et je peux en témoigner, le trafic de cassettes qu'on faisait dans les quartiers n'avait rien à envier au trafic de drogue.

Quand MTV arrive, en 1981 – avec ses vingt-quatre heures ininterrompues de clips et de musique live –, l'industrie du disque n'hésite pas à s'associer au monstre. En seulement deux ans, la chaîne de télé se convertit en l'outil de promotion le plus efficace, rendant la radio obsolète.

Les multinationales pouvaient continuer à produire deux cents disques par an aux ventes médiocres si elles avaient un Michael Jackson, un Prince ou un Bruce Springsteen. Il leur suffisait qu'un hit passe massivement à la radio et que la version clip tourne en boucle sur MTV. Une vidéo si bien produite que les spectateurs ne pourraient résister à acheter l'album.

MTV a changé notre relation à la musique et aux artistes. Notre attention s'est déplacée pour se fixer sur autre chose que l'aspect purement musical. D'auditeurs, nous sommes devenus spectateurs, nous ne nous contentions plus d'écouter de la musique dans notre walkman. Désormais nous pouvions – et désirions – voir comment étaient habillés les artistes et ce qu'ils racontaient dans leurs clips. Ces mini-films de trois minutes ajoutaient une dimension textuelle à la musique, de sorte que, d'un spectateur à l'autre, la signification d'une chanson pouvait être différente. Et loin de s'invalider, les multiples lectures permettaient qu'un artiste trouve des fans très diversifiés.

C'est ce qui s'est passé le 14 septembre 1984 avec deux chanteuses qui se produisirent en direct pendant le premier gala des Prix MTV :

tina turner et MADONNA

« Si je survivais à tout, ce serait un triomphe. Si je nageais, ce serait un miracle. En ouvrant la porte j'ai pensé à ma mère, qui s'était rajeunie de quinze ans pour incorporer la marine marchande. Je devais essayer. Si ça finissait par échouer, au moins j'aurais essayé. Essayer de surmonter tous les obstacles était la tradition honorable des individus noirs. » (Maya Angelou, *Tant que je serai noire*).

Tina revenait de loin. Au petit jour du 1er juillet 1976, elle avait quitté son mari, Ike, qui dormait encore après lui avoir mis une dernière raclée. Tina a quitté la chambre, elle a traversé une autoroute et s'est réfugiée dans un hôtel où on ne lui a pas demandé les 37 centimes qu'elle avait en poche. La carrière de Ike & Tina Turner était à son apogée. Après la séparation, il garda tous les droits sur toutes les chansons qu'ils avaient composées ensemble et elle dut assumer les dettes faramineuses qui découlaient de l'annulation du contrat avec le label et des concerts prévus. Elle n'a exigé qu'une seule chose en échange : garder son nom d'artiste. Recommencer de zéro et à partir de rien était la seule option qui lui restait. Considérée comme un vestige du passé, elle passa quelques années à donner des concerts qu'on allait voir par nostalgie – entre le Caesar Palace de Las Vegas et quelques petites salles éparpillées sur le territoire des États-Unis. Elle sortit quatre disques qui rencontrèrent un succès mitigé, interpréta *Hot Legs* avec Rod Stewart pour le *Saturday Night Live* et fit la première partie des Rolling Stones pour une tournée nord-américaine. Mais, en 1982, sa reprise de *Ball of Confusion* de The Temptations se classe dans la liste des meilleures ventes en Europe, et, en 1983, celle de *Let's Stay Together* d'Al Green s'impose dans les charts américains. Cette année-là, Muriel Gray la présente pour l'émission musicale anglaise, *The Tube* : « Tina Turner, si talentueuse et si belle, même après 40 ans. » C'est ce que tout le monde pensait. « Tu peux toujours essayer, tu es trop vieille pour que ça marche. » Capitol Records lui concéda deux semaines de studio pour enregistrer son nouveau disque, *Private Dancer*. Qui dépassera les 12 millions d'exemplaires vendus dans le monde. Un million et demi en Allemagne, ce qui en fait le disque le plus vendu de l'histoire du pays. Un autre million en Angleterre, où il est resté dans les listes des meilleures ventes pendant plus de cent cinquante semaines – trois ans. Plus de 5 millions aux États-Unis, où il est resté dix semaines numéro 3 et a remporté quatre Grammys en 1985.

«I Want To Conquer The World»

De son côté, Madonna arrête ses études en 1978. Elle monte dans un avion pour la première fois de sa vie et laisse derrière elle son Michigan natal. Elle a 35 dollars en poche. Elle atterrit dans la «terrifiante» ville de New York à 20 ans; en sortant de l'aéroport, elle prend son premier taxi et se trouve un appartement où dormir et un boulot de serveuse pour payer ses factures, des cours de danse et de théâtre. Une nuit, en rentrant du boulot, elle est violée par deux types qui lui collent une lame sous la gorge pour l'obliger à les sucer. Son appartement est cambriolé si souvent qu'elle finit par laisser la porte ouverte. Elle emménage avec un fiancé dans une synagogue abandonnée et ils montent ensemble un groupe qui ne marche pas. Elle se remet avec un ancien petit ami du Michigan et ils enregistrent une démo. Madonna voulait être une star. Elle voulait conquérir le monde.

Elle prend la tête à tous les DJ de tous les clubs de la ville pour qu'ils jouent ses chansons. L'un d'entre eux connaît bien le président de Sire Records, un petit sous-label de Warner Records. La Ciccone compense ses capacités vocales limitées par un charisme et une intelligence bien particuliers. Sire lui propose d'enregistrer trois chansons, et si jamais ça marche, ils pourraient peut-être faire un disque.

Everybody et *Burning Up* deviennent aussitôt des succès sur la piste de dance.

Désormais, c'est le directeur de Warner qui veut qu'elle fasse un disque. Les trois premiers singles *Holiday*, *Borderline* et *Lucky Star* entrent au top 10 en 1983. Warner en veut plus. Madonna aussi. Son deuxième disque se prépare.

Les deux se retrouvent sur la même scène des MTV en 1984. Tina Turner chante *What's Love Got to Do With It*. Une chanson dont le thème est un peu «daté» mais qui tient sa place dans le top 10 d'une douzaine de pays depuis quelques semaines déjà. Elle a 44 ans. Elle est la plus vieille chanteuse de l'histoire à être numéro 1.

Madonna est la jeune première de la Pop, elle a 26 ans, elle présente *Like a Virgin*, le premier 45-tours de son nouveau disque. Une chanson d'amour classique autour des trois accords du *I Can't Help Myself* des Four Tops (méga hit en 1965) qui tournent en boucle, joués par un synthétiseur qui rappelle les grands succès de Donna Summer et Giorgio Moroder dans les années 1970.

Et la question est: comment ces deux chanteuses, avec deux chansons qui ne sont pas novatrices, auront un tel impact sur la musique populaire? Qu'est-ce qui fait que la Tina et la Madonna de 1984 seront, toutes deux et à ce point, iconiques?

En sémantique, une icône est un signe ou un symbole dont le signifiant et le signifié sont proches ou identiques. En voyant un crucifix par exemple, on ne se dit pas « Tiens, un mec crucifié » – notre cerveau comprend que cet homme, c'est le Christ et qu'il symbolise le christianisme, la Bible et tous les miracles qui vont avec.

Pour son « come-back définitif » de 1984, que ce soit sur la pochette de *Private Dancer*, dans le clip de *What's Love Got to Do With It* ou pour sa performance pendant la cérémonie des MTV Video Music Awards, Tina Turner peint ses lèvres en rouge. Ses jambes se découvrent de l'ourlet de sa courte robe jusqu'aux talons aiguilles noirs. Et elle coiffe ses cheveux en mulet glamour (bien avant que tout le monde sache ce qu'est un mulet, et inventant l'unique mulet glamour de toute l'histoire de l'humanité, avec celui de Ziggy Stardust). Comme s'il s'agissait d'amulettes de la chance, Tina va construire sa carrière sur ces trois éléments. Dès que nous voyons ces lèvres, ces cheveux ou ces jambes (signifiants) nous savons que nous avons affaire à Tina Turner (icône) et tout ce que cela signifie :

Une voix qu'on ne peut comparer qu'aux montagnes, aux ouragans ou aux tremblements de terre. La faculté de la moduler jusqu'à faire fondre les vinyles, faire tomber les cathédrales ou soigner n'importe quelle blessure.

Une force mentale, émotionnelle et physique unique. En fait, tout ce qu'avaient négligé de comprendre ceux qui en 1984 étaient convaincus que son âge et son genre et sa race et sa décision de rompre avec son bourreau l'emporteraient sur son talent.

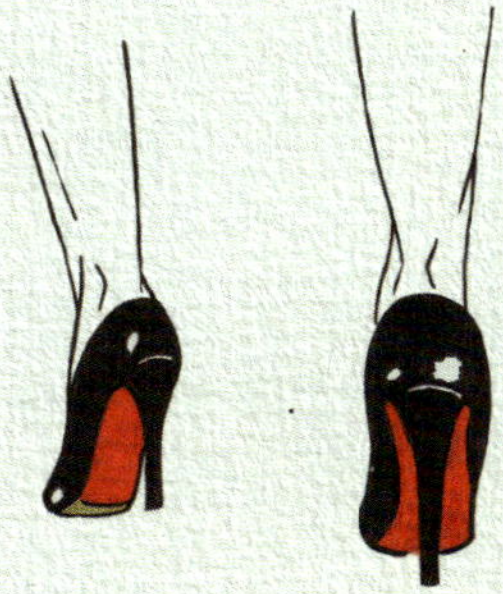

TINA WILL PROVE YOU WRONG.

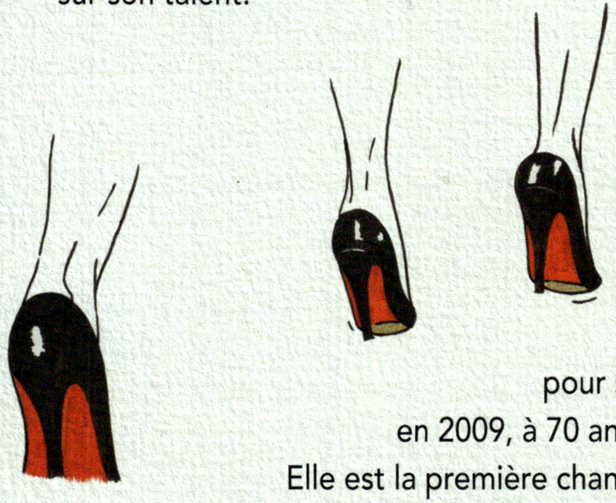

Une diva prolétaire qui va bosser tous les matins comme n'importe quelle travailleuse, oui, droite dans ses Louboutin bien avant qu'on sache tous qui était monsieur Louboutin, pour se forger une carrière incomparable et qui durera jusqu'à sa retraite, en 2009, à 70 ans.

Elle est la première chanteuse noire à passer en prime time sur MTV, un an après que la chaîne eut modifié sa politique ségrégationniste sous la pression des spectateurs qui exigeaient de voir *Thriller* de Michael Jackson.

Sa tournée de 1987 fut celle qui accueillit le plus de monde dans plus de treize pays et la plus rentable pour une artiste féminine en solo de toute la décennie.
Un public de 180 000 personnes à Rio de Janeiro, un record pour une artiste solo qui la fait entrer dans le Guinness Book.
Nominée aux Golden Globes et récompensée par la NAACP comme meilleure actrice pour son rôle de gouverneure amazone dans *Mad Max : Beyond Thunderdome*. La chanson tirée de la BO figure dans le top 10 de plus de dix pays.
Grammys, MTV Video Music Awards, numéros 1, disques d'or, disques de platine, disques de diamant.

Sur la pochette européenne de *Private Dancer*, Tina, jambes croisées, tient une friandise dans une main, qu'elle tend au petit chat noir qui est à ses pieds, tandis que de l'autre main elle en porte une autre à ses lèvres entrouvertes. Aux États-Unis, le petit chat est remplacé par les jambes de Tina, écartées.

Dans les deux cas la connotation sexuelle est indiscutable. Comme l'est le titre de l'album (*Danseuse privée*) et le texte de la chanson (*L'amour n'a rien à faire là-dedans*) dans laquelle Tina se demande si l'amour ne serait pas une émotion surcotée. Va savoir si son pouls qui s'emballe quand tu la touches n'a absolument rien à voir avec de l'amour. Tu vois bien que le terme juste, le mot qui existe pour parler de ça, ce n'est pas l'amour, c'est le sexe. Tu vois bien que le sexe, sorti d'une relation romantique, n'est pas seulement possible, mais terriblement bon.

Dans *Selling Hot Pussy. Representations of Black Female Sexuality in the Cultural Marketplace*, bell hooks écrit que toute la carrière de Tina est construite sur ce « fantasme pornographique » que (son ex-mari) Ike avait de la femme noire comme bête sexuelle et sauvage. Un fantasme surgi de « l'influence que les médias contrôlés par le patriarcat blanc entretenaient comme perception de la réalité ».

Bell hooks accuse Tina Turner d'avoir construit son indépendance économique sur l'exploitation de l'image que Ike avait créée après tant d'années de viols conjugaux et de violences domestiques. Ce qui équivaut, selon l'universitaire, à collaborer avec le bourreau et le patriarcat suprémaciste blanc. Bell hooks construit ainsi une nouvelle image de Tina Turner basée sur la soumission, la victimisation sexuelle et la souffrance physique. Comme quand elle s'approprie et déforme les mots de la chanteuse (d'après son autobiographie *Moi, Tina*) pour qualifier de viol ce que l'intéressée décrivait comme son premier rapport sexuel. Dans l'optique de hooks, parce que Tina Turner se sexualise, elle est dépossédée de sa subjectivité.

Dans une vision féministe classique dont bell hooks est représentative, la femme sexuelle a toujours tort : quand elle survit spectaculairement à des années de maltraitance domestique, mais aussi quand elle se « place d'elle-même dans le rôle de la dominatrice ». L'universitaire commente le clip de la chanson qui a relancé la carrière solo de Tina Turner, *What's Love Got to Do With It*, et lui reproche d'incarner une femme noire indépendante dont la sexualité serait la seule façon d'exercer le pouvoir. Tina assumerait ici le rôle de prédatrice. Les hommes et les femmes qui la croisent deviennent des proies. Sa sexualité est violente. Cette violence dont l'autrice parle est celle de Tina Turner qui marche dans les rues de Brooklyn en flirtant visuellement avec les gens qui la croisent tandis qu'elle chante que, parfois, le sexe n'a pas de rapport avec l'amour.

Décidément, pour un certain regard féministe, la seule bonne sexualité pour une femme, ce n'est pas de sexualité du tout. Le vrai tort de Tina Turner, c'est d'être sexuelle dans l'espace public. Bell hooks va plus loin : elle l'oppose à la « bonne artiste » Aretha Franklin qui romantise la sexualité. Comme si opposer les féminités de deux artistes pour définir la bonne conduite et la mauvaise conduite faisait avancer le féminisme.

C'est la pensée classique et majoritaire de toute abolitionniste sexuelle, anti-prostitution, anti-sexe et anti-pornographie : pour affirmer que la sexualité ne doit jamais faire jouir celle qui l'incarne – et encore moins l'enrichir –, il faut supprimer, avant tout, le pouvoir de décision des femmes sur leur propre sexualité.

On peut aussi regarder le clip de Tina Turner avec les mots de Audre Lorde dans *Uses of the Erotic. The Erotic as Power*, et évoquer « l'érotique comme affirmation de la force vitale de la femme, de cette énergie puissante et créative, dont nous réclamons désormais la reconnaissance et l'usage dans notre langage, dans notre histoire, notre danse, notre amour, notre travail, notre vie ».

Tina Turner nous regarde comme une femme qui a refusé tous les stigmates de la survivante aux violences, à l'abus et à l'exploitation de son ex-mari et qui le fait dans un geste de triomphe sublime. Elle défie tous les préjudices qu'elle a subis en raison de son genre, de son âge et de sa couleur de peau en définissant une esthétique du succès, avec la force d'une voix engendrée dans la résistance et la volonté de survie, ouvrant la voie à des femmes pour toute une décennie. Le pouvoir de sa force érotique, pas particulièrement féminine mais absolument pas masculine, sublime une sexualité féminine historiquement niée, vouée à la soumission et jusqu'alors strictement réservée au cadre du mariage hétérosexuel.

Plus qu'un come-back définitif, Tina réussit à devenir le point d'inflexion culturel et esthétique le plus extraordinaire de l'histoire de la musique populaire.

Et en ce qui me concerne, je ne désire que me soumettre, doucement et complètement, devant son pouvoir.

QUEEN

MADONNA débarque sur la scène des MTV Video Music Awards tout en haut d'un énorme gâteau, accompagnée d'un garçon faisant office de futur époux et costumée comme sur la pochette de *Like a Virgin*. Robe de mariée blanche, ceinture noire et dorée sur le devant de laquelle est écrit « Boy Toy ». Un crucifix à une oreille, une étoile à l'autre. Décolleté – très décolleté – de dentelle fine, perles blanches autour du cou, chaînes d'argent et encore des crucifix. Maquillage peut-être un peu exagéré pour le jour le plus important de la vie d'une parfaite épouse hétérosexuelle.

Alors qu'elle déclare au fiancé qu'elle ignorait à quel point elle était perdue avant de le rencontrer, si incomplète et si triste, Madonna envoie promener ses chaussures blanches de deux coups de pied et commence à descendre du gâteau. Elle soulève le voile blanc qui cachait son visage, détache ses cheveux, les ébouriffe un peu et finit au sol. Elle remet ses chaussures et lance le bouquet de la mariée par-dessus sa tête. Elle se met à quatre pattes sur son voile et mime une petite copulation avec plus d'entrain qu'elle n'en avait au sommet du gâteau, quand elle était avec son fiancé. Elle s'ébroue, elle gémit « ooh baby, yeah yeah », glisse le micro entre ses seins, l'approche de sa bouche entrouverte et demande si on peut entendre son cœur qui bat pour la première fois. La caméra, qui ne sait plus trop où faire le point pendant la performance, finit par cadrer les fesses, la petite culotte et les bas blancs de Madonna. Applaudissements. Le public est enchanté.

Quand le disque sort, deux mois plus tard, en novembre 1984, des milliers d'adolescents s'attroupent devants les portes des disquaires pour l'acheter – comme la génération de leurs parents l'avait fait pour les Beatles vingt ans plus tôt.

Madonna devient la première artiste féminine aux États-Unis dont le disque se vend à 5 millions en un temps record. En mars 1985, *Recherche Susan désespérément* sort sur grand écran. Elle y interprète son propre rôle, et part pour sa première tournée, *The Virgin Tour*. Une grande partie du public arrive habillée comme Madonna, coiffée comme Madonna, dansant comme Madonna. Des millions de wannabe Madonna inventent la MADONNAMANIA.

Cette Madonna en jeune mariée est-elle celle qui nous vient à l'esprit quand nous pensons à Madonna ? C'est possible. Ou pas. Ce sera peut-être la Madonna style Boy George avec sa Chupa Chups enfoncée dans la bouche, ou celle du mythique corset de Jean Paul Gaultier. Madonna façon Marilyn Monroe qui aime les diamants ou Madonna en smoking. Madonna qui imite Tina Turner dans sa petite robe noire et sa veste en jean ou celle qui ressemble à Catherine Deneuve dans *Belle de jour*. Façon Uma Thurman dans *Pulp Fiction* ou Madonna avec un bandeau sur l'œil qui tient un bordel. Madonna Marie-Antoinette, ou Che Guevara, ou cow-boy country. Evita l'Argentine, gentleman lesbienne avec Britney et Cristina, reine disco, entraîneuse de gym, gladiatrice romaine, ou en kimono, ou crucifiée sur une croix gigantesque faite de miroirs. Madonna blonde ou brune. Cheveux longs ou courts. Lisses ou bouclés. Hétéra, gouine ou bi. Mère mariée ou célibataire affolée. Soumise ou dominatrice. Fêtarde, pieuse ou zen new age.

Quand nous pensons « Madonna », notre cerveau cherche à déterminer l'icône Madonna. Spoiler alerte : mission impossible.

Son corps est une page blanche sur laquelle elle agence les signifiés opposés de symboles que tout le monde connaît. La vierge catholique qui transforme son voile nuptial en jouet sexuel, la fille matérialiste qui fait de l'activisme politique un logo pop, la party girl qui transforme la boule à facettes en croix punitive. Tout cela peut paraître logique quand ton nom est Madonna. La vierge mise enceinte sans avoir consommé le mariage. Madonna s'approprie n'importe quelle icône et la détourne pour qu'elle devienne une nouvelle version de ce qu'elle représente. Elle vend des millions de disques, bat tous les records, fait durer sa carrière depuis plus de quarante ans, change de style à chaque disque, vidéo, tournée, film ou séance photo comme un maudit caméléon. Sans jamais cesser d'être immédiatement reconnaissable. Surréaliste.

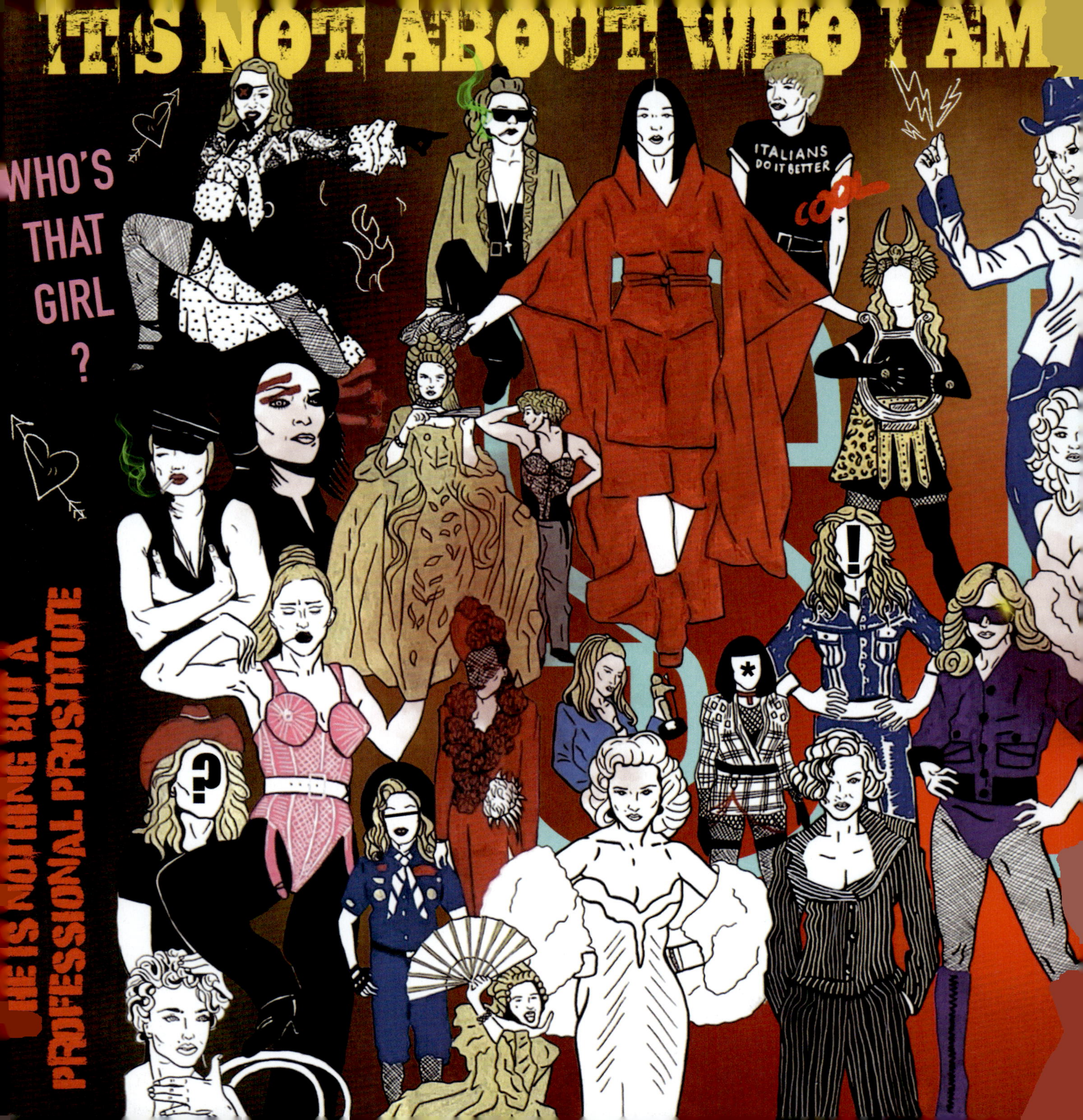
IT'S NOT ABOUT WHO I AM
WHO'S THAT GIRL ?
ITALIANS DO IT BETTER
COOL
HE IS NOTHING BUT A
PROFESSIONAL PROSTITUTE

ITS ABOUT HOW MANY I AM
MADONNA MADONNA

Il m'arrive de me demander si être fan de Madonna ne va pas de pair avec une sensation d'inconfort. La première fois que je l'ai expérimentée, c'était en regardant *In Bed With Madonna* (1991). Ce n'est pas tout à fait un concert filmé, ni exactement un documentaire – quoiqu'il ait été le documentaire le plus vu en salle de l'histoire jusqu'à ce que, onze ans plus tard, *Bowling for Columbine* de Michael Moore le détrône.

Le film alterne des extraits en couleurs de Madonna sur scène pendant le *Blond Ambition Tour* et des passages en noir et blanc de la chanteuse avec ses danseuses et danseurs dans les coulisses. Comme s'il s'agissait d'une archive historique légendaire et intemporelle, alors que c'est en fait un des premiers reality shows de l'histoire (toujours cette opposition entre les symboles), trente ans avant que la télévision ne devienne le territoire des Paris Hilton et Kardashian.

Je ne sais pas si son comportement de petite fille gâtée insupportable est une façon de ne pas se laisser marcher sur les pieds ou si elle est, simplement, une emmerdeuse de première catégorie. Je ne sais pas si ses interrogations concernant « l'intégrité artistique » de son concert relèvent de l'éthique et de la conviction ou s'il s'agit d'une manipulation pour éviter toute controverse et servir son image. Je ne comprends pas très bien pourquoi Madonna protège le seul danseur hétéro de sa troupe en se montrant homophobe avec les danseurs gays, et qu'en plus elle exige que ces derniers montrent du respect à leur collègue macho alors qu'elle projette des images d'actions d'Act Up pendant les années les plus terribles de l'épidémie de sida. Tout cela m'apparaît comme une folie sinistre et perverse lorsqu'elle dédicace un concert à Keith Haring et en reverse les bénéfices aux associations de lutte contre le sida.

Et, bizarrement, cette gêne que Madonna provoque chez moi finit toujours par être effacée par le plaisir qu'elle me procure lorsque je la vois en concert, ou dans ses clips. Cette énergie de « girl next door », de fille faussement commune qui pourrait être ta cousine ou ta voisine d'en face et qui n'en a rien à foutre de rien. Qui s'éclate en étant la petite pute du coin, alors que c'est ce qu'il y a de pire à l'école des femmes dignes.

À la fin des années 1980, MTV et *Billboard* la nomment « artiste de la décennie ». La décennie durant laquelle Michael Jackson, sa sœur Janet, Prince ou Tina Turner ont eu un impact autrement important sur le marché musical. À partir de là, on peut se poser la question : est-ce la blancheur de Madonna que consacre la très blanche industrie discographique ?

Dans une interview de 1997, Tina Turner explique qu'elle a quitté les États-Unis parce qu'elle avait beaucoup plus de succès en Europe. Le journaliste Larry King n'en croit pas ses oreilles : « Mais vous êtes une superstar en Amérique !

– Pas au niveau de Madonna. En Europe, je suis plus reconnue que Madonna. Dans certains pays européens, je suis même plus importante que les Rolling Stones. »

Tina dit quelque chose de très précis, sans le dire tout à fait. Parce que ce serait un scandale de le formuler trop clairement.

Lorsqu'elle publie le livre *SEX* en 1992, en même temps qu'elle sort le disque *Erotica*, Madonna paye le prix fort, celui qu'une femme paye si elle ne respecte pas les normes de la décence féminine : un prix exorbitant. *Erotica* est son premier disque qui ne se classe dans aucun top 10 des meilleures ventes, et la vague de haine et de censure qu'elle subit – comme ça avait déjà été le cas pour le clip de *Like a Prayer* – est d'une brutalité indicible. Ils écrivent « pute, sorcière, diable, hérétique ». Chaque fois qu'elle bouge un doigt, les catholiques conservateurs perdent la tête.

Il faut un talent hors du commun, une ténacité extraordinaire et les ovaires sacrément bien accrochés pour supporter le traitement de choc en retour de ces provocations sans y laisser sa peau. Mais pour qu'il soit envisageable d'y survivre, il faut la blancheur. Car ce qui chez Madonna a relevé de la provocation aurait été, venant de n'importe quel artiste noir, qualifié de délinquance.

Qu'on ne m'interprète pas mal – pour moi, tout ce que Madonna a créé est une œuvre d'art. Je n'ai jamais réprimé mon désir de kiffer ma vie à fond chaque fois que j'entends une de ses chansons. *SEX* a construit mon imaginaire de gouine alors que j'étais une adolescente isolée dans les années 1990.

Les photos où elle pose en dominatrice sadomaso lesbienne ou en soumise bondagée, entourée d'hommes gays en cuir, ou sublimant une *golden shower*, ou embrassant des culs, ou se chauffant avec un adolescent portoricain, ou vénérant son « temple de la connaissance » (sa chatte) en face d'un miroir, ou faisant de l'auto-stop à poil déguisée en Marilyn Monroe, ou en pleine orgie avec une foule d'hommes et de femmes, blancs et noirs, écrivant qu'elle n'a pas besoin d'une bite entre les cuisses puisqu'elle en a une grosse dans la tête, ou maquillant un homme, ou lui épilant les parties génitales, ou dans un trio lesbien avec deux butch cuirs, ou encore allant jusqu'à sous-entendre que même son chien l'affolait ont fait de moi une fidèle disciple de Madonna. C'est une affaire personnelle, un attentat à la pudeur, une terroriste de la sexualité féminine dont la victime est toujours la même : le patriarcat.

Et même quand elle comprend qu'elle est allée trop loin avec *SEX* et qu'elle retourne sa veste pour réapparaître en caftan noir, couverte de la tête aux pieds et gigotant sur la plage, ou quand elle publie un édulcoré (mais très bon) *Bedtime Stories*, j'adore Madonna. Elle pourrait devenir professeure de yoga et mâcher des graines de chia en jonglant avec des quartz roses, je trouverais ça parfait : « Elle est à fond dans le yoga et les quartz, c'est génial ! » Et pourtant je déteste le yoga.

♥ i HATE YOGA ♥

Mon adoration envers la Ciccone ne relève pas de la simple dévotion, sa religion me remplit de bonheur.

Lorsqu'en octobre 2022, au moment du trentième anniversaire de la publication de *SEX*, elle publie sur ses réseaux sociaux que c'est grâce à elle que Cardi B peut chanter *Wap*, que Kim Kardashian peut montrer ses fesses en couverture des magazines et que Miley Cyrus peut s'éclater sur une boule de démolition… et qu'elle conclut par « de rien, bitches », je sais qu'elle a en partie raison. 

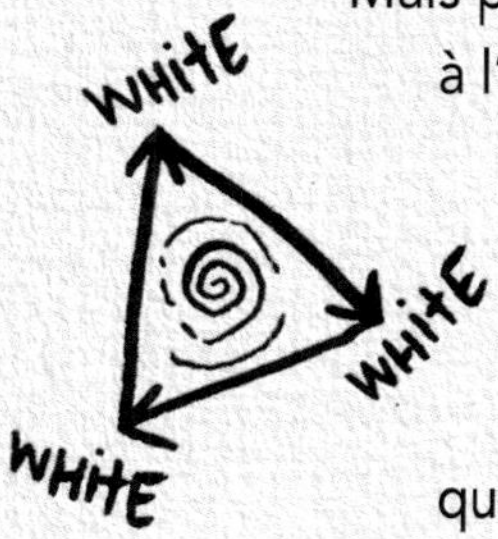

Mais pour être totalement en accord avec sa déclaration, il faudrait que je me livre à l'exercice de blancheur qui consiste à oublier que presque toutes les artistes qui ont ouvert ces portes-là avant elle et pour elle sont noires ou latinas. Elle oublie de citer les Ma Raineys, les Tina Turner ou les Donna Summer. Ça ne suffit pas à ce que je cesse de l'adorer. Ses nombreuses sorties de route n'ont pas entaché sa réputation sur mon autel madonnique. Il est même probable qu'elles l'aient sublimée ; car je suis capable d'inventer une excuse par critique contre Madonna, y compris quand je sais que la critique est justifiée (et un émoji ne modifie pas la signification d'un message délirant). Et je sais que tout cela est le symptôme suprême que sa blancheur, la blancheur de l'industrie discographique et des médias et ma propre blancheur sont en parfaite syntonie.

Le problème, ce n'est pas la légitimité de Madonna à jouir de son succès. Ni que nous, spectatrices, le fassions avec elle. Le problème est que nous ne comprenons jamais ce succès comme quelque chose de blanc. Je peux m'identifier aussi bien à Tina Turner qu'à Madonna parce que je suis blanche. Parce que tandis que Tina n'a jamais cessé d'être noire, Madonna n'a jamais été blanche. Cette contradiction est peut-être la partie la plus intéressante de l'héritage que laisse Madonna : en plus de nous faire nous sentir comme d'éternelles adolescentes en pleine possession de nos pouvoirs, elle fait de nous des femmes d'âge moyen capables de réfléchir sur nos privilèges de Blanches.

Nous pouvons reconnaître que la grande légataire du Blues et la fille matérialiste de la Pop, chacune à sa façon, ont inventé des féminités qui n'existaient pas avant elles, que nous n'avions jamais vues incarnées comme ça. Et qu'elles étaient toutes deux des personnages à des années-lumière des rôles asphyxiants et ennuyeux que nous proposaient à la même époque le cinéma, la publicité, la mode ou la télévision. La féminité de la femme de mauvaise vie, libre, ambitieuse, jouissante et jamais dissociée de son pouvoir sexuel.

BOY TOY
WE DON'T NEED ANOTHER HERO

ONDE
DE
CHOC

Revenons à Salt-N-Pepa. *The Show Stoppa (Is Stupid Fresh)* que Cheryl Salt James et Sandra Pepa Denton avaient enregistré ensemble était un devoir pour l'école d'un ami qui étudiait la production musicale. Ce copain avait un autre copain qui faisait une émission de radio. Un jour, il a joué la chanson et elle est devenue tellement populaire qu'un label indépendant a proposé de la publier. Le morceau est monté jusqu'à la 46e place du top 100 de R&B. Cheryl et Sandra ont signé avec Next Plateau pour enregistrer un autre single. Latoya Hanson s'est jointe à elles et le 8 décembre sortait

HOT COOL & VICIOUS

les ventes ont dépassé le million d'exemplaires. Le single *Push It* s'est classé 19e aux États-Unis et numéro 2 au Royaume-Uni.

SALT'N PEPA

sont les premières rappeuses à obtenir un disque de platine. Le premier groupe de Rap féminin à entrer dans les classements des meilleures ventes comme une fusée. Et le premier groupe à représenter dans la musique, toutes époques et genres confondus, une féminité adolescente non conflictuelle.

Salt-N-Pepa avaient commencé leur carrière en répondant à une chanson misogyne de plus – comme Etta avant elles, comme les premières rappeuses de rue avant elles. Mais sur ce premier morceau, ce qui est le plus important n'est pas ce qu'elles ont à dire sur les autres mais plutôt ce qu'elles, en tant qu'adolescentes noires du Queens, ont envie de dire sur elles-mêmes. Cette complicité de flow entre Salt et Pepa, cette fraîcheur stupide mais sans niaiserie font qu'en étant hot, cool & vicious elles franchissent allègrement les limites aussi bien du mainstream que de la féminité hétéronormée.

C'est une adolescente qui ne vit pas et n'a pas l'intention de mourir pour un prince charmant, qui ne porte ni jupe ni talons hauts, et préfère les fringues de sport amples, qui ne se maquille pas, et n'a les cheveux ni courts ni longs. Une adolescente ni typiquement féminine ni typiquement masculine. Qui s'en fout. Voilà ce qui fait que Salt-N-Pepa marquent la culture dans son spectre le plus large (musique, mode, télévision, publicité). Un phénomène culturel qui change la conception de ce que c'est qu'être jeune dans les trente années qui suivront. Elles nous ont appris que nous n'avions plus à nous demander ce que nous devions être, mais ce que nous voulions être.

Qu'une fille porte des vêtements de sport confortables, multicolores n'était pas banal dans les années 1990. Mais ça ne créait pas non plus la panique : tant que ces vêtements de sport, cette coupe de cheveux et ces façons d'occuper l'espace public étaient abandonnés lorsque la sexualité (féminine) se développait. Sauf que parfois ça ne se passait pas comme ça. Certaines d'entre nous se sentaient définitivement mieux en pantalon et chemise trop grande, en baskets et en sweat à capuche. Et certaines d'entre nous se sentaient mieux avec les cheveux courts. Parfois ça n'avait rien à voir avec notre sexualité, et parfois si. Mais quand on n'abandonnait pas cette « personne » adolescente pour passer à l'âge adulte et accepter d'être sexualisées selon les normes hétérosexuelles de la féminité adulte, tout le monde nous disait de plein de façons différentes, mais de façon très claire et parfois très violente, que quelque chose ne tournait pas rond chez nous.

C'est pourquoi Salt-N-Pepa sont cruciales. Avec elles, une tomboy super masculine se sentait moins seule. Ou une femme super féminine, ou une gouine avec les cheveux longs ou une demoiselle avec le crâne rasé – toutes les filles un peu « déviantes » se sentaient moins seules. Celle qui portait une minijupe avec une capuche XXL ou celle qui mettait un top super ajusté avec le pantalon de son frère se sentait moins seule.

Alors pour celles d'entre nous qui avions 15 ans et n'en avions rien à foutre du prince charmant, de la maison, du travail, du chien et des futurs enfants, celles d'entre nous qui étions vraiment intriguées par cette chose si opaque et secrète de laquelle tout le monde parlait mais jamais avec nous, que tout le monde faisait mais qu'on ne nous expliquait pas, qui était partout mais à laquelle on ne devait surtout pas participer, Salt-N-Pepa ont été nos meilleures copines. Celles qui en parlaient avec nous.

Et elles étaient très conscientes du risque qu'elles prenaient en parlant de leur sexualité. La tradition voulait que la masculinité légitime le talent des hommes, tandis que la féminité impliquait d'être transformée en objet de désir. Mais elles savaient que leur sexualité adolescente devait être arrachée des griffes de la norme hétérote :

Elles nous parlaient déjà de consentement, des vieux mecs qui draguent des ados, de contraception et de protection et de ce que le sexe peut avoir de bon et de mauvais.

LET'S TALK ABOUT SEX

En parlant franchement de sexe, Salt-N-Pepa ouvraient, pour la première fois, un débat sur le safe sexe en 1991, alors que l'épidémie de sida affectait particulièrement les communautés racisées (plus de la moitié des femmes séropositives aux États-Unis étaient des femmes non blanches) et que les médias instrumentalisaient l'épidémie pour stigmatiser la population homosexuelle.

et le plus fou, c'est que LET'S TALK ABOUT SEX est passé sur toutes les radios.

Let's Talk About Sex est numéro 1 dans plus de dix pays et se vend à plus d'un million d'exemplaires. L'année suivante, en 1992, elles publient une version alternative de la chanson, *Let's Talk About AIDS*, tandis qu'un autre groupe de rappeuses se servent de capotes comme objets de promotion pour leur premier disque « Ooooooohhh… »

On the TLC tip"

Les premières et les seules campagnes de prévention massives n'ont pas été menées par la catastrophique, négligente et assassine administration Reagan, mais par Salt-N-Pepa, TLC, Madonna – qui avait glissé un dépliant informatif dans son disque *Like a Prayer*. Il y eut aussi les Yeastie Girlz avec leur *Put a Lid on It*.

Ce groupe de filles blanches qui rappaient a cappella en réponse aux très machos Beastie Boys abordait avec des textes hilarants tous les thèmes de la sexualité. Elles disaient que la seule chose qu'elles craignaient dans le sexe c'était tomber enceintes ou d'attraper le sida, donc : capote, capote, capote.

Ces artistes furent notre première source d'éducation sexuelle et de prévention. La meilleure qui soit. De la rue. À votre sexualité, il manquait de la rue. Bien plus fraîche, bien plus chaude, bien plus cool et bien plus importante que celle dont on parlait si peu au collège, au lycée ou à l'université.

Pour passer dans le monde adulte du sexe, on avait les Hoez With Attitude (HWA) et les BYTCHES WITH PROBLEMS (BWP).

À côté du *Livin in a Hoe House* des HWA ou de l'album *The Bytches* des BWP, les gémissements torrides de Donna Summer en 1975 ressemblent à un chant ecclésiastique et virginal. Fini de compenser des paroles explicites – très explicites – avec une image décente ou un comportement pudique. Terminé de se cacher derrière des métaphores dans les paroles, ou d'inventer des formules pour ne pas choquer les gens. Pour ces groupes, quand on parle de chatte on dit chatte, quand on parle de bite on dit bite.

Avec Jazz, Diva et Baby Girl de HWA, il n'était plus question de mourir pour le prince charmant, vu que c'est lui qui allait mourir. Dans ces disques, les filles appelaient les copines pour mettre deux balles dans la poitrine du macho qui tapait sa femme (dans la pure tradition Ma Rainey) ou allaient se battre physiquement avec l'imbécile qui ne payait pas la pension des enfants. Dans ces disques elles samplaient la musique d'un film porno pour exciter à fond un ex et le mettre à la porte juste avant qu'il jouisse, elles se foutaient ouvertement de la gueule des mecs qui n'assuraient pas – dans le mariage ou en dehors – et elles n'hésitaient pas à taper sur le flic raciste qui se mettait en travers de leur chemin.

Trente ans avant que le féminisme aborde les questions de viol, d'agression sexuelle et de harcèlement, Lyndah et Tanisha de BWP rappaient que…

NON C'EST NON
Hoez With Attitude

ESPÈCE D'ABRUTI
BYTCHES WITH PROBLEMS

Qu'elle soit une méga bitch super féminine en talons aiguilles, bikini et manteau de fourrure jeté sur les épaules, ou que ce soit une méga bitch tomboy en baskets, fringues de sport et grosses chaînes dorées, ce qu'on entendait était en parfaite harmonie avec ce qu'on voyait. Une attitude, une force et une détermination que quelqu'un possède indépendamment de son genre ou de sa sexualité. Ce «je ne sais quoi» de difficilement définissable qu'a Tina Turner au Madison Square Garden, Grace Jones avec une cigarette au bec, Poison Ivy avec sa basse ou Wendy O. Williams qui défonce des télévisions. Ce «je ne sais quoi» qui met échec et mat la conception même de la masculinité et de la féminité conventionnelles.

Mais ces deux groupes se sont emparés des codes de la sexualité, de la pornographie et de la prostitution avec une crudité et une franchise qui n'avaient encore aucun équivalent dans la culture populaire. On peut les mettre en parallèle avec les gangsta rappeurs comme NWA ou Ice-T qui sont entrés dans le mainstream le plus absolu sans faire aucune concession. Mais à la différence de leurs collègues masculins, les HWA et les BWP ont été censurées sur leur propre label indépendant.

L'industrie musicale blanche et son conglomérat de journalistes et critiques blancs ont longtemps cherché à éliminer le Rap de l'histoire de la musique populaire. En Europe, on dit musique urbaine. Ce sont les étiquettes Parental Advisory collées sur la pochette des disques au contenu inapproprié. Le premier disque sur lequel elles sont apparues a été *Banned in the USA* du groupe de Rap 2 Live Crew en 1990. Mais dans le cas du Rap féminin, et malgré le talent incontestable et la qualité des textes, la censure a fonctionné : les albums de HWA et de BWP, ces deux disques majeurs de l'histoire de la musique, ont été complètement effacés.

PARENTAL ADVISORY EXPLICIT CONTENT

Le mythe du Rap comme genre musical particulièrement misogyne était en marche dès le début. Comme si le Rock avait été un lieu de déconstruction des masculinités hégémoniques, ou un genre musical qui soutenait les femmes musiciennes et dont les textes et les attitudes n'avaient rien de particulièrement machiste ou toxique.

Dans les faits :

1

Dans les années 1990, presque toutes les rappeuses furent accueillies et soutenues par leurs collègues masculins, au sein de leurs propres labels. Yo-Yo avec Ice Cube, qui parvient au sommet des ventes de disques Rap en 1991 avec *You Can't Play With My Yo-Yo*, ou BO$$ qui sort *Recipe of a Hoe* avec Def Jef en 1993, ou encore Vanity 6, Apollonia 6 et la batteuse superstar Sheila E., produites et signées par Prince dans les années 1980.

À l'exception des Rolling Stones qui proposèrent à Tina Turner de faire leur première partie dans les années 1980, dans le monde blanc du Rock on a peu d'exemples de respect, de solidarité ou simplement d'intérêt de la part des musiciens hommes envers leurs collègues féminines.

2

Tandis que la violence, les armes, le sexisme, l'usage d'un argot de rue qui caractérisent le Gangsta Rap correspondent aux stéréotypes racistes sur la masculinité noire et perpétuent le mythe Rap = misogynie, les textes et les attitudes des rappeuses de HWA ou de BWP contredisent frontalement et catégoriquement les stéréotypes également racistes sur la féminité noire qui serait toujours à la disposition de l'homme blanc.

Ainsi, pour tous les fans blancs récemment convertis au Gangsta Rap et qui firent du genre un phénomène de masse, il était impossible, il était même insupportable, d'écouter une femme noire, indépendante, sûre d'elle et en pleine possession de ses moyens rapper que leurs « petites bites blanches » étaient bien trop petites et bien trop blanches.

Avec ces deux disques déterminants et monumentaux, les Hoez With Attitude et les Bytches With Problems arrachèrent au patriarcat ses putains d'insultes

SLUT BITCH FILTHY WHORE

et se les réapproprièrent pour construire une représentation de leur propre sexualité.

Leur autosexualisation coïncide avec le moment où l'industrie du porno se mélange avec le mainstream, et les mouvements féministes se lancent dans un débat entre les partisanes de l'abolition du travail sexuel et celles qui revendiquent sa régularisation, débat qui devait bouleverser l'évolution du féminisme dans les années 1990.

Le génie artistique des HWA et des BWP, l'excellence de leur flow, leur poésie digne d'un Nobel

DICK PUSSY DICK PUSSY
PUSSY LITTLE DICK

ont purement et simplement dynamité les règles d'une binarité hégémonique. Ils l'ont annulé – désolée pour la référence guerrière, mais après tout nous sommes dans les très belliqueuses années 1990 – façon attaque nucléaire. Il ne manquait plus que d'autres *bitches* s'unissent à la chaîne d'explosions simultanées pour que l'onde de choc en finisse, enfin, avec tout ce merdier, pour toujours.

En 1980 le porno était entré dans les salons de toutes les familles qui avaient une télévision, donc un magnétoscope, donc accès aux locations de vidéos porno – de plus, la commercialisation des caméras vidéo inventait un des genres les plus prolifiques du porno : l'amateur.

Dans ce même ordre d'idée, en 1991, sort

PRETTY ON THE INSIDE

le premier disque de…

Pourquoi **COURTNEY LOVE** ne bénéficie-t-elle pas du même prestige que Bob Dylan ? Comment expliquer qu'une artiste qui a écrit autant d'excellentes chansons – dans une décennie au cours de laquelle les bons disques de Rock ont été rarissimes – soit ignorée de cette façon-là ? Non seulement ignorée mais encore vilipendée et harcelée à des niveaux inimaginables dans le monde du Rock'n'roll par des journalistes, des critiques et des mecs lambda ?

Avant de créer Hole, Courtney avait monté un premier groupe, Sugar Babydoll, en 1983. Ça n'avait pas marché. Elle en a monté un autre en 1984 : les Pagan Babies, avec Kat Bjelland, Jennifer Finch et Janis Tamaka. Soit la future guitariste de Babes in Toyland, la future bassiste et la future batteuse de L7. Excusez du peu – il s'agit juste de trois des groupes les plus importants des années 1990 dans la même formation. Ensemble, elles définissent une esthétique qui sera celle de beaucoup de groupes de Rock féminin des années 1990 – Riot Grrrl et autres –, la

KINDERWHORE

Robe de petite fille un peu trop courte et décolletée, bottes ou chaussures de cuir vintage, maquillage de fin de soirée et les cheveux mal peignés. Parfois une couronne sur la tête, parfois des fleurs, et des phrases écrites au marqueur sur la poitrine. Toutes ces musiciennes sortirent leurs disques sur des labels indépendants, ce qui leur permettait de garder le contrôle sur leur look, les pochettes, le contenu des disques et la production sans le regard paternaliste d'une maison de disques ou d'un manager. Les coûts de production n'étaient pas très élevés, elles n'avaient besoin ni de plaire à MTV ni d'entrer dans le circuit des meilleures ventes – ce qui fait que personne ne venait leur dire à quoi elles devraient ressembler ni à quelle féminité confortable pour le public masculin elles devraient se conformer.

Les Pagan Babies ont fait long feu. En 1989, le guitariste Eric Erlandson répond à une petite annonce que Courtney a passée, et c'est alors qu'ensemble ils créent HOLE

Retard Girl est le premier single du groupe : ça parle de se faire harceler à l'école, ça parle de n'importe quelle fille qui se fait insulter par les autres gamins. Courtney raconte que c'était son cas parce qu'elle était timide et bizarrement habillée. Cette chanson parle d'elle. Cette chanson parle de nous toustes.

Les paroles de cette chanson parlent d'une fille qui suce des bites au fond de la cour, qui marche comme un petit cochon et de comment tout le monde hait cette fille décalée

Courtney sera harcelée toute sa vie.

Et la musique sera l'outil qu'elle utilisera pour survivre à l'aliénation, à l'humiliation publique consécutive au fait qu'elle échoue systématiquement à être « une bonne meuf ». Elle est une enfant privée de la tendresse de ses parents, une jeune fille trop grosse pour être une bonne strip-teaseuse, une addict aux drogues qui essaye mais ne réussit jamais à rester clean, une mère à qui l'État retire la garde de sa fille à plusieurs reprises, une actrice de Hollywood qui dénonce publiquement Harvey Weinstein vingt ans avant MeToo, une épouse amoureuse dont le mari se suicide au domicile conjugal, une veuve qui attend vingt ans avant de réaliser que son époux était peut-être légèrement narcissique.

Courtney rêvait d'être une pin-up, une Barbie, une fille glam.

Elle est une chienne de l'enfer possédée et démoniaque, une poétesse géniale et extravertie qui fait passer Madonna pour une madame respectable dans les années 1990.

La honte, la colère, l'humiliation, les rêves brisés, les désirs bousillés, le sexe, la répression et la culpabilité, le travail sexuel, le jugement maternel, l'abus, l'abandon du père… tout le catalogue de l'incorrection féminine hétérosexuelle est contenu dans le premier disque de Hole, *Pretty on the Inside*. À la fin de la tournée de l'album, la bassiste et la batteuse quittent le groupe. Patty Schemel et Kristen Pfaff répondent à l'annonce que Courtney publie dans son fanzine *And She's Not Even Pretty* en 1992 :

Now that Ive been through Female castration from marrying a Rockstar, I want a Bass player in my band, A REVOLUTIONARY, Inspired by those Hot D.C. Bitches, someone who can play ok, and stand in front of 30,000 people, take OFF HER shirt and Have FUCK YOU written ON HER TITS, If your not Afraid of me, and your not Afraid to FUCKING SAY IT, SEND A LETTER

NO MORE PUSSIES,

NO MORE FAKE GIRLS.

I WANT A Whore From Hell That Loves the PIXIES and the GERMS.

WHERE ARE YOU ???

(« Je cherche quelqu'un qui joue bien et qui est capable de le faire devant 30 000 personnes, capable d'enlever son tee-shirt et d'avoir "allez vous faire foutre" écrit sur les seins. Si je ne te fais pas peur et que tu n'as pas peur de le dire – écris. Mais je ne veux pas de pouffiasse, je ne veux pas de fille hypocrite – je veux une pute de l'enfer. »)

Lectrice passionnée de Sylvia Plath, d'Anne Sexton ou de Baudelaire, Courtney semble convaincue que, pour créer quelque chose qui compte, de l'art qui transcende et soit important, il faut souffrir beaucoup. Et Courtney va souffrir. Beaucoup. Elle mettra ses tripes sur la table à chaque nouvelle bonne chanson qu'elle écrit. Et elle en écrit un paquet. Le deuxième disque de Hole, *Live Through This*, sort une semaine après le suicide de Kurt Cobain et huit semaines avant que Pfaff décède d'une overdose.

Courtney Love part en tournée juste après.
Et commencent dix années de pur enfer.

Quelque chose chez Courtney allait déranger de façon obsessionnelle le monde du Rock : son ambition. Courtney ne voulait pas, ne cherchait pas à être un homme dans un groupe de Rock. Elle n'a jamais essayé d'être « l'un d'entre eux », à la Hynde ou à la Smith. Elle voulait être « meilleure que tous les autres ». Elle désirait affecter, influencer la culture sans faire de détour et sans s'excuser de son désir. Elle allait payer cher pour ça. Les gens du Rock n'étaient pas prêts à entendre que les filles ne font pas de la musique pour sucer des bites. Et encore moins prêts à reconnaître que Courtney était dans la musique depuis l'enfance, et que ça l'avait toujours passionnée. Elle avait grandi au milieu du following de Grateful Dead et s'était construite très tôt dans la musique alternative. Le Hard Core, le Punk Rock, la New Wave, la No Wave, Lydia Lunch, Joy Division, Siouxsie, Echo & The Bunnymen, Duran Duran… mais on n'autorisera jamais Courtney à être légitime dans son désir d'être une star du Rock. Dylan, Jagger ou Bowie ont droit à cette ambition. Une jeune femme devrait savoir faire profil bas.

Dès le début de son parcours de star du Rock, Courtney dénonce l'hypocrisie et la brutalité dégueulasse des puissants. Comme Lydia Lunch, elle a envie de s'en prendre aux harceleurs – jamais aux harcelés. Marilyn Manson, Dave Grohl, Kathleen Hanna, Trent Reznor, l'industrie du disque, Madonna ou le Rock & Roll Hall of Fame, à l'occasion d'un article mémorable dans le *Guardian* en 2023.

L'agressivité et la lucidité qu'elle met dans ses chansons, dans les entretiens qu'elle donne aussi bien que dans ses déclarations publiques font qu'elle est déclarée hystérique.
On jugera tout chez Courtney Love – son ambition et son talent, qui deviennent la preuve qu'elle est folle, détruite par une vie personnelle hors du commun.

Les poupées cassées, dans la musique, sont nombreuses. Dans les années 1990, elles sont celles qui composent les meilleurs disques de Rock. Comme Tori Amos, dont le premier single, *Me and a Gun*, raconte a cappella l'agression sexuelle dont elle a été victime et qui fut aussitôt accusée d'« exploiter sa sexualité ». D'être trop bizarre, de ne pas avoir été assez maligne pour ne pas baiser avec des inconnus, d'être une adulte inadéquate parce que incapable de dépasser ses traumas d'enfance. De trop écrire sur sa vie personnelle.
On dit d'elle qu'elle jouit d'exhiber ce que l'âme d'une femme peut avoir de plus sale, on dit aussi qu'elle est magique et parfois trop excitée, mais on la trouve toujours agréable. Malgré tout. Parfois les critiques la trouvent même bonne chanteuse, ou compositrice au talent particulier.
Elle apparaît en même temps que des chanteuses comme Courtney Love et sa musique est plus piano que guitare, plus radio qu'underground.
Son apparence physique de « bonne fille » est plus appréciée car plus rassurante que celle des « filles tarées ». Un peu comme Kate Bush ou Stevie Nicks qui sont arrivées en même temps que des chanteuses qui avaient des images plus nerveuses et plus dures comme Siouxsie, Hagen ou Lunch. Mais ce n'est qu'une illusion d'optique : les disques d'Amos sont pleins de chansons aussi crues que violentes et brillantes.

Les chanteuses comme Amos, Fiona Apple, PJ Harvey, Björk ou Sinéad O'Connor ont d'abord suscité un certain respect dans la critique rock. Mais toujours teinté d'un peu de jalousie. Une admiration bizarre non pour le talent – mais pour le mystère. Ce que Simon Reynolds et Joy Press appellent dans leur livre *Sex Revolts. Rock'n'roll, genre & rébellion*, le syndrome de Betty Blue.

Betty Blue est le personnage interprété par Béatrice Dalle dans le film *37°2 le matin*. Une jeune fille « volatile et impulsive » qui découvre que son amant est un génie lorsqu'elle détruit entièrement son appartement après une dispute et tombe sur un de ses manuscrits. Betty l'envoie à diverses maisons d'édition et les réponses sont toujours négatives, elle se bat avec tout le monde, crée des embrouilles partout où elle va. L'agressivité de Betty ne se calme que quand elle se croit enceinte, mais quand le test de grossesse s'avère négatif, elle tombe en dépression et commence à entendre des voix dans sa tête. Son amant tente de la guérir en volant des bijoux qu'il lui offre. Mais rien n'est assez beau pour Betty. Un jour il rentre chez lui, l'appartement est rempli de sang et Betty a disparu. Il apprend qu'elle est dans un état grave à l'hôpital en même temps qu'il reçoit une réponse positive d'un éditeur. Quand il lui rend visite, il la voit dans un état lamentable, complètement à la rue – alors il l'étouffe avec un oreiller. Il rentre tranquillement à la maison pour terminer son deuxième roman, et parle avec son chat qui lui répond avec la voix de Betty.

Fin.

Betty Blue est une femme intense et instable, qu'il faut protéger et sauver d'elle-même. Dans cette dynamique, même s'il la tue, l'homme est le héros salvateur. De toute façon, il faut qu'il la tue pour pouvoir se réaliser.
La créativité et le talent des chanteuses de Rock des années 1990, y compris les plus puissantes d'entre elles, semble ne pas leur appartenir. C'est comme si ça venait de l'extérieur, quelque chose de mystérieux et d'intangible qu'elles ne peuvent pas tout à fait contrôler. Comme Nick Cave ou Tom Waits ou Iggy Pop ? Exactement pareil – mais eux sont des génies tourmentés, des maîtres, des hommes profonds et sensibles, et elles sont des êtres énigmatiques, aériens, qui vivent peut-être dans des bois magiques. Des elfes, des fées ou peut-être des champignons.

« Elfe » était le mot le plus utilisé pour décrire Björk au début de sa carrière, jusqu'à ce que ses collègues de The Sugarcubes demandent à la presse d'arrêter avec ça.

Ce quelque chose de surnaturel, d'inconsistant et d'inconscient, de volontiers handicapant, n'est rien d'autre que leur féminité systématiquement enfermée dans le domaine du mythique et de l'insaisissable, de l'incompréhensible. Mais que fait ce talent dans ce corps de femme ? Ne serait-il pas plus à son aise dans le corps de son émetteur légitime – un homme ?

Cette même infantilisation dont parlent Faithfull et Love, la poupée cassée fragile qui doit être réparée, protégée et corrigée. Réparer Tori, protéger PJ et corriger, brutalement, Courtney. Faire en sorte que chaque tentative de normalisation lui explose en pleine face. Que ça concerne sa vie personnelle, son addiction, le mouvement féministe des Riot Grrrls, ses conflits avec les machos du Rock ou son rapport à la chirurgie esthétique. On parlera toujours plus volontiers de ses problèmes que de l'essentiel : sa musique.

En 1997, Hole publie la compilation "MY BODY, THE HAND GRENADE".

Sur la jaquette du disque, la robe « kinderwhore » que Courtney portait pour le clip de *Miss World* est exposée dans une vitrine de musée. Au recto de la pochette un portrait d'Anne Boleyn, reine décapitée. Dans le livret intérieur, des images de Marie-Antoinette – qui fut guillotinée – et de Jayne Mansfield, morte dans un atroce accident de voiture au cours duquel sa tête fut arrachée (selon certains, ce serait sa perruque qui aurait traversé le pare-brise et été photographiée à côté du véhicule pulvérisé, dans une allégorie sinistre de la décapitation).

Courtney sait que ce qui a explosé comme une putain de grenade a toujours été son corps de femme. Que ce qui lui a explosé au visage c'était chaque millimètre de sa féminité. Que si on soustrait à ces fameux problèmes de drogue, de colère, de puissance du désir ou de rage sa féminité, tout se convertit en valeur ajoutée légitimant son talent extraordinaire.

Dans le Rock, Courtney Love est la meilleure de sa génération. Comme compositrice et comme interprète, il n'y a pas de compétition qui tienne. Pas même avec fucking Bob Dylan et son fucking prix Nobel.

Et chaque fois qu'elle est dégoupillée, chaque détonation de son corps explosif fonctionne comme la lumière ultraviolette qui dévoile les preuves du crime : elle sert de révélateur des réflexes machistes les plus pathétiques. Si on reprend un par un les articles méprisants ou insultants écrits sur Courtney Love se dessinent les contours de la plus crasseuse et ordinaire misogynie. L'ampleur de la haine et de la jalousie qu'inspire le pouvoir de son corps, cette façon que les journalistes ont d'en faire l'épicentre de la féminité abjecte ne sont révélatrices que d'une seule chose : un vrai connard se découvre.

Les connards ne la supportent pas. Elle les rend fous. Parce qu'ils le savent, et ils le savent très bien, et à la fin ils ne peuvent rien faire contre ça : le plus grand rocker de leur génération est une femme, son nom est

Courtney Love

Puisqu'on est en train de parler d'abjection, de dégoût et de haine :

QUEERCORE

Selon une spéculation psychanalytique vintage, l'instinct sexuel serait une force qui conduit irrémédiablement à la destruction du moi. La seule façon de « sauver » la sexualité de cette « pulsion de mort » serait de la circonscrire à un seul but et un seul intérêt : la reproduction.

Le philosophe Lee Edelman défend, dans son livre *No Future. Queer Theory and the Death Drive*, l'idée que dans cette logique, le queer ne peut signifier qu'une seule chose : être l'opposé de ce salut. Le queer n'est pas productif. Ni reproductif. C'est l'absence de futur. Le négatif. L'insensé et la folie. Le queer, comme « pulsion de mort de l'ordre social ».

Le Queercore queerise le Punk et punkise le Queer. Il met au service du féminisme queer ce que le Punk a de plus hard-core. Et on ne parle pas d'un féminisme abolitionniste transphobe anti porno gay policeophile tendance puritaine, mais d'un féminisme SM, trans, non binaire, proche des travailleuses sexuelles. Polyamoureux, vegan, utilisant d'énormes godes pour enculer le patriarcat dès que l'occasion se présente.

« NOT GAY AS IN HAPPY, BUT **QUEER** AS IN

MY LOVE

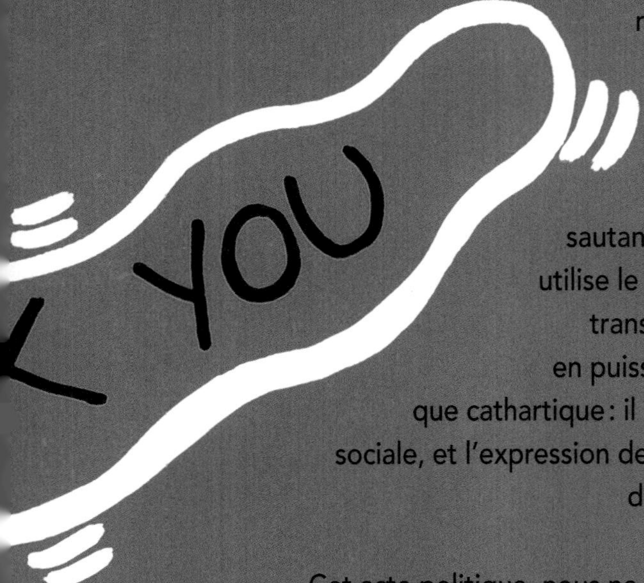

Le Queer, comme le Punk, assume sa position dans la marginalité avec orgueil et bonheur. Et comme le Punk, il le fait en utilisant tous les codes contraires – et interdits – à la construction de la normalité et de ce qu'est le fonctionnement « correct ». Les conduites agressives et ouvertement antisociales (comme le pogo ou le hurlement dans le Punk), la transgression des normes verbales (argot et fautes linguistiques) et physiques (goût de la destruction des objets) deviennent un langage propre. Une musique faite pour irriter, contrarier la norme hétérosexuelle ne peut être que dure, brutale et tendue. C'est un exorcisme primitif – une série de rituels visant à contrer la violence exercée par l'oppression normative sur les corps et les imaginaires queers et l'impuissance qui en résulte. Quand un groupe de Queercore beugle ses chansons en sautant comme des psychopathes possédés partout sur la scène, il utilise le mode d'expression inapproprié et vulgaire qu'est le cri pour transformer la violence qu'on a exercée sur lui en tant que queer en puissance et invulnérabilité. En tant qu'exorcisme, il ne peut être que cathartique : il est à l'intersection du corps, de la pensée et de l'expérience sociale, et l'expression de sa rage se connecte aux émotions par le langage. De facto, de façon consciente, son message ne peut être que politique.

Cet acte politique, nous ne devons pas oublier qu'il est – car c'est à la racine du queer – forcément plein d'humour. Le sarcasme est le mode que nous avons choisi pour nous confronter à la violence de la norme, et c'est notre premier acte antisocial queer.

Lorsque nous récupérons les termes négatifs et péjoratifs qui nous définissent depuis l'enfance, non seulement nous les réinvestissons d'un signifiant complètement différent de celui qui nous a été inculqué mais en plus nous les inscrivons dans un mouvement que Jack Halberstam nomme « anarchie des significations ». Nous nous dégouvernons, nous entrons dans un désordre fluide et provocateur. Et libérateur. Par-dessus tout, c'est un chaos hilarant et jouissif dès lors qu'il est perçu par un autre queer.

Imaginez ça : une camionneuse les seins à l'air et un gros gode entre les cuisses qui hurle pendant une demi-heure « hommasse », « bite », « perverse » dans un micro, et qui défie les mecs cis hétéros du public de prouver leur virilité : viens sur ma scène et suce mon gode. Et il y a toujours un ou deux mecs pour relever le défi. Ils montent sur scène, se mettent à quatre pattes et sucent, et avant qu'ils aient le temps de commencer à kiffer, la camionneuse sort un grand couteau de la poche arrière de son fute, tranche le gode, le fait tourner en l'air sur la pointe du couteau et le lance dans le public.

La différence entre ce que cette scène signifie pour une personne queer du public et une personne non queer c'est le lieu dans lequel se trouve la connotation sexuelle du Queercore. C'est le versant sale de ce que la communauté LGBTQIA+ peut avoir de correct. C'est n'en avoir rien à foutre des désirs d'inclusion et d'intégration au discours normatif hétéro patriarcal. Plus que ça : c'est déclarer qu'on n'est pas là pour se rendre tolérables. Assumer d'être inacceptables, c'est ce que fit Tribe 8 lors du festival féministe Michigan Womyn's Music en 1994. Trois ans plus tôt, le festival avait expulsé une femme trans et s'était déclaré – jusqu'à sa disparition en 2015 – festival pour *« womyn born womyn »*. Femmes nées femmes. Mais quand les féministes trans-excluantes voient le groupe, le choc est énorme, le scandale phénoménal et donne lieu à des conflits épiques. Et inspire une des meilleures chansons du groupe :

NEANDERTHAL DYKE

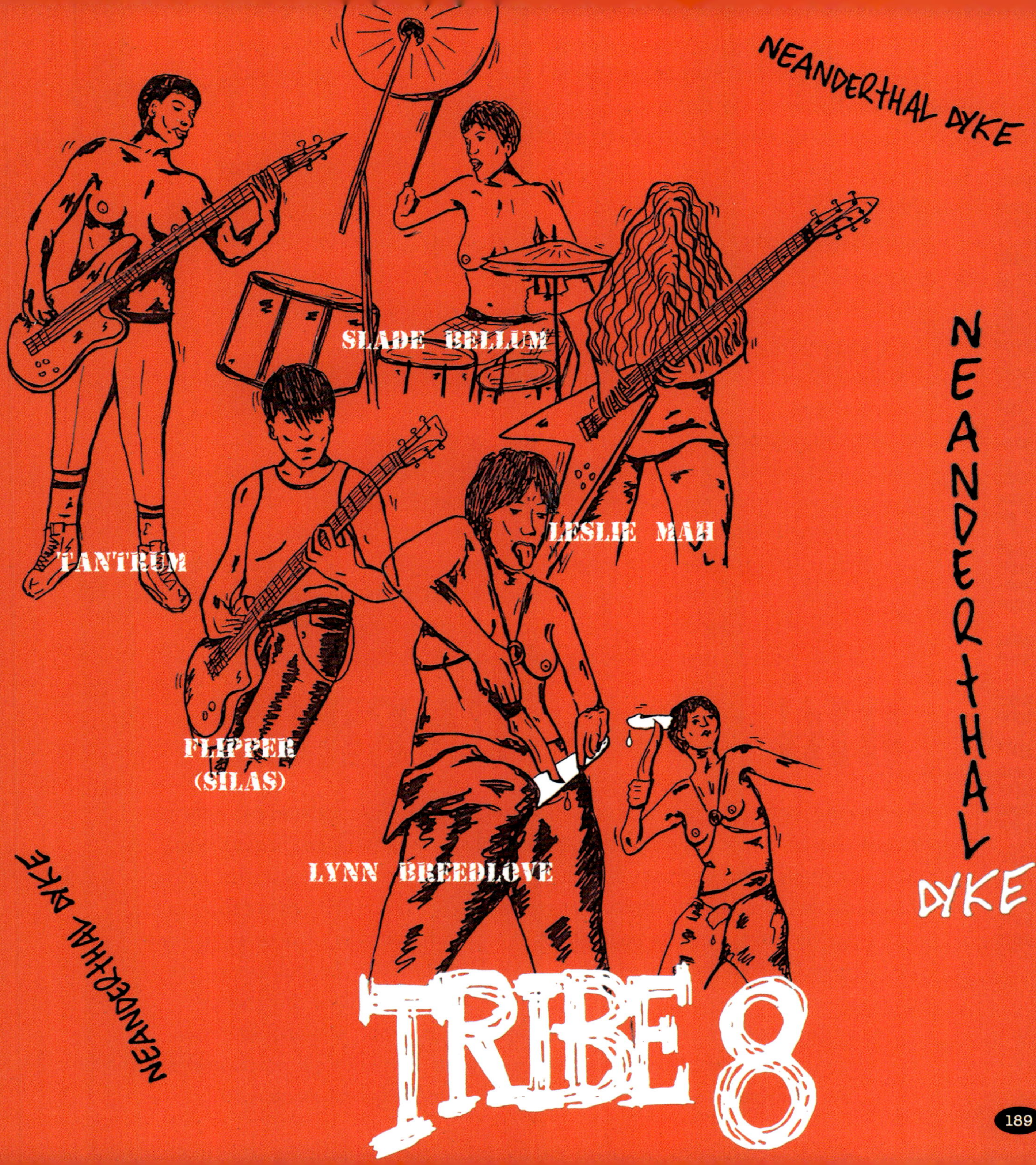
NEANDERTHAL DYKE
SLADE BELLUM
NEANDERTHAL DYKE
TANTRUM
LESLIE MAH
FLIPPER (SILAS)
LYNN BREEDLOVE
NEANDERTHAL DYKE
TRIBE 8

SHOOT A RAPIST NOT HEROINE

Féministes, d'accord. Mais de quel genre ? Et avec qui ? Avec Valerie Solanas ou avec Catharine MacKinnon ?
Si quand on dit « womyn » on dit reproduction du même ordre social sinistre, discriminatoire et meurtrier – qui peut bien vouloir s'identifier à ce féminisme ? Et quel intérêt ?

Le mouvement underground dans lequel coexistent des groupes tels que TRIBE 8

FIFTH COLUMN GOD IS MY CO-PILOT

HOLE L7 BABES IN TOYLAND 7 YEAR BITCH

et tant d'autres, compose un spectre très large, où ces groupes sont des pionniers des théories queers, qui se développent pendant les années 1990 aux États-Unis et s'exportent à toute vitesse en Amérique latine et en Europe. Il est important de se souvenir que toute théorie naît d'une pratique, et pas le contraire.
Le monde universitaire formalise une théorie. Dans le cas du queer, elle a d'abord été expérimentée – entre autres lieux dans la musique. Des gouines inadaptées et fatiguées d'être harcelées ont décidé de pratiquer la destruction des normes mortifères. Et de le faire pour d'autres gouines et pédés inadaptés, fatigués et enragés.

BIG DYKE ENERGY

Il y en a qui vont te dire que nous voulons l'égalité, que nous ne sommes pas violents et que nous ne rêvons pas d'arracher la bite de chaque agresseur, de chaque violeur. Mais la vérité, c'est que certains d'entre nous en rêvons. Et ce qui est sûr, c'est que nos corps transgouines politisés agressifs en colère et adeptes du BDSM en ont super marre des leçons de bonne conduite bourgeoises et assimilationnistes. Oui, nous avons envie de foutre en l'air tout ce qui nous détruit – et qu'il ne reste rien. Et nous avons envie de le faire en tant que gouines, en tant que trans, en tant que putes. Trancher des bites de silicone avec la lame d'un couteau aiguisé nous semble être une distraction fantastique, un rituel démoniaque inoubliable et génial. Parce que oui, nous sommes des freaks, des monstres, une engeance démoniaque. Et toi, tu fais partie de notre groupe.

DEAD MEN DON'T RAPE

WE'RE HERE WE'RE QUEER

WE'RE GOING TO FUCK YOUR CHILDREN

En dehors de l'underground, le panorama est tout à fait différent. Si ton désir est de vendre des disques et de te classer en haut des listes de ventes, il est préférable de la fermer. Que ton désir soit hétérosexuel et que tu le gardes bien décent. En cas de désir lesbien, il faut faire bien attention à rester **« baisable aussi pour les hommes »**. C'est-à-dire d'abord selon leurs critères.

Da Brat, qui sort du placard en 2020, vingt-six ans après la sortie de son disque *Funkdafied* qui s'est vendu à plus d'un million d'exemplaires, déclare que si elle l'avait fait en 1994 ça aurait été un

Même chanson dans le cas de Queen Latifah, qui sort du placard en 2021 en disant

alors qu'elle vient chercher le prix récompensant l'ensemble de sa carrière aux BET Awards. Son sourire, alors qu'elle prononce ces mots, en dit long. Trente-deux années ont passé depuis le méga hit *Ladies First* tiré de son premier disque, *All Hail the Queen*.

Sa collaboration avec Monie Love est la première entre deux femmes qui ne font pas partie du même groupe de Rap, mais c'est surtout la première chanson qui met en cause le sexisme et le racisme dominant dans l'industrie. C'est le morceau qui change les dynamiques entre les femmes et les hommes dans le Rap. Queen Latifah est une des meilleures rappeuses de l'histoire, la première à devenir une superstar de la musique, de la télé, du cinéma, de la mode et du business de cette industrie discographique.

Il y a aussi Joan Jett qui, fatiguée d'avoir été refusée par 23 labels après la dissolution des Runaways, décide de monter son propre label en 1980 : Blackheart Records. Elle y signe plusieurs groupes de Rock féminins dans les années 1990 après y avoir publié son premier disque solo, *Bad Reputation*, en 1981.

Joan Jett n'est jamais sortie du placard. De la même façon qu'on n'a pas besoin d'avoir une bite pour avoir une Big Dick Energy, tu n'as pas besoin de déclarer publiquement que tu es lesbienne pour que ta Big Dyke Energy parvienne à toutes les petites lesbiennes du public. Nous reconnaissons toutes ce je ne sais quoi quand nous voyons Da Brat, Latifah ou Joan Jett. On peut l'appeler gaydar ou on peut l'appeler antenne parabolique queer.

Les super bitches et les super dykes
ont un message en commun à faire passer
qui nous parvient haut et clair :
nos sexualités déviées et déviantes

EXIST

LOUD & PROUD

Quand Roxanne Shanté répond à UTFO, Lil' Kim a 10 ans. Elle en a 12 quand Salt-N-Pepa parlent ouvertement de sexe. À 22 ans, elle est prête à expliquer au monde sa façon de voir les choses. **HARD CORE** le premier disque de Lil' Kim, s'ouvre sur une déclaration fracassante : avant elle avait peur de la bite, mais maintenant elle la gère comme une pro.

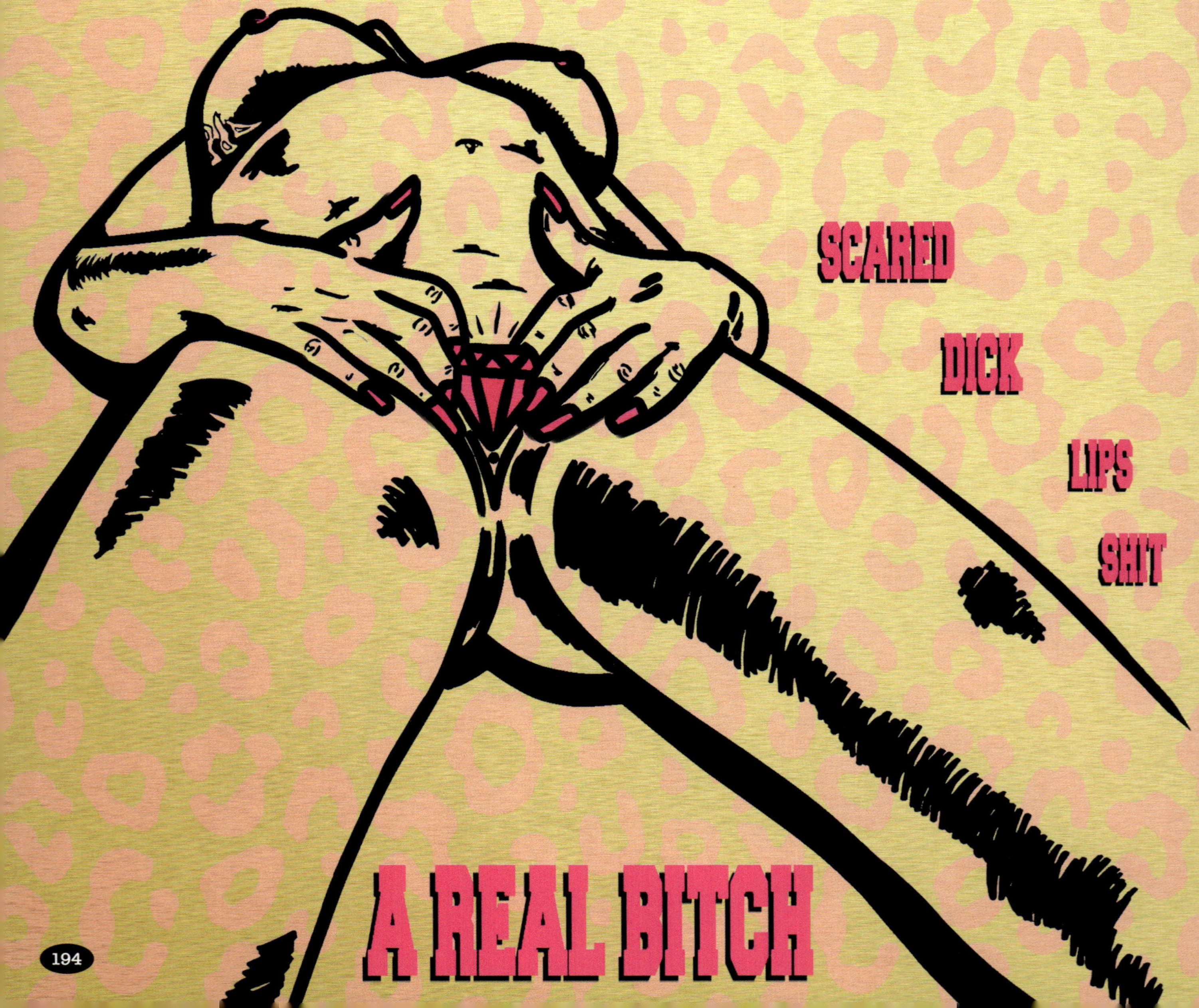

Mais avant cette déclaration, il y a l'intro. Un mec entre dans un sex-shop et demande un ticket pour Little Kim, *Hard Core*. Sur la photo de la pochette, Lil' Kim, en robe courte dorée et transparente, est à quatre pattes au-dessus de la tête blanche d'une peau d'ours polaire, devant une cheminée blanche, entourée de roses rouges et d'une bouteille de champagne dans un seau. Sur une autre photo pour la promotion : chaussures à talons fins incrustées de diamants, bikini en léopard et manteau de fourrure léopard brodé de plumes rouges, elle est accroupie jambes écartées, les mains sur les genoux. Son entrejambe face caméra, comme le regard. La Tina Turner de *Private Dancer* ouvrant les jambes, mais façon nouveau millénaire.

Si qui que ce soit en doute encore, il faut savoir que *Hard Core* parle beaucoup de sexe. S'il n'est pas le meilleur disque de la fin des années 1990, il fait partie des meilleurs. La précision, le flow et l'insolence qui caractérisent le Rap de Lil' Kim sur les quinze morceaux qui le composent, la production impeccable et les textes complètement novateurs à l'époque font de *Hard Core* un disque plus qu'important – il est monumental.

Il s'en vend environ 80 000 exemplaires la première semaine, ce qui le place troisième du *Billboard*. Il est double platine avant la fin de l'année (2 millions de ventes en un mois). Son esthétique influencera beaucoup de chanteuses « à succès » qui lui succéderont – de Britney Spears à Christina Aguillera, en passant par Cardi B et Megan Thee Stallion, Nicki Minaj ou Beyoncé. C'est le look de la reine de toutes les bitches. La reine des chiennes.
Cependant, on lui rendra rarement l'hommage qu'elle mérite dans l'histoire du Rap. Elle est pourtant celle qui a révélé une fois pour toutes l'envers du tabou sacré des États-Unis et de l'Occident obsédés par l'argent, le sexe et la mort :

SEX = $

Le sexe fait vendre. L'industrie du porno était déjà au courant. À la fin des années 1990, elle s'était développée assez rapidement pour faire partie de l'entertainment. Comme l'industrie cinématographique, comme l'industrie du disque. Les actrices porno étaient devenues des stars, interviewées à la télévision, à la radio et dans la presse. Leurs cachets n'avaient plus rien à envier à ceux des actrices de Hollywood. Mais le stigmate, lui, n'avait pas disparu. Lil' Kim change ça. Avec elle, une fille qui s'en met plein les poches en utilisant sa sexualité ne perd plus sa respectabilité. Au contraire. Lil' Kim se débarrasse de l'idée que la féminité fait de toi « une proie » de facto.

Les fantasmes des rappeurs Trife Diesel, Notorious B.I.G. et Lil' Cease, détaillant tout ce qu'ils feraient à Lil' Kim dans un lit (si seulement ils en avaient l'occasion), composent trois morceaux entiers sur l'album de Lil' Kim. Stratégie brillante. Plutôt que de répondre aux textes machos de ses collègues masculins – comme l'avaient fait avant elle Etta James, Roxanne Shanté ou Salt-N-Pepa –, Lil' Kim les invite à sa fête, sur son propre disque, pour faire exactement ce que font les rappeurs : des collaborations.

Sixième chanson du disque, *Crush on You*, le rappeur alfa (Notorious B.I.G.) avoue qu'il a un gros crush sur elle, et elle le met exactement où elle voulait : sa voix masculine, de mec connu et légitime, devient objet sexuel et expose l'insignifiance d'une masculinité obsolète. Lil' Kim appelle alors ses copines et elles concoctent une petite vengeance : il aime sûrement la fellation, il doit aimer les plans à trois. Il a sûrement plein d'argent. Elles vont bien s'occuper de lui et attendre qu'il s'endorme pour lui voler tout son fric.

Au moment où sur MTV les clips sont saturés de corps féminins anonymes, dénudés et interchangeables, qui appartiennent à des choristes ou à des filles qui dansent autour des interprètes masculins, lavant des voitures et ne prenant jamais la parole, Lil' Kim se fait un nom, invente un langage, se sert de son talent et projette son monde. Sa chatte devient sa signature.

Face à un déluge de chair fraîche, les rappeuses s'imposent et annoncent la mort de la virilité, les reines chiennes usent de leur pouvoir érotique pour obtenir d'eux ce qu'elles veulent ou ce dont elles ont besoin. De l'argent, des choses ou du plaisir sexuel. La sortie de l'album *Hard Core* coïncide avec un âge d'or du Rap féminin. C'est un déluge de succès majeurs avec des textes à la gloire de la voyouterie sexuelle des filles qui ont défoncé « l'ange du foyer » de Virginia Woolf. On est loin, très loin, de la respectabilité bourgeoise blanche.

Pendant qu'ils racontent des conneries, elles comptent les bénéfices :

Une semaine après la sortie de *Hard Core*,
FOXY BROWN publie son premier disque,
ILL NA NA (« Vagin malade »).
130 000 copies en une semaine.
Disque de platine.

AALIYAH sort son premier disque,
AGE AIN'T NOTHING BUT A NUMBER
qui se vendra par millions, pareil pour le suivant,
ONE IN A MILLION en 1996.

En 1997, MISSY ELLIOTT sort son premier LP
SUPA DUPA FLY
plus d'un million d'exemplaires vendus.

MIA X sort UNLADY LIKE
500 000 exemplaires vendus.

Pour la bande sonore du film *Nothing to Lose*,
LIL' KIM enregistre un remix de
NOT TONIGHT
avec
DA BRAT MISSY ELLIOTT
ANGIE MARTINEZ
et LISA LEFT EYE LOPES

Le single s'écoule à près d'un million d'exemplaires et se classe en haut des listes aux États-Unis, en Angleterre, au Canada, en Nouvelle Zélande et aux Pays-Bas. Il faut voir le clip avec MARY J. BLIGE
la TLC T-BOZ QUEEN LATIFAH SWV
XSCAPE BLAQUE CHANGING FACES...
qui est un joyau, une pure merveille !

En 1998, GANGSTA BOO casse la baraque
avec ENQUIRING MINDS

de même que CHARLIE BALTIMORE
avec COLD AS ICE

Et en 1999, LET THERE BE EVE...
RUFF RYDER'S FIRST LADY

de EVE est disque de platine en une semaine,
plus de 200 000 exemplaires vendus.

Un millon de disques vendus en 2000 pour le **DA BADDEST BITCH** de **TRINA**

Et deux ans plus tard, **KHIA** cartonne avec **THUG MISSES** et le single **MY NECK, MY BACK (LICK IT)**

HARD CORE

de **LIL' KIM** est un monument.

C'est la pierre angulaire qui marque le moment où les rappeuses ont dessiné une nouvelle forme de féminité publique si puissante qu'elle a annihilé toute la masculinité hégémonique qui régnait jusqu'alors dans la musique.

no money money
no licky licky
fuck dicky dicky

GANGSTRESSES

Pendant ce temps, ma génération, qui est celle des milléniales, nous étions encore en train de tremper nos goûters dans des verres de lait, et on rêvait de faire partie des Spice Girls…

1994 → En Angleterre, deux chasseurs de talents sélectionnent cinq filles «très différentes les unes des autres» pour monter un groupe.

1995 → Au mois de mars, les jeunes filles ont déjà composé presque tous les morceaux qui figureront sur leur premier disque. Mais fatiguées d'attendre que les deux lumières leur trouvent un contrat discographique, elles s'en débarrassent.

→ Trois mois plus tard, elles signent avec Virgin Records. Les grands pontes de la multinationale déclarent que la chanson qu'elles ont choisie comme premier single est «trop bizarre, anarchique, sauvage et peut-être trop punk». Elles répondent que ce n'est pas négociable, que ce sera ***Wannabe*** ou rien.

Quand la chanson sort en juin 1996 :

→ Elle est aussitôt numéro 1 dans quarante pays.

→ Elle reste en première position sept semaines au Royaume-Uni, quatre aux États-Unis. C'est le single d'un groupe de filles le plus vendu de l'histoire du disque, plus de 7 millions dans le monde.

→ En novembre de la même année, elles publient le disque SPICE en Europe : plus de 2 millions d'exemplaires en deux semaines, juste pour l'Angleterre.

→ En février 1997, le disque sort aux États-Unis : directement numéro 11 du hot 100, la meilleure position d'un groupe non américain – mieux classé que le *I Want to Hold Your Hand* des Beatles.

→ C'est le disque qui se vend le plus cette année-là en Amérique du Nord. Dans le monde, il s'écoulera à plus de 23 millions d'exemplaires.

→ À partir de là les Spice Girls sont le groupe féminin qui aura réussi les plus grosses ventes de l'histoire.

→ Au mois de mars de cette même année, elles publient le livre GIRL POWER!

→ 200000 ventes le jour de la sortie. Il est traduit dans plus de vingt langues.

En mai, **ONE HOUR OF GIRL POWER!** la compilation de leurs clips, est la VHS la plus vendue de l'histoire : 500 000 exemplaires au Royaume-Uni en deux mois.

Elles réalisent une compilation des artistes féminines qu'elles apprécient :

SPICE GIRLS PRESENT... THE BEST **GIRL POWER** ALBUM...EVER!

qui est aussitôt disque d'or.

En juin, elles tournent leur premier film, **SPICE WORLD**
Lorsqu'il sort en décembre, il génère plus de 2 millions de livres sterling en un week-end.

Septembre 1997, elles jouent pour les MTV Video Music Awards, cinq jours après la mort de Lady Di, à laquelle elles dédicacent leur prix du meilleur clip pour *Wannabe*.

Elles gagnent quatre Billboard Music Awards, jouent devant 40 000 personnes en Turquie et partent rencontrer Nelson Mandela en Afrique du Sud.

En novembre sort leur deuxième disque,

et on peut se poser la question : quand ont-elles eu le temps de le composer et de l'enregistrer ?
Il s'en vend 7 millions en deux semaines, 14 dans le monde entier.
Record historique de rapidité des ventes.

Elles remportent le prix MTV Europe du meilleur groupe, virent leur manager, se managent elles-mêmes et terminent en 1997 groupe le plus joué sur les radios américaines.

En 1998, Geri quitte le groupe. En 1999, Victoria épouse Beckham. Emma, Mel B, Mel C et Geri sortent des disques en solo. Elles splittent le groupe en 2000. Peut-être pour un moment, peut-être pour toujours.

Les Spice Girls avaient le secret de la formule pop ultime. Et le tempérament pour l'imposer aux grands patrons des majors. Je parle ici de *Wannabe*, mais ça vaut pour toutes les chansons du premier disque. Dix compositions de parfaits succès pop avec un impact culturel comparable à celui des Beatles à leur époque. Il n'empêche qu'encore aujourd'hui elles sont considérées comme une arnaque commerciale, édulcorée et décaféinée, de qualité musicale douteuse et sans grand caractère. De la musique commerciale de seconde zone. Un produit créé par l'industrie pour que des millions d'enfants achètent les disques et tout le merchandising. Livres, concerts, vidéos, films, poupées, soda, confiseries, tee-shirts, baskets…

Devinez quoi ? J'étais l'un de ces enfants, une milléniale de la plus pure espèce. Je peux répéter à qui veut l'entendre que Tina, Madonna, Courtney ou Lil' Kim ont changé ma vie. Mais j'avais 12 ans en 1996 et j'ai vécu ma meilleure vie avec le phénomène des groupes de filles (et de garçons aussi, d'ailleurs). Si je veux être honnête, je dois le dire tel que ça a été : celles qui ont vraiment bouleversé ma vie, c'étaient les Spice Girls. Oui.

J'avais entendu la génération de mes parents parler de la Beatlemania et les copines de mon grand frère avaient connu la Madonnamania. Alors quand ces cinq filles de 20 ans sont apparues dans le poste de télévision avec le clip de *Wannabe*, j'ai tout de suite su : « Ça, c'est pour moi. C'est mon moment. L'univers me tend la perche, c'est mon tour de faire partie de quelque chose d'énorme, d'important, de planétaire : la SpiceGirlmania. »

Ce n'est pas vrai. Ça ne s'est pas passé comme ça. Je n'ai jamais eu le don de prévoir le futur. À 12 ans je n'avais pas le début d'une idée de ce qu'était la vie, le phénomène des fans, le pouvoir féminin et je ne savais même pas de quoi elles parlaient avec ce mantra en anglais qui était le leur, Girl Power !

Ce que je savais, par contre, c'est que ces cinq Anglaises de la classe ouvrière ressemblaient beaucoup aux filles de mon quartier. Et moi aussi je voulais leur ressembler, je voulais être une spice girl.

WANNA-BE A SPICE GIRL

Les milléniales, on nous appelle aussi « génération Y », « génération charnière » ou « ponts humains générationnels ». Nos enfances se sont déroulées juste avant l'ère d'internet, mais l'ordinateur est entré dans nos maisons quand on devenait adolescents et il s'est tout de suite connecté à la Toile en faisant une série de bruits extraterrestres. Nous sommes un maillon de chair et d'os qui réunit le « vieux monde » et le futur. Une milléniale est quelqu'un qui peut comprendre les codes des deux époques, des deux mondes. Quel rapport avec les Spice Girls ? Tout. Elles cristallisent la génération Y.

Il n'y a qu'à voir ce qui se passe dans une fête de quadragénaires, aujourd'hui, quand les premières mesures de *Wannabe* résonnent sur la platine. Je suis sûre que beaucoup de gens de mon âge savent de quoi je parle. Y compris celles d'entre nous qui prétendent qu'elles n'ont jamais kiffé les Spice Girls… on vous voit, sur la piste de danse, redevenant des gamines possédées et connaissant chaque mot de la chanson, incapables de ne pas la hurler avec vos amies et bougeant comme si vous étiez Geri Halliwell en personne.

Chaque fois que cette chanson passe dans une fête, toutes les filles de mon âge sautent sur l'occasion pour renouer physiquement avec ce moment innocent, superficiel et superfluo, du « Girl Power » que nous avons écouté en boucle quand nous étions gamines.

Nos corps adolescents traversés à la fin des années 1990 par :

je ne peux pas reproduire les paroles de la chanson parce que ça coûterait une fortune mais je sais que vous les connaissez toustes… ça fait quelque chose comme ça : ♪ je vais te dire ce que je veux tatata tatati tatatatatatitata ♪

sont ceux avec lesquels nous nous construisons aujourd'hui avec les théories et les pratiques féministes, queers et décoloniales. Nos sexualités, nos identités, nos féminités et nos masculinités peuvent être ce que nous désirons en faire. Avec les copines. Grâce au lien le plus profane et le plus sacré de tous : celui qui nous relie aux copines.

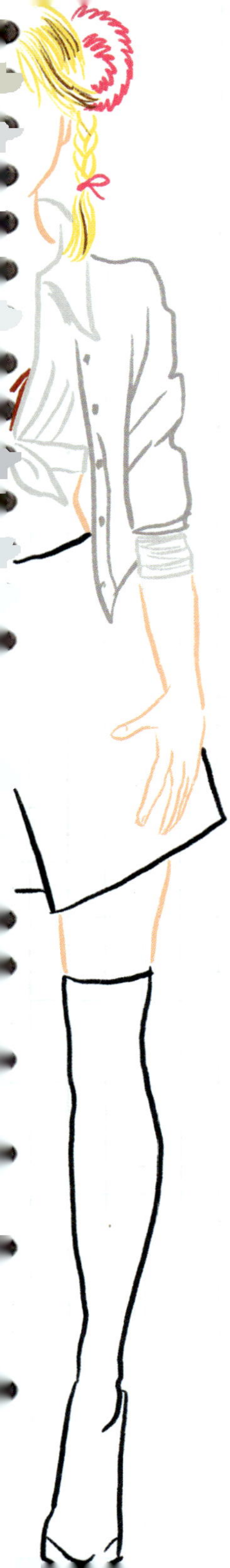

Et des copines, dans le paysage musical de la fin du siècle passé, on en a eu quelques-unes. Alanis Morissette, Tori Amos ou Björk. Janet Jackson, Gloria Estefan, Jennifer Lopez, Aaliyah ou Toni Braxton. Fiona Apple, Whitney Houston, Sheryl Crow, Lauryn Hill, Shania Twain, Mary J. Blige, Sinéad O'Connor, Sade, Kate Bush, Macy Gray, Gwen Stefani, Tracy Chapman…

En 1999, onze des quinze numéros 1 de la liste *Billboard* des meilleures ventes sont tenus par des artistes femmes. Céline Dion, Brandy et Monica, Mariah Carey, *Believe* de Cher, *No Scrubs* de TLC, *Bills, Bills, Bills* des Destiny's Child de Beyoncé et les premiers singles de Britney Spears, Christina Aguilera, Jennifer Lopez : *Baby One More Time*, *Genie in a Bottle* et *If You Had My Love*.

Britney et Christina avaient toutes deux été stars du programme de télévision de Disney *The Mickey Mouse Club* alors qu'elles avaient 12 ans. Au casting de cette émission on retrouvait également Justin Timberlake de N'Sync et Rhona Bennett d'En Vogue ; Nick Carter des Backstreet Boys a failli y participer, mais s'est désisté au dernier moment.

Quand elles sortent leurs premiers disques, Britney a 17 ans et Christina 18.

Leurs morceaux respectifs sont classés numéro 1 des ventes dans plus de vingt pays. Elles vendent un demi-million de disques en un seul jour et plus de 10 millions en un an. Les préadolescentes de la fin du XXe siècle petit-déjeunent, mangent, goûtent et dînent tout ce que les deux jeunes artistes sortent sur le marché. Les cahiers d'école sont couverts de photos des idoles, on recopie les paroles de leurs chansons, on dessine des cœurs dessus, des smileys et on accroche leurs portraits dans les chambres, au-dessus des ours en peluche et à côté des photos des petits copains.

Progressivement, les deux artistes abandonnent les politiques Disney pour explorer leurs désirs et leurs sexualités, encourageant leurs auditrices à s'exprimer sans trop se demander ce qu'en penseront les fiancés, les amis ou les parents. La collégienne qui auparavant se consumait d'amour dans les couloirs de l'école brise désormais le cœur de son prince charmant

– OOPS, I DID IT AGAIN ♥ –

ou affirme que nous pouvons grandir et devenir chaque jour plus fortes qu'hier. De son côté, le génie dans sa bouteille nous apprend à mettre des limites et à poser des conditions dans nos relations sexo-affectives – si tu veux être avec moi, chéri, il va falloir que tu assures – ou à descendre dans les bas-fonds de la lutte mexicaine pour monter sur le ring entourée d'amies sapées comme des cagoles de l'enfer dans un des clips les plus iconiques de l'époque.

Le festival des succès de la Disney Sexy Pop est tel qu'en à peine deux mois toutes les autres chanteuses disparaissent de la liste des meilleures ventes. En fait, quelques-unes en particulier sont effacées : les rappeuses noires, avalées par des princesses Disney très, très blanches. Elles absorbent leurs esthétiques, déforment leurs codes et propulsent l'esthétique pétasse de quartier dans le mainstream pop. En 2005, la catégorie meilleure rappeuse est éliminée des Grammys faute de concurrentes. Deux ans plus tard, même opération pour les BET Awards.

WHAT A GIRL WANTS
OOPS... I DID IT AGAIN
I TURN TO YOU
STRONGER
COME ON OVER BABY
(ALL I WANT IS YOU)
I'M A SLAVE 4 U
DIRRTY
I'M NOT A GIRL NOT YET
A WOMAN
BEAUTIFUL
ME AGAINST THE MUSIC
FIGHTER
TOXIC
THE VOICE WITHIN
...
...

Simultanément, les années 2000 voient les ventes de disques reculer de plus 60 %. L'invention du peer to peer et la propagation d'internet dans les foyers expliquent cette chute fatidique. On décharge, on copie, on pirate. Les artistes qui vendaient des millions de disques peuvent s'estimer chanceuses si elles réussissent à en vendre la moitié. L'industrie discographique – qui apparemment n'avait pas regardé le plus grand blockbuster de son époque – a décidé que pour sauver le *Titanic* disco-shit du naufrage, ils allaient mettre Kate à la place de Jack et Jack à la place de Kate.

Des onze artistes femmes ayant des titres numéros 1 au Billboard de 1999, il n'en reste qu'une en 2005 : Mariah Carey.

Les jeter par-dessus bord n'était pas suffisant. Les quelques artistes féminines qui réussirent à s'accrocher ou à exister sans se soumettre allaient connaître un véritable chemin de croix. En 2007, l'industrie musicale, la presse sensationnaliste et internet ont formé le triangle amoureux le plus satanique du nouveau millénaire. Dix ans plus tôt, nous avions été témoins en différé de la persécution des paparazzis qui avaient conduit Lady D à la mort. Désormais, nous allions suivre en direct Britney Spears la nuit où elle se rasait la tête chez un coiffeur à Los Angeles ou Amy Winehouse sortant d'un hôtel à Londres avec la robe tachée de sang et les bras striés de coupures.

Les millions de photos prises par des centaines de paparazzis qui les poursuivaient, les harcelaient H 24 faisaient la une de tous les tabloïds. Il fallait également fournir du contenu aux milliers de pages internet consacrées au spectacle de cette destruction. Les théories naissaient sur des forums, des milliers de commentaires s'accumulaient sous chaque cliché ou article et une quantité terrifiante de photomontages apparaissaient, où le sordide avait atteint un niveau qu'on n'avait pas anticipé. Tout ce qui avait pu amener Britney ou Amy à ces moments déterminants de leur vie n'avait strictement aucune importance. Comme n'en avaient aucune leurs carrières, la qualité de leurs œuvres, leurs compétences artistiques, créatrices, vocales ou les records d'audience qu'elles atteignaient. L'attention du public s'était déplacée. L'intimité des artistes féminines passait avant leurs réalisations artistiques. C'est dans cette intimité que s'immisçait le triangle amoureux satanique, entrelaçant déshumanisation et diagnostic fatal : Britney avait pété les plombs et Amy n'était qu'une junkie pathétique. Puisqu'elles étaient l'une comme l'autre incapables de gérer leurs vies personnelle et professionnelle, il fallait les enfermer.
Et ici apparaît la seule figure capable d'incarner ce triangle : le père.

Jamie et Mitch.

Brillant jusqu'alors par leur absence, ils allaient faire leur entrée triomphale dans la vie de leurs filles, dans leur grand rôle : Dieu salvateur et tout-puissant, en petite personne.

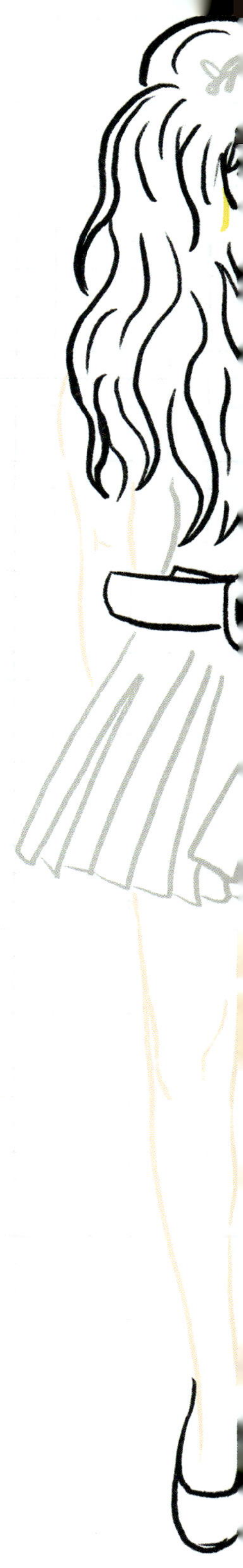

Jamie s'entend avec l'équipe des manageurs, les présidents des maisons de disques et des avocats pour faire interner Britney. La médiquer, lui retirer la garde de ses enfants, plaider la démence et la mettre sous tutelle pendant treize ans. Une tutelle comme on n'en avait jamais vu : Britney est déclarée non seulement incapable de s'occuper de sa carrière, mais aussi de gérer sa vie personnelle. Après l'internement psychiatrique et le centre de réhabilitation, elle est enfermée dans sa propre maison avec son père et une équipe de sécurité qui la surveille. Des centaines, des milliers de paparazzis sont postés autour des grilles de la maison, embusqués derrière chaque porte. Toute personne de son entourage qui ne se soumet pas entièrement au père, au label et aux avocats sera harcelée, menacée puis expulsée. Par la suite, elle sera enfermée sous le même régime à Las Vegas, bourrée d'amphétamines pour monter sur scène ou faire des émissions de télé puis de somnifères pour la tranquilliser, le soir. Incapable de gérer quoi que ce soit, mais compétente pour sortir son meilleur disque, *Blackout*, et de générer plus de bénéfices que jamais par ses concerts et des clips aussi légendaires que ceux du début de sa carrière. Seuls le père, l'avocat et le label sont habilités à avoir accès à l'argent que produit son travail. Le père, le fils et le Saint-Esprit.

Du côté de Mitch, il commence par dire *no, no, no*. Amy va parfaitement bien et n'a pas besoin d'entrer en clinique. Amy continue de jouer, mais elle est happée dans une spirale de violence et de destruction sous les yeux du public, elle entre et sort de rehab, est obligée de signer des contrats dans lesquels elle s'engage à être clean pour participer aux Grammys. Elle arrête de consommer des drogues, elle fait les Grammys, elle en remporte cinq et trois jours plus tard elle recommence à consommer. Monter sur scène est devenu une torture. Le label et son père insistent : contractuellement, elle est tenue de donner cinq concerts. Après, si elle veut, elle arrêtera. Amy chante – ou essaye. Une fois, deux fois – cinq fois. Son mari est en prison, elle se réfugie sur une île avec ses amis les plus proches, elle essaye de briser la spirale. Le père débarque quelques mois plus tard. Il est venu avec des caméras, des journalistes et des photographes. La sphère publique a envie de voir Amy. Combien faut-il de clics à la seconde pour aspirer entièrement la vie d'une personne ?

Lorsqu'elle rentre à Londres, le père, le label et les avocats réclament une nouvelle tournée. Un jour qu'elle est écroulée sur son sofa, ils viennent la chercher pour la mettre dans un avion, direction Belgrade. Elle monte sur scène, parle aux musiciens – elle ne veut pas jouer. Le public la hue. Soit tu chantes, soit tu rembourses. Elle meurt une semaine plus tard, sur ce même sofa.

L'année 2007, tout explose. Britney était l'artiste féminine solo qui détenait le record des ventes pour son *Oops !... I Did It Again*, l'adolescente avec le plus de titres classés numéros 1 aux États-Unis et au Royaume-Uni, celle qui rassemblait le plus de public pour ses concerts ou lors de ses apparitions à la télé. Amy venait de sortir son deuxième disque, *Back to Black*, qui est resté plus de douze semaines en tête des listes de ventes de disques en Angleterre, elle réussissait la meilleure entrée d'une artiste solo britannique sur le marché nord-américain et remportait les Brit Awards du meilleur album et de la meilleure artiste.

Britney Spears et Amy Winehouse. La petite fiancée de l'Amérique et la loseuse de l'Albion. La chanteuse Pop la plus mainstream de sa génération et la chanteuse de Jazz incapable de se projeter en star des médias. Le produit commercial manipulé et puni de l'avoir été, et le génie torturé et martyr, immolé sur l'autel de la noble cause du Rock'n'roll.

Filles d'une même époque pendant laquelle les États-Unis et l'Europe avaient décidé de mettre les adolescentes sous traitement pour un oui ou pour un non, pour une migraine ou pour une tristesse latente. Toutes les adolescentes qui voulaient s'amuser, profiter de leur argent, de leurs succès, de leurs copines et de leurs copains devaient être corrigées par des médicaments. Avoir mille fiancés, baiser avec tous ceux qui leur plaisent, faire la fête, boire, se droguer… sous médocs. Médication corrective. Médication punitive. Médication expiatrice. Et quand les symptômes de l'addiction médicamenteuse se firent trop évidents devant les caméras, Britney et Amy furent vilipendées, culpabilisées, jugées et moquées. Toutes deux au centre d'une célébrité s'élargissant à l'infini dans le temps et dans l'espace. Elles ont connu une gloire (comme Kurt, Michael, Mariah ou Whitney) synonyme de perte de consentement. Déshumanisation et punition. Avec toujours une figure masculine désastreuse à portée de main. Le petit copain problématique remplacé par un père incapable ou corrompu, le manager abusif remplacé par un avocat sans âme. Tous sans la moindre capacité d'empathie et pour Britney, et pour Amy.

IT'S BRITNEY BITCH!
YOU KNOW THAT I'M NO GOOD
A

Et que tu te rases le crâne chez un coiffeur au milieu de la nuit à Los Angeles ou que tu sortes en sang dans les rues de Londres, ce qui ne te sera jamais pardonné c'est qu'ainsi tu renonces à ta féminité.

Quand tu attaques les paparazzis avec tes poings nus ou avec un parapluie, tu habites ce continent interdit aux femmes qu'est la colère. La fureur, la rage et le courage, c'est ce qu'on ne pourra jamais te pardonner. Une princesse Disney avec le crâne rasé qui se sert de son parapluie comme si c'était une mitraillette, une chanteuse de Jazz habillée comme une pute avec de la poudre sous le nez qui serre les poings pour cogner sont deux images plus blasphématoires encore que la femme sexualisée. Britney et Amy avaient bravé l'interdiction la plus importante de toutes les interdictions faites aux femmes occidentales : elles s'étaient montrées en colère en public.

L'industrie du disque, le système judiciaire, le réseau des médias et la figure paternelle montraient sans honte leur vrai visage : puisque tu te conduis comme une pute, on va te traiter comme une pute. Sans humanité, sans admiration, sans respect et sans empathie. La traite des œufs d'or des petites poules. De Bessie Smith à Amy Winehouse, de Nina Simone à Courtney Love et de Betty Davis à Britney Spears. La haine est telle qu'après les avoir possédées (et dépossédées) de toutes les façons possibles, ils réclament le droit d'être elles. C'est pourquoi Britney et Amy doivent disparaître ou mourir.

Un classique.

NO GRAMMY FOR NICKI: AN OPERA

OVERTURE

Onika Tanya Maraj naît sous le signe du Sagittaire à Trinité-et-Tobago, dans les Caraïbes, en 1982. Elle a 5 ans lorsqu'elle retrouve sa mère qui vit à New York dans le Queens. La petite fille invente alors son premier alter ego – **Cookie** – qui la protège des conflits familiaux.

Tout au long de sa carrière, Onika multipliera les alter ego, transformant ce qui fut d'abord une stratégie de survie en concept artistique complexe et unique. Mais bien avant cela, elle s'inscrit dans une université publique, LaGuardia, et se consacre à l'étude de la musique et des arts performatifs. Son rêve est de devenir actrice. Au début des années 2000, elle crée un deuxième alter ego : **Nicki Maraj**, une rappeuse qui poste ses morceaux sur Myspace.

Le label Dirty Money Entertainment l'écoute et lui offre un contrat de six mois. Onika rebaptise Nicki Maraj et lui donne le nom de

NICKI MINAJ

ACT 1

Sur le morceau *Sunshine*, tiré de sa première mixtape (*Playtime Is Over*) qu'elle publie en juillet 2007, apparaît un troisième alter ego : **Nicki Lewinsky**, qui prendra en charge les raps les plus torrides et sexuels de Nicki Minaj. En 2009, le rappeur Lil Wayne la signe sur son label Young Money. Elle refuse le contrat type qu'on appelle un 360 : Onika garde les droits sur l'ensemble de son œuvre, merchandising, sponsoring, promotions et tournées compris.

Avant même de sortir son premier disque en 2010, Nicki Minaj est la seule artiste de l'histoire de la musique à avoir sept collaborations classées en même temps au top 100 du Billboard. Nicki est salement douée. Au point que tous les rappeurs veulent faire des duos avec elle. Elle a une idée très claire de comment elle doit s'y prendre : elle est tous les jours en studio à 10 heures du matin, impeccable, un sac de noix de cajou et d'amandes sur son bureau et son stylo à la main. Elle écrit chaque ligne qu'elle rappe.

Sur l'une de ces sept collaborations, *My Chick Bad* avec Ludacris, Nicki introduit un nouvel alter ego, le plus célèbre de tous : **Roman Zolanski**, un mec gay et fou qui rejoint sa galerie de personnalités. Né dans la rage, conçu dans la colère, il est là pour dire le pire. Nicki dit que, grâce à lui, elle garde le contrôle. Lui, il a envie d'être blâmé et elle n'a pas l'intention de le censurer.

Roman Zolanski apparaît également sur le morceau *Monster* avec Kanye West (et Jay-Z, Rick Ross et Bon Iver). Cette fois, il se dispute avec un cinquième alter ego, **Harajuku Barbie**, aka **Barbie** ou **HB** : une fille innocente et coquette, qui a souvent les cheveux roses et les vêtements assortis, une voix douce et délicate plus proche du R&B que du Rap.

La partie de Nicki dans *Monster* lui vaut les louanges de la presse et de l'industrie musicale. On déclare qu'il s'agit du « meilleur couplet de Rap des cinq dernières années », et celui de *My Chick Bad* lui offre sa première nomination aux Grammys. Qu'elle ne remporte pas.

Au moment où elle sort son premier disque, *Pink Friday*, en novembre 2010, la compétition entre la Pop, le R&B et le Rap est devenue complètement folle. Mais Nicki est salement bonne. Au point qu'elle peut fignoler une ballade Pop comme *Your Love*, un hit R&B comme *Right Thru Me* ou un Rap sérieusement hardcore comme *Did It on' em* sur un seul et même disque auquel elle inclut, excusez du peu, huit collaborations supplémentaires. Rihanna, will.i.am, Drake, Kanye West, Natasha Bedingfield ou Eminem. Avec ce dernier, elle compose *Roman's Revenge*, une rencontre délirante entre leurs deux alter ego maléfiques : Roman Zolanski et Slim Shady. Un moment de folie provocant, violent et grandiose qui s'achève sur l'apparition de la mère de Roman, **Martha Zolanski** (une dame anglaise stricte, sixième alter ego de Nicki), qui lui conseille de se calmer sans quoi elle va le faire interner.

Pink Friday se classe aussitôt numéro 1, s'écoule à 375 000 exemplaires en deux semaines (meilleures ventes pour une artiste Rap depuis Lauryn Hill en 1998). Il est disque de platine avant la fin de l'année (1 million d'exemplaires) et nominé pour trois Grammys. Les producteurs de la cérémonie des prix lui proposent de faire la promotion du gala et de participer à l'émission. Lorsqu'ils la rencontrent en studio pour choisir la chanson qu'elle interprétera, tout le monde tombe d'accord sur *Roman Holiday*, un morceau de son deuxième disque déjà enregistré et qui doit sortir deux mois plus tard. Sauf que, dans le théâtre mental de Nicki Minaj, février 2012 fut un mois néfaste pour Roman : sa mère Martha, incapable de le contrôler, avait fini par le faire enfermer dans une maison de correction religieuse à Moscou.

Minaj débarque à la cérémonie habillée en chaperon rouge (In the Hood by Versace) au bras d'un homme blanc déguisé en pape de Rome. Les producteurs tentent de la dissuader : exorciser Roman Zolanski alors que Whitney Houston est morte la veille leur semble une mauvaise idée. Nicki refuse d'obtempérer et délivre sa performance. Sur scène, Roman accepte de confesser ses péchés au pape, qui entre-temps est devenu un simple curé. Surprise : ça se passe mal. Roman, enragé, arrache les sangles qui entravaient ses pieds et ses mains et fait exploser les vitres de la maison de correction catholique russe en mille morceaux. Le curé tente de mener à bien l'exorcisme sans réaliser que Roman (Nicki) est bien plus fort que tous ceux qui l'entourent : la preuve, il finit par léviter au-dessus de la scène tout en rappant avec une précision frénétique.

Nicki ne se contente pas de désobéir, Nicki blasphème. Cette meuf qui arrive à la cérémonie en chaperon rouge au bras du grand méchant loup catholique, qui se fait passer pour un mec pédé à gros seins et cheveux blonds et qui lévite en rappant tandis qu'un exorcisme échoue et qu'une cathédrale explose : c'en est trop. L'Église catholique, les organisations religieuses et la direction des Grammys pètent un câble. Nicki répond qu'elle fait de l'art. Et que dans l'histoire de l'art, le fait qu'une œuvre offense des sensibilités ne signifie certainement pas qu'elle soit insignifiante.

Le Grammy de la meilleure performance Rap va à Jay-Z et Kanye West. Kanye West reçoit également le Grammy du meilleur album Rap. Celui du meilleur artiste émergent va à Bon Iver. Pas à Nicki Minaj avec sept morceaux classés simultanément dans le Top 100. Pas à Nicki Minaj avec les meilleures ventes d'un disque Rap des dix dernières années. Pas à Nicki Minaj qui a fait la promotion de la cérémonie et vient d'offrir au gala l'une de ses meilleures performances.

NO GRAMMY FOR NICKI

ACT 2

Le 2 avril 2012 sort son deuxième album, cocktail de Rap hardcore (*Come on a Cone* ou *Beez in the Trap*), de hits Pop (*Right by My Side* ou *Starships* – le morceau se classe dans le top 5 de plus de quinze pays et s'écoule à plus de 7 millions dans le monde, devenant l'une des chansons les plus vendues de l'histoire) et de délires Techno-électroniques (*Va Voom* ou *Automatic*). La critique ne comprend pas ce mélange de post-Rap, post-Pop, post-tout et qualifie l'album de grand n'importe quoi. Côté public, c'est différent : abductés par les forces de la constellation planétaire minajienne, une armée de fans inconditionnels et hyperactifs sur internet s'est formée et, de leur point de vue, l'album est une révélation. *Pink Friday: Roman Reloaded* est numéro 1 des ventes dès parution, se vend à plus de 250 000 exemplaires en une semaine, un million pour le premier mois. Il est le disque de Rap le plus vendu en 2012 aux États-Unis et le premier album d'une rappeuse à se classer numéro 1 au Royaume-Uni.

À l'édition des Grammys 2013, Nicki Minaj est nominée zéro fois.

Elle publie son troisième disque le 15 décembre 2014. *The Pinkprint* est encore une fois directement numéro 1, 240 000 exemplaires vendus en une semaine, et il est double platine en deux mois. Cette fois, oui, elle est nominée deux fois pour les Grammys : dans la catégorie meilleur duo Pop pour *Bang Bang* avec Jessie J et Ariana Grande, et dans la catégorie meilleure chanson Rap pour le mythique, légendaire et monumental *Anaconda*. Les deux morceaux sont respectivement deuxième et troisième chansons les plus écoutées sur internet la même semaine, faisant de Nicky Minaj la première artiste de l'histoire avec deux chansons dans le top 3 en même temps.

La journaliste Molly Lambert parle du clip d'*Anaconda* comme « la vidéo dans laquelle Nicki affirme son pouvoir non comme objet sexuel mais comme sujet sexuel ». Il est regardé plus de 32 millions de fois en une semaine et bat le record de vues sur Vevo en dépassant les 20 millions en une journée. Dix jours plus tard, il a été visionné plus de 100 millions de fois, et déclaré clip le plus sexy de 2014.

Et devinez quoi : lors des Grammys du 8 février 2015,

NO GRAMMY FOR NICKI

Cinq mois plus tard se fait l'annonce des nominations des MTV VMAs. *Anaconda* ne figure pas dans la liste des nominés pour la meilleure vidéo de l'année. Aussitôt Nicki Minaj rédige une série de tweets arguant du racisme de l'industrie, qui ne peut se résoudre à mettre au premier plan des corps noirs non minces. Taylor Swift, qui reçoit la récompense, se sent visée, réagit impulsivement – bataille de tweets, Katy Perry s'en mêle, etc. etc.

Deux jours plus tard, Taylor s'excuse. Nicki clôt l'embrouille :
« C'est très important, Taylor. Merci ! ♡♡♡ »

Le soir de la cérémonie, elles font un duo sur la scène de VMAs.

N'empêche qu'*Anaconda* avait grave sa place dans la liste de la meilleure vidéo de l'année.

ACT 3

L'année suivante, les Grammys la nominent de nouveau pour *The Pinkprint*, meilleur disque de Rap, *Truffle Butter*, meilleure performance Rap et *Only*, meilleure collaboration Rap/Sung. Nicki Minaj décide de ne pas assister à la cérémonie. Elle ne remporte aucun des trois prix, et elle ne sera plus jamais nominée.

Le 8 février 2019, Ariana Grande écrit sur ce qui s'appelle encore Twitter : « J'ai gardé le silence, mais maintenant vous mentez sur moi. Je suis tout à fait capable de monter une performance pour une soirée, et tu le sais très bien, Ken. C'est parce que tu as commencé à vouloir limiter ma créativité et ma liberté d'expression que j'ai décidé de ne pas le faire. Je te souhaite que le spectacle soit exactement comme tu le désires, et même mieux. » ♡

Nicki se manifeste aussitôt pour soutenir Ariana : « J'ai énervé le même homme qu'Ariana vient d'accuser de mentir. KEN, producteur des Grammys. Ça fait sept ans que je ne dis rien, parce qu'ils m'ont fait peur. Mais maintenant je vais dire la VÉRITÉ à mes fans dans le prochain épisode de #QueenRadio. Ils méritent de savoir. Et sinon – FÉLICITATIONS à tous ceux qui ont gagné ce soir. » 🙏

Ken Ehrlich est le puissant producteur exécutif de la cérémonie des Grammys depuis quarante ans. #QueenRadio est le podcast de Nicki sur les plateformes digitales. Comme elle l'a promis, à l'épisode suivant, elle raconte qu'en 2012, quand elle avait joué pour les Grammys, elle avait sous-estimé le pouvoir de cet homme blanc qui allait pourrir sa carrière. Elle affirme qu'elle n'a jamais eu de prix à cause du conflit avec lui, et elle dit que les Grammys ne récompensent pas le talent, mais le réseau de contacts d'un artiste. Elle est punie parce qu'elle est une femme noire qui n'a pas fermé sa gueule, et elle ajoute qu'elle s'en fout parce que :

« Je suis une légende et je mourrai en icône, quoi qu'il arrive. »

Sous la pression de groupes féministes comme Time's Up, qui œuvre pour la parité homme-femme dans l'industrie du cinéma, Ken Ehrlich démissionne et Deborah Dugan le remplace au poste de président en mai 2019. Elle réunit un comité de quinze femmes et trois hommes chapeautés par Tina Tchen (ancienne cheffe de cabinet de Michelle Obama) pour en finir avec la discrimination « consciente et inconsciente » de l'académie envers les femmes, les personnes noires et les collectifs LGBTQIA+ qui avait généré une « crise de relations publiques en interne ». Huit mois plus tard, dix jours avant la 62e cérémonie, l'académie la licencie. « Je raconterai la vérité quand ma liberté d'expression ne sera plus entravée par vingt-huit pages de contrat et de menaces juridiques. »

Nicki soutient Deborah : « Bravo Deb. Nous avons besoin de plus de femmes décidées à dire ce qu'elles ont à dire, y compris quand on leur tombe dessus parce qu'elles le font. Et toutes les femmes fortes ici savons de quoi je suis en train de parler. »

Nicki répond de nouveau présent en mars 2021 pour soutenir The Weeknd – qui se plaint que son disque, qui est le plus vendu de l'année, n'ait gagné aucun Grammys. Elle déclare : « Ne perdez pas de vue que les Grammys ne m'ont pas donné le prix de la meilleure nouvelle artiste au moment où j'avais sept chansons en même temps dans le top 100 et que mon album s'était mieux vendu que n'importe quel autre album de rappeuse de la décennie – et qu'il a inspiré toute une génération. Ils ont préféré donner le prix à l'homme blanc Bon Iver. #PinkFriday »

GRAND FINALE

Sachant que les systèmes de vote des Grammys, de MTV ou du mythique Hall of Fame sont fondamentalement sexistes, racistes et LGBTQIA+phobiques, quelle importance ont-ils réellement dans la carrière d'un artiste ?

Courtney Love fait une démonstration magistrale dans un article publié dans *The Guardian* en 2023, dans lequel elle rappelle que ces prix protègent les femmes de l'effacement systématique dont elles sont l'objet. Une artiste qui obtient un prix entre dans l'histoire. Cette reconnaissance a un impact direct sur le cachet des artistes, leurs conditions de tournée, la promotion de leurs œuvres, sur leurs rééditions… des conséquences bien tangibles sur leurs carrières.

S'il est vrai que le système de certification discographique a montré ses capacités d'adaptation lorsqu'en 2004 ils décidèrent d'inclure les chiffres d'écoute et de téléchargement sur internet et les plateformes digitales (comme Napster, Apple Music, Spotify, Tidal ou Amazon) pour déterminer qu'un disque était platine ou diamant, il est beaucoup plus difficile à ces mastodontes attribuant récompenses et prix d'admettre que l'impact culturel d'une œuvre ou les chiffres de ventes d'un disque devraient être davantage pris en compte que le genre de l'artiste, sa couleur de peau, son orientation sexuelle ou de savoir si elle a bien voulu coucher avec eux ou pas.

Aujourd'hui, cependant, l'appui et l'activisme sur internet des fans permettent aux artistes de développer une carrière sans se soucier de l'avis des institutions. La quantité de followers, la popularité des hashtags ont pris une importance telle qu'ils rivalisent avec la vitrine qu'étaient les Grammys ou MTV.

La présence de Nicki Minaj sur les réseaux sociaux, le contact qu'elle entretient avec ses fans, les Barbz, ont fait en sorte que son art circule et respire – indépendamment de ce qu'en disent les Grammys. Elle n'en méritait pas un, elle en méritait trois cents. Heureusement, elle a pu s'en passer.

FUCK THE GRAMMY, NICKI

Elle est une légende. Elle mourra en icône. Quoi qu'il arrive. Qu'il s'agisse de son look au moment de son entrée sur la scène rap dans le clip *Monster*, qui a influencé le look de tant de rappeuses de la décennie à venir ou de n'importe lequel des looks de Nicki, tous absorbés et déclinés par les célébrités aux quatre coins du globe, et tous récupérés sur les passerelles de la haute couture à Milan, Paris ou New York, son impact sur la culture au sens large est incommensurable.

PINK WIG
THICK ASS

Nicki ne la ferme jamais. Elle chante, elle rappe, elle blasphème, elle dénonce, et Nicki articule sa pensée avec une métrique unique et inimitable. Son écriture relève du Rap parce que le Rap est sa discipline. Et ses textes appartiennent à ce que le Rap fait de meilleur, mais aussi au domaine de la poésie, du théâtre, de l'art contemporain, de l'Opéra, de la Pop, de la littérature populaire, du cinéma de genre – pornominajique. Quand Nicki n'est pas Nicki, elle devient Roman, ou Nicki Lewinski ou Barbie, Chun Li, Nicki the Ninja, Female Weezy ou n'importe lequel de ses vingt alter ego. C'est un cours magistral sur l'art de ne jamais se laisser intimider au moment d'ouvrir les portes du Rap, de la musique, de la mode et de l'art à des millions d'autres bitches courageuses, fortes et sauvages. Nicki trébuche mais ne tombe pas – sa visibilité est exemplaire. Elle a mangé Barbie, elle a inventé le rappeur le plus méchant de l'histoire et elle a dénoncé la mascarade d'un racisme et d'un machisme systémiques dans l'industrie musicale.

my pussy tastes like pepsi cola

Ainsi commence *Cola*, une des neuf chansons que Lana Del Rey a réunies dans *Born to Die - Paradise Edition*, la réédition de son premier disque avec une multinationale en 2012. Un an et demi plus tôt, elle avait posté sur internet le clip de *Video Games*, qui est devenu si viral qu'Interscope Records et Polydor étaient sur les rangs pour sortir le premier disque de Lana, *Born to Die*. Les voies d'internet sont parfois impénétrables, et on peut se demander par quel miracle *Video Games*, une chanson relativement classique musicalement, avec une vidéo faite d'images d'archives des années 1950 et 1960, de skateurs et de Lana Del Rey chantant contre un mur, nous a paru si novatrice et fascinante en ce mois de mai 2011 et a suffi à catapulter *Born to Die* numéro 1 dans onze pays, puis disque le plus vendu de l'année avec 3 millions et demi d'exemplaires. *« My pussy tastes like Pepsi Cola »* est, probablement, une bonne façon de comprendre le phénomène.

Lana Del Rey est l'alter ego public d'Elizabeth Woolridge Grant, née sous le signe du Cancer à Manhattan, New York, en 1985. Quand elle est petite, Elizabeth – Lizzy pour les intimes – chante dans la chorale de l'église et a du mal à se faire des amis. À 14 ans, elle est internée par ses parents à la Kent School pour traiter son addiction à l'alcool. Elle achève ses études à 23 ans, diplômée en philosophie, à l'université Fordham, dans le Bronx.

Lana Del Rey est une chanteuse blanche qui vit à Los Angeles, en Californie. Elle est aussi une interprète exceptionnelle. Et elle est, avec Nicki Minaj, une des plus grandes poétesses anglophones de sa génération.

Et pourtant, parlant de *Born to Die*, Rob Sheffield écrit dans *Rolling Stone* que « la saleté pop perverse de ses textes » est ce qu'il y a de mieux dans le disque, bien que Lana « ne soit pas prête pour faire un disque ». John Bush, de *AllMusic*, déclare qu'avec son « lyrisme sensuel, sexy et bâclé, Lana Del Rey a intérêt à lire beaucoup de livres si elle veut avoir le succès que ses débuts annonçaient ». De son côté, Kitty Empire écrit dans *The Observer* que sa « voix laconique et hypnotique sauve le cauchemar féministe qu'est ce disque pour la romantique qui est en chacune d'entre nous ». Pour Evan Rytlewski, l'album est « superficiel et surchargé (...), basé sur les idées préconçues les plus extrêmes contre la musique pop ». Pour Lindsay Zoladz, de *Pitchfork*, c'est « un disque pop conçu pour entrer dans les listes de ventes (...) comme un orgasme simulé, une collection de torches privées de feu ».

Lana Del Rey. Née pour mourir.

Ou tout le contraire : prête à tuer, par la sublimation, le mythe sur lequel s'est établie toute la création de l'Amérique du Nord blanche contemporaine. Ce que nous avons le plus consommé et qui nous a souvent obsédés, en tant que sociétés occidentales, depuis les années 1950 : musique Pop et cinéma hollywoodien.

Nous avons à peine le temps de voir dans cette jeune Blanche californienne, avec ses robes fleuries et ses couronnes de fleurs sur ses cheveux châtains qui lui tombent sur les épaules, la parfaite incarnation de la bonne épouse que Lana se métamorphose en strip-teaseuse *getting high* à l'arrière d'une Harley Davidson conduite par un Hells Angel. Quand nous commençons à croire que sa romance avec ce mauvais garçon va bien se terminer et qu'ils vont vivre heureux et s'installer dans une petite maison sur la côte Ouest, Lana se convertit en ange qui veut qu'on la baise brutalement comme une groupie anonyme qui joue à la vraie chanteuse. Chaque fois qu'on monte dans sa bulle de savon pour flotter placidement sous le ciel très bleu de Los Angeles, zigzaguant entre les palmiers et regardant les Chevrolet d'en haut, Lana extrait de sa manche une aiguille sadique et brûlante : il y a toujours dans ses chansons la phrase, le susurrement, l'ondulation orchestrale qui transforme le film hollywoodien et l'hymne pop en film porno chic des années 1990.

C'est ce qui rend Lana Del Rey insupportable. Elle mélange le romantisme, la spiritualité et le capitalisme dans de précieuses petites bouteilles de Pepsi. La gloire, le succès et l'amour. L'argent, la drogue et la destruction. Le rêve américain qui prend des cours de yoga pour corriger son obsession de la rentabilité matérielle. L'âme humaine enroulée dans des billets verts. Un pacte avec le diable. Des amours platoniques avec des monstres qui prétendent être des dieux. Des histoires d'amour comme des addictions narcotiques incrustées dans les vitraux multicolores au-dessus de l'autel de la vierge Dolores endolorie et douloureuse. Une âme perdue qui régurgite sa chair sur les grilles de nos écrans. Et nous encourage à murmurer avec elle : plus, plus, plus, *fuck yeah, give it to me.*

Pour tout cela, elle est désavouée. Désautorisée. Son œuvre désauthentifiée. Elle recevra les critiques les plus dures et les plus absurdes jamais écrites sur le territoire du Rock depuis Courtney Love. Son écriture serait un caprice rocambolesque. Sa musique, un pastiche de mauvais goût. On dit qu'elle est incapable de chanter la moindre note sans s'appuyer sur une production démesurée.

Et pendant les neuf années qui séparent son premier disque du sixième, chacun des concerts, apparitions publiques, opinions ou créations de Lana Del Rey est scruté, jugé et condamné en tant que cauchemar kitch. Comme Nicki Minaj elle est un collage, une copie, un grossier pétage de plombs sans authenticité. Indigne de cet art sophistiqué que seuls les hommes les plus inspirés peuvent atteindre. Inspirés ou morts depuis longtemps.
Pour la journaliste Lindsay Zoladz, l'orgasme semble feint parce que Lana a assimilé Jim Morrison, Charles Bukowski ou Ernest Hemingway pour écrire, produire, interpréter et diriger le film de sa propre jouissance, et composer la bande sonore. Elle rend obsolètes les vieux cimetières binaires hétéronormatifs des Blancs, tout ce que le vieux monde représente, Lana déplace le point de vue et modifie la narration : elle *female gaze* à la fois Hollywood et la Pop. L'héroïne tombe amoureuse d'un amant démoniaque. Mais l'orgasme, l'orgasme dont il est question est celui d'une chatte qui a le goût de Pepsi.

Le 13 décembre 2013, Queen B prend les médias par surprise quand elle publie *Beyoncé*, son cinquième album – sans promotion préalable. Il se vend 80000 disques en trois heures, 550000 le jour suivant. Au bout de dix jours, *Beyoncé* est en tête de toutes les listes de ventes, et s'est écoulé physiquement ou digitalement à plus d'un million d'exemplaires.

Sa performance au gala des MTV Video Music Awards, huit mois plus tard, relance les ventes de 180% et, comme on le dit en anglais, *«the rest is history»*. Cela commence en douceur, par deux minutes d'intro élégante et classique. Puis la Texane relate que pendant les préliminaires, dans la chambre à coucher conjugale, elle peut aimer être giflée – elle désigne en souriant son mari dans la salle, assis au premier rang, leur petite fille assise sur les genoux. Scintillante comme une déesse dans un body spectaculaire incrusté de pierres précieuses, juchée sur des talons vertigineux, la chanteuse nous rappelle qu'elle est humaine: elle a été trompée, et comme n'importe quelle mortelle, elle a noyé son chagrin dans un club et la seule chose dont elle avait envie, c'était de faire l'amour toute la nuit, saoule et amoureuse. Ses danseuses aux fesses étincelantes de brillantine la laissent seule sur scène, Beyoncé se déhanche sur une chaise longue kinky, tout en se demandant si tu veux qu'elle s'asseye au-dessus de ton visage, et si tu préfères regarder ou toucher. Les danseuses reviennent et s'enroulent autour de cinq barres de pole dance. Elle chante qu'elle veut que tu prennes tout d'elle, que ce qu'elle désire c'est être la fille que tu désires qu'elle soit. Il reste deux minutes avant le final magistral – durant lequel elle raconte qu'elle se réveille impeccable, couverte de diamants, aimant sa fille et son mari plus que tout au monde. Et durant ces deux minutes, quelque chose d'extraordinaire se produit. Comme lorsque tu es devant une œuvre d'art audiovisuelle et qu'un brusque court-circuit te fait te demander si tu as bien compris ce qui vient de se passer, as-tu vraiment vu ce que tu viens de voir ou est-ce que tu aurais raté quelque chose? Une sorte d'erreur. De celles qui interrompent une histoire pour la renouveler.

Dans ce laps de temps séparant la strip-teaseuse survoltée et la mère, épouse et professionnelle impeccable – la caméra des MVAs balaye la scène de gauche à droite. Sur le mur du fond sont projetés les mots que récite la voix off de l'écrivaine nigériane Chimamanda Ngozi Adichie. Le traveling s'achève à la fin du texte et la silhouette de Beyoncé se dessine, debout au centre de la scène, devant le mot FEMINIST projeté en lettres gigantesques sur l'écran derrière elle.

FEM

NIST

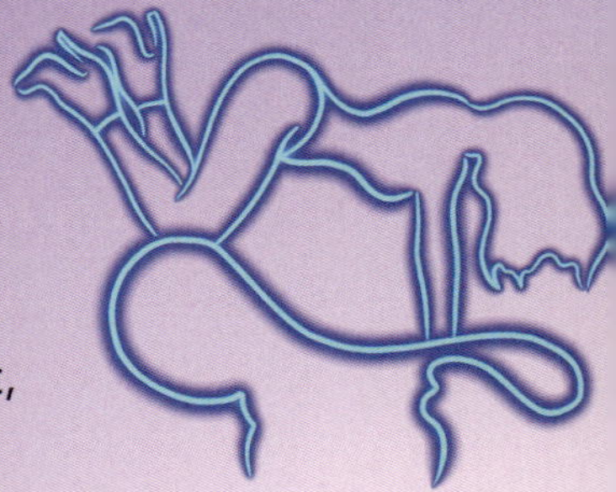

« Bienvenue dans mon monde », avait-elle annoncé au début de la performance. Un monde dans lequel, pour la première fois de l'histoire de la Pop, une superstar mainstream qui vient de battre tous les records avec son dernier album décide de commettre « l'erreur » de s'associer à un concept duquel les artistes de son calibre se tenaient soigneusement à l'écart. Aussitôt, des vagues d'internautes autoproclamés gardiens et gardiennes du temple du féminisme authentique et orthodoxe déferlent sur les réseaux sociaux pour protester, et beaucoup s'entendent sur ce point : Beyoncé est cérébralement déficiente, elle n'aurait pas dû, elle ne devrait jamais, etc.

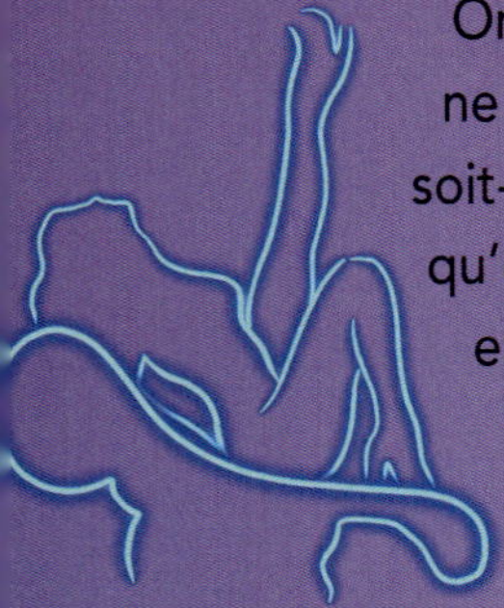

On dit que cette cooptation du féminisme par le mainstream et la culture populaire ne peut que déformer sa « vraie » signification. On dit qu'une célébrité riche, aussi femme soit-elle, est incapable de comprendre certaines problématiques. Mais surtout, on dit qu'une femme aussi peu vêtue pour danser et qui chante sur sa sexualité conjugale en prime time à la télévision ne peut ni ne doit se considérer comme féministe.

Si l'on se réfère à l'histoire de la musique, il est possible que la légitimité de Beyoncé de se réclamer du féminisme aurait été moins remise en question si elle avait payé le prix comme l'a fait avant elle, par exemple, Nina Simone : s'exiler, être internée en psychiatrie, renoncer à sa carrière et mourir dans le dénuement. Mais Beyoncé n'a rien d'une martyre : réussite exceptionnelle, succès commercial, célébrité hors du commun, grande fortune, famille stable, impact culturel profond de son vivant. Autant dire : tout ce qu'une artiste noire ne devrait pas avoir. Et c'est justement ce qu'on a reproché à Beyoncé en critiquant la quantité de peau dévoilée qu'elle osait associer au mot « féministe » et pour délégitimer son audace : elle est une femme noire au centre des regards, dans l'espace public. Et elle ne se comporte pas comme on attendait qu'elle le fasse.

C'est pourquoi quand ils disent « mainstream » ils disent superflus, et ils disent aussi pornographique. Quand ils disent « culture populaire », ils disent mal élevé et ils disent aussi sexualisé. Et quand ils disent « célèbre », ils disent millionnaire qui a volé son argent au magnat blanc à qui il revient naturellement.

let's get IN FORMATION
INFORMATION

Et je me pose la même question que se posait Janell Hobson à la suite de l'avalanche de critiques négatives déclenchées en 2015 par son article « Beyoncé's Fierce Feminism » dans *Ms. Magazine* : « Que se passe-t-il dans la sphère du féminisme occidental ? Dans une partie du monde ils condamnent les femmes de couleur comme Beyoncé parce qu'elles ne sont pas assez habillées et exigent qu'elles "se couvrent" et dans une autre partie du monde ils veulent à tout prix que les musulmanes "se découvrent". »

Beyoncé fonctionne comme la lumière ultraviolette du corps explosif de Courtney Love mais adaptée au nouveau millénaire. Un 4x4, une méta-lumière méta-ultraviolette et méta-explosive. Chacune de ses apparitions sert à exposer les réflexes machistes les plus pathétiques en même temps qu'elle révèle et déchire le voile qui recouvrait pudiquement les automatismes de racisme aussi répugnants que familiers. Prenons la mi-temps du Super Bowl de 2016. C'est la retransmission télé la plus regardée de l'année, avec plus de 110 millions de spectateurs. C'est aussi une organisation sportive (NFL) dont la majorité des présidents de club sont des hommes blancs qui possèdent les corps de joueurs majoritairement noirs, et les corps de ces joueurs sont évalués physiquement dans un processus similaire en bien des points à celui qui était utilisé pour déterminer le prix d'un esclave. Ce soir-là, Beyoncé, dix musiciennes et trente danseuses se déploient sur le gazon du stade, vêtues comme les Black Panthers, pour commémorer avec *Formation* le 50e anniversaire de la fondation de l'organisation afro-américaine. La veille, la publication du clip dans lequel la chanteuse apparaît debout sur une voiture de police qui s'enfonce dans les eaux submergeant La Nouvelle-Orléans après l'ouragan Katrina avait provoqué la colère des syndicats de policiers, qui avaient appelé au boycott de Beyoncé. Sur le stand merchandising de la tournée suivante, les fans pourront acheter un tee-shirt sur lequel est écrit

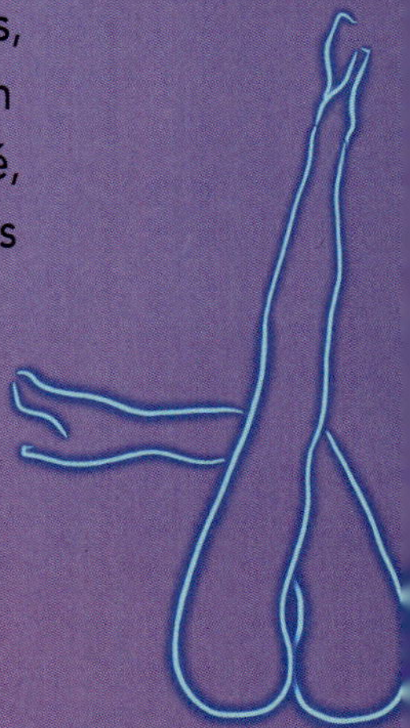

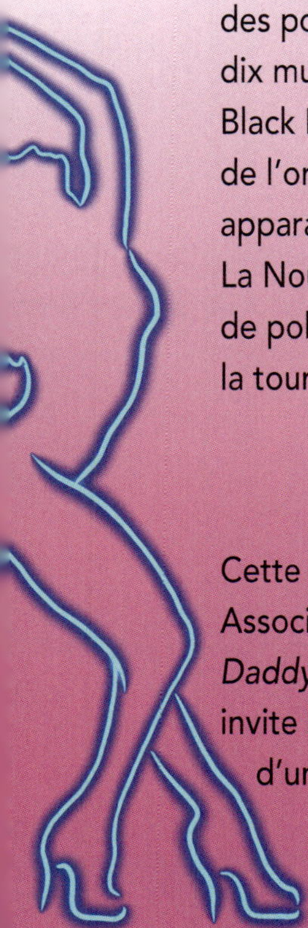

BOYCOTT BEYONCÉ

Cette même année 2016, on retrouve Beyoncé sur la scène des prix de la Country Music Association (CMA). Elle y interprète la seule chanson country de son répertoire de l'époque, *Daddy Lessons*, une revendication des racines de ses parents nés dans le Sud. La chanteuse invite les Dixie Chicks à la rejoindre. Ce trio féminin de Country qui avait déclaré lors d'un concert à Londres, neuf jours avant l'invasion de l'Irak en 2003 :

« Nous ne voulons pas de cette guerre, de cette violence, et que le président des États-Unis soit un Texan nous fait honte », et qui avait perdu tous ses sponsors, avait été censuré sur presque toutes les radios country américaines, dont les disques avaient été détruits à la pelleteuse devant les salles de concert où elles jouaient et qui ne monteraient plus sur scène aux États-Unis avant 2015. Une petite foule d'hommes blancs quitta le gala ce soir-là, le hashtag #KeepItCountry apparut et ils boycottèrent les archives de la prestation sur internet jusqu'à ce que la CMA elle-même décide de les retirer.

Un an plus tard, pour annoncer sa grossesse, Beyoncé publia la photo qui reçut le plus de likes de l'histoire d'Instagram jusqu'à aujourd'hui (plus de 11 millions). Quelques milliers de femmes blanches se prirent la tête pour critiquer « l'extrême mauvais goût » de la chanteuse et son « manque de tact » envers les femmes qui ne pouvaient tomber enceintes et qui en souffraient, ravivant le fantôme de la tristesse blanche que provoque la joie noire, héritière de l'esclavagisme qui a sexuellement exploité les femmes noires durant plus de trois cents ans.

En 2018, Beyoncé devient la première femme noire tête d'affiche du festival Coachella, entourée de plus de deux cents musiciens et danseuses noires (appelées les Sugar Mama's : femmes qui soutiennent financièrement leurs hommes, comme Ma Rainey, Bessie Smith, Aretha Franklin, Tina Turner et tant d'autres). La chanteuse écrit et réalise un documentaire autour de cette performance, *Homecoming*, qui célèbre et souligne l'importance des universités afro-américaines dans un pays où tout le système scolaire est basé sur la suprématie blanche.

Au cas où quelqu'un n'aurait pas bien compris que Beyoncé avait quelque chose à déclarer, elle privatise le musée du Louvre à Paris pour y tourner avec son mari, Jay-Z, le clip de *Apeshit*. Dans les murs de l'une des institutions qui représente avec le plus de puissance et d'orgueil la spoliation coloniale, avec un demi-million d'œuvres dans lesquelles aucune personne noire n'est représentée autrement que comme sujet exotique ou esclave, les Carters chantent qu'ils ne peuvent pas croire qu'ils « l'ont fait ». Filmé devant des tableaux comme *La Joconde*, *Le Sacre de Napoléon* ou *Le Radeau de la Méduse*, le couple demande son chèque et le respect qui va avec. Ils disent au Super Bowl qu'ils n'ont pas besoin de lui, à la NFL qu'ils remplissent des stades sans l'aide de personne, et aux Grammys qu'ils peuvent aller se faire voir – avec leur zéro prix pour huit nominations.

Beyoncé a une capacité certaine à incarner tous les aspects de la respectabilité féminine traditionnelle (mariage, enfants, argent, discrétion, retenue dans les interviews) en même temps qu'à les faire éclater lorsqu'elle chante à « moitié nue » (ou à moitié vêtue) sur sa sexualité. La charge politique de ses performances dans des espaces fondamentalement définis par leur blancheur et leur héritage colonial esclavagiste (tels que la NFL, la plantation du Sud, la musique Country ou le Louvre) est incommensurable. Avant d'être objectivée, Beyoncé se construit comme sujet de sa fiction. Avant que le regard hétérosexuel, patriarcal et colonial puisse l'atteindre, elle s'est rendue maîtresse de sa propre sexualisation. Audre Lorde écrivait que, selon les normes hétérosexuelles blanches, le pouvoir accordé à une femme dépend directement de son incapacité à être érotisée ou érotisable. Beyoncé déconstruit ce paradigme – elle injecte dans le mainstream une sexualisation féminine pour créer une narration totalement nouvelle.

2014

Un mois après l'historique «FEMINIST» de 2014, la retranscription du discours que Chimamanda Ngozi Adichie avait prononcé pour une conférence TED en 2012, «We should all be feminists», que Beyoncé sample dans ****Flawless* se vend à plus d'un million d'exemplaires aux États-Unis.

Emma Watson prononce son fameux discours pour l'égalité de genre #HeForShe au siège de l'ONU à New York.

2015

Le 22 février 2015, l'actrice Reese Witherspoon demande aux journalistes de poser aux actrices des questions qui ne portent pas systématiquement sur leurs robes ou leurs vies privées. Elle lance le hashtag #AskHerMore. À l'occasion de cette même cérémonie un autre hashtag, #OscarsSoWhite, envahit internet. Il dénonce le racisme décomplexé de l'académie quand les jurés ne remettent pas le prix du meilleur film à la réalisatrice Ava DuVernay pour le film *Selma*, immense succès public et critique.

Au mois d'avril, l'actrice Amandla Stenberg publie la vidéo *Don't Cash Crop on My Cornrows*, contre la réappropriation culturelle que les femmes blanches, la presse et la mode font des coiffures et de l'esthétique afro-américaines. Au printemps s'organise un mouvement contre la violence policière envers les femmes noires, et le hashtag #SayHerName connaît sur internet un succès comparable au #BlackLivesMatter de l'année précédente.

Le 20 septembre 2015, l'actrice Viola Davis est la première femme noire à gagner le Emmy de la meilleure actrice pour son interprétation d'Annalise Keating dans la série *How to Get Away With Murder*.

2017

La marche du 8 mars 2017 pour la Journée internationale de la femme, le lendemain de l'élection de Trump, rassemble une foule historique aux États-Unis et dans plusieurs pays d'Amérique latine et d'Europe. Des célébrités qui jusqu'alors refusaient obstinément d'être associées aux féminismes appellent à défiler sur les réseaux sociaux.

2017

L’actrice Jameela Jamil crée sur Instagram le mouvement « I Weigh », consacré ’obsession du contrôle du poids des corps féminins.

Le 17 octobre, le *New York Times* publie un article dans lequel diverses actrices et acteurs accusent le producteur Harvey Weinstein de harcèlement sexuel. Quelques jours plus tard, l’actrice Alyssa Milano relance le hashtag de Tarana Burke #MeToo. Une avalanche historique et internationale de témoignages engloutit la Toile.

Les actrices de Hollywood lancent des newsletters féministes sur internet. « Lenny Letter » fait beaucoup parler d’elle lorsqu’en décembre 2017 sa cofondatrice, Lena Dunham, interviewe Hillary Clinton qui se déclare « absolument féministe ». Sur cette même newsletter Alicia Keys publie « Time to uncover » et lance le hashtag #NoMakeUp : la chanteuse décide d’abandonner le maquillage, en réponse à son entourage professionnel qui insiste pour qu’elle l’accentue afin de faire taire les rumeurs d’homosexualité la concernant en raison de son attitude « trop garçon manqué », mais aussi pour rendre sa peau plus claire.

2018

En 2018, l’ex-strip-teaseuse Amber Rose dénonce le *slut shaming* qu’elle subit sur les réseaux sociaux, trois cents femmes lancent le mouvement Time’s Up, contre le harcèlement sexuel et l’égalité des conditions sur les lieux de travail, Oprah Winfrey délivre un discours magistral lors de la cérémonie des Golden Globes, tandis que Meryl Streep est debout sur son siège pour la soutenir.

2019

En avril 2019, le hashtag #FreeBritney apparaît sur internet, après que le podcast « Britney’s Gram » a révélé que la chanteuse vivait recluse contre sa volonté. Le 12 novembre 2021, sa mise sous tutelle est enfin suspendue.

Il a fallu à peine quatre ans pour que des meutes de célébrités qui jusqu'alors avaient prudemment évité d'être associées au féminisme se déclarent enfin maîtresses de ce terme maudit, FÉMINISTE, et mettent sur la table un large éventail de thèmes et de problématiques, qui étaient relégués à l'obscurité et au silence. À l'échelle de ce qu'est une lutte politique, quatre années, ça passe en un clin d'œil. Et dans ce clin d'œil FÉMINISTE, le monde s'est transformé en volcan.
Pourrait-on dire aux jeunes générations que désormais tout va bien ? Pas du tout. Mais bien des choses du monde d'avant le « FEMINIST » de Beyoncé ne ressemblent en rien au monde d'après le « FEMINIST » de Beyoncé.
La longévité et la force des carrières de Nicki Minaj, Lana Del Rey ou Beyoncé ont mis certaines des fondations de l'industrie musicale à nu. L'iniquité du système des prix, ou celle des journalistes des rubriques musicales, simples bureaucrates enfermés dans des codes obsolètes. Wannabes, amants girouettes qui se vendent au plus fort, professionnels de la pose. Chanteurs sans génie, poètes frustrés. Artistes en tout et authentiques en rien. Face à eux, des barricades de fans, des communautés féministes antiracistes et queers qui savent qui sont leurs idoles. En contact constant les un.e.s avec les autres par le biais de la Toile. Et volontaires pour se battre jusqu'à la libération totale de chacune et de toutes. Nicki qui envoie les Grammys se faire foutre, Lana qui démasque les faux-semblants de la presse indé et Beyoncé qui appelle les choses par leur nom sont dans nos corps féminisés une incitation à cesser de respecter l'autorité masculine. L'État, les juges, les avocats, managers, chefs, maris ou pères.
C'est pourquoi on peut dire que le mouvement #FreeBritney lancé en 2019 sur internet pour qu'elle soit libérée de la tutelle qui l'incarcérait injustement depuis 2008 a été fondamental.
En 2019 également, le quatrième album de Nicki Minaj, *Queen*, est reçu positivement par la critique qui la reconnaît enfin comme une artiste majeure, et une rappeuse hors norme. Lana Del Rey sort *Norman Fucking Rockwell* et pour la première fois on reconnaît son influence sur la musique Pop contemporaine, et on admet qu'elle a ressuscité un genre musical qui agonisait avant elle.
Le *Renaissance* de Beyoncé en 2022 est un couronnement – sur toutes les radios, internet et dans les journaux on s'accorde sur l'importance de son œuvre.
Les artistes qui vendent le plus, qui sont les plus créatives, les plus authentiques s'imposent sur la longueur – la reconnaissance de leurs fans les met à la place qu'elles méritent sur les podiums de la légitimité. Les Barbz, les Little Fuckers/Venice Bitches, les BeyHives et la B-Army décident qu'à chaque fois que Nicki Minaj bouge un doigt, c'est un événement. Reconnaissent l'influence féministe de chaque soupir de Lana Del Rey. Acclament chaque pas du long parcours de Beyoncé vers la royauté Pop. Et libèrent Britney.

Votre misère n'a jamais été aussi visible. Ni si inutile.

Te souviens-tu de ce que tu faisais le vendredi 7 août 2020, juste après le confinement ? C'est le jour où

CARDI B & MEGAN THEE STALLION

ont sorti

WAP

De Megan, on savait qu'elle avait eu le culot de se nommer « l'étalonne ». On savait qu'elle avait un alter ego brutal et impitoyable qui s'appelait Tina Snow. Qu'elle était bi et que le sexe était l'un des murs porteurs de sa musique. La précision et la pertinence de son Rap l'avaient amenée à collaborer avec la reine Nicki Minaj en 2019, sur *Hot Girl Summer*. Et le morceau était devenu un phénomène viral qui avait rempli cet été innocent de mèmes sexy.

Pour ce qui est de Cardi, celles qui l'avaient découverte dans le programme de télévision *Love & Hip-Hop : New York* en 2016 ne l'avaient plus jamais oubliée. Ses publications sur internet nous avaient subjuguées et certaines d'entre nous lui appartenions corps et âme. Dans ses stories Insta, Cardi visitait ses ex-collègues de travail dans les clubs de strip-tease où elle avait travaillé. Elle remplissait leurs tangas de billets, caressait leurs culs, frottait ses seins contre les leurs et quand elle quittait les lieux, aux premières lueurs de l'aube, en tirant la langue comme elle sait si bien le faire, le plancher du club était couvert d'un épais tapis de billets de banque, dans lequel s'enfonçaient les talons hauts des filles. Leçon de pourboire : cinq centimètres de billets verts. Cardi avait des ongles ultralongs, multicolores, qu'elle faisait tinter comme Dolly Parton l'avait fait dans *9 to 5*. Sauf que Dolly le faisait sur de la Country, et l'autre sur du Reggaeton. Cardi parlait de sa sexualité chez Ellen DeGeneres avec un mélange d'audace et de grâce digne d'un alien de la génération Z qui se contrefout des codes obsolètes de la société dans laquelle elle vit.

Cardi interviewait Bernie Sanders sur son Instagram juste avant de clamer «*a hoe never gets cold*» et de nous régaler d'une vidéo hilarante qui est devenue la bande-son du confinement clamant «*the bitch is afraid*» de ce truc dont le nom est alors si bizarre: «*coronavirus*». Et au milieu de tout ça, Cardi B avait sorti son unique et magistral album *Invasion of Privacy* en 2018. Son quatrième single, *I Like It*, avec Bad Bunny et J Balvin, s'est classé numéro 1 des rythmes latinos et est resté en tête des listes plus de deux ans. Au moment où elle sort *WAP* avec Megan Thee Stallion, Cardi B est déjà une mégastar, avec une méga-exposition digitale. La chanson est, encore aujourd'hui, la première et unique collaboration féminine de Rap qui débute numéro 1 au Billboard. Elle est aussi, en 2020, le morceau le plus reproduit de l'histoire avec plus de 93 millions de streamings dans sa première semaine, et plus de 100 millions d'écoutes, des milliers de chargements et numéro 1 dans je ne sais combien de pays. Le clip – que la journaliste de *The Independent* Micha Frazer-Carroll a décrit comme «ridiculement excessif mais totalement hypnotique (…) semble se dérouler dans un univers alternatif» – a été le plus regardé de la planète: plus de 26 millions de plays en vingt-quatre heures.

Quel que soit le record auquel tu penses, il est probable que *WAP* l'ait explosé. C'est le monument musical dont l'impact culturel est le plus important de ce début de siècle. Une magnifique ode féministe pro-sexe. Presque un manuel. L'extraordinaire manifeste des deux patronnes déchaînées du Rap sur le plaisir féminin impétueux, autoritaire et puissant. L'indice que des habitantes de cette planète alternative qu'on espérait depuis des années avaient enfin atterri sur la Terre pour la dévorer.

there's some
whores

Chaque 7 août, date de l'atterrissage d'origine, sera fête universelle sur la planète *WAP*. La chanson surgira de chaque fenêtre et balcon dans une boucle de vingt-quatre heures et chacun déclamera les paroles dans sa langue. Comme un chœur mantrique et hypnotique invoquant le contrat rituel magique des chiennes chaudes et humides. Toutes les avenues, les places, les parcs, les plages, les rues et les ruelles verront jaillir de l'asphalte, du sable, des pavés, une bacchanale organique de corps dissidents de toutes espèces de sexualités marginales.

Toute relation entre personnes normatives et non normatives ne sera possible qu'à la condition que ces dernières ne travaillent ni ne nettoient ni ne cuisinent. Au sommet de la chaîne alimentaire *WAP*, elles épelleront leur propre nom pendant qu'elles te mangeront. Il y aura des macaronis dans une casserole, un grand camion garé dans un petit garage et on fera vibrer les glottes au fond des gorges. Une sexualité aussi indécente qu'il le faudra pour éliminer toute notion binaire de genre. Toute habitante de la planète *WAP* pourra s'identifier au camion ou au garage, aux macaronis ou à la glotte de sa gorge profonde. Le camion ne revêtira aucun sens phallique autre que le plaisir dégenré. Chaque oscillation de la cloche marquera la fin de cette hécatombe cis blanche raciste capitaliste sexiste et colonialiste dans laquelle nous mal vivons et mal mourons.

Les attaques des puritains et des conservateurs pourront être ignorées avec la même indifférence souveraine qu'ils ont utilisée pour effacer tant de nos références. Elles pourront également être contestées, selon l'envie, et on pourra suivre l'exemple donné dans le clip de Megan Thee Stallion *Thot Shit*: on pourra renverser avec un camion le sénateur de droite qui se masturbe sur les vidéos qu'il pourfend dans l'exercice de ses fonctions. On pourra, si on le veut, le poursuivre jusqu'à devenir son pire cauchemar. Le mettre sur une table d'opération et qu'une demi-douzaine de strip-teaseuses déguisées en infirmières opèrent à la place de sa bouche une délicate et sublime vaginoplastie.

On pourra tout aussi bien, simplement, avoir confiance en la réverbération du refrain d'une chanson, en sa capacité à s'incruster au couplet d'une autre qui suivra. Que la vibration de la voix d'une chanteuse affecte l'agitation du corps de qui l'écoute. Que le signifiant d'un mot chanté il y a quatre décennies et emporté par le vent au cours de n'importe quel concert ou au micro

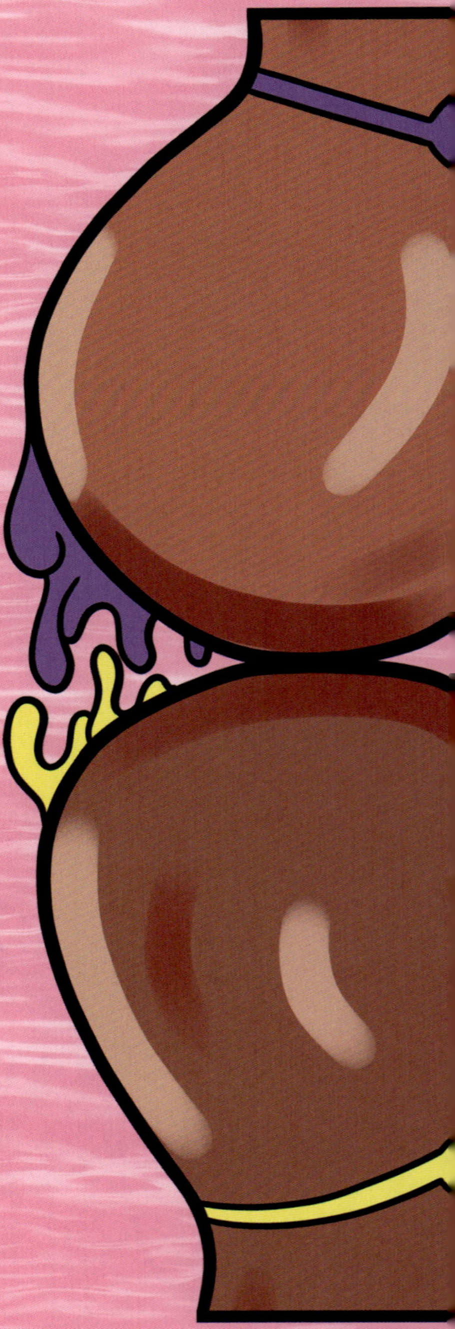

in this planet
whores

de n'importe quel studio ait voyagé intact, gardant sa capacité à changer les temps et les espaces futurs.

Ainsi opère le rituel magique et révolutionnaire de toutes ces chanteuses, de toutes ces chansons. Leurs voix ont reflété la lumière et la couleur de leurs expériences pour inventer des modalités de changements dans le déroulement de nos vies.

Comme lorsqu'au beau milieu d'un concert de Lil Nas X, un groupe de garçons cis blancs et hétéros réalisent que les torses luisants et les culs super sexy qui s'exhibent sous les minijupes lamées, juchés sur des talons hauts, n'appartiennent pas à des filles, comme ils l'avaient cru, mais à une bande de superbes pédés non binaires et qui, quoique visiblement perturbés par ce qu'ils viennent de comprendre, continuent de danser et de chanter chaque morceau de l'artiste.

Ou comme lorsque le public juvénile de Billie Eilish, la voyant apparaître dans des sapes super amples et sauter comme un diable d'un bout à l'autre de la scène, au lieu de se demander si elle est hétéra, lesbienne, complexée par son corps ou fascinée par le street wear, comprend que l'important, c'est cette possibilité de composer dans sa chambre trois disques magnifiques sur la santé mentale des adolescents.

Comme quand Lizzo introduit dans le mainstream le plus populaire les discours anti-grossophobie, de la même façon que Beth Ditto l'avait fait dans le Rock alternatif. Comme quand Miley Cyrus tord la féminité, la masculinité, l'androgynie et le romantisme hétéro en s'éclatant sur une boule de démolition massive, léchant le même marteau de l'anarchie que celui avec lequel Wendy O. Williams voulait détruire le capitalisme. Comme quand Sam Smith dit je suis non binaire et débarque déguisé en diable pour déclarer obsolète l'hypocrite morale conservatrice. Comme quand des meutes de reggaetoneuses trans, de trapeuses bi, de rappeuses pansexuelles, lesbiennes ou non binaires ou gender fluid débarquent dans les listes des meilleures ventes internationales en chantant dans leurs langues d'origine. Et les centaines, les milliers, les millions de chiennes de tous les âges écoutent la langue libre et chaude de leur nouvelle et suprême égérie, Tokischa Popola, qui déclare que « être chienne est à la mode » et que « le style sexuel est une tendance nationale ».

RIHANNA • LIL NAS X • CHAKA KHAN • JANET JACKSON •
ERYKAH BADU •

PEACHES • MILEY CYRUS • BETH DITTO • CHER
PUNK WILL NEVER DIET
LIVE FAT DIKE YOUNG

MINA
DALIDA
ROCÍO
LIZZO
JLO
SHAKIRA
KAROL G
LA MALA
SAM SMITH

OLA · CHAVELA VARGAS ·
ROSALIA · AYA NAKAMU
RA · JANELLE MONAE

LA JOAQUI • CAZZU
ICE SPICE
OJA CAT
PTAZETA
irrompible

VILLANO ANTILLANO
YOUNG MIKO
YOUNG M.A

LA QUE NO ES PERRA
GUCCI
666
TOKISCHA

ESTÁ DE MODA
ESTILAZO SEXUAL
POPOLA

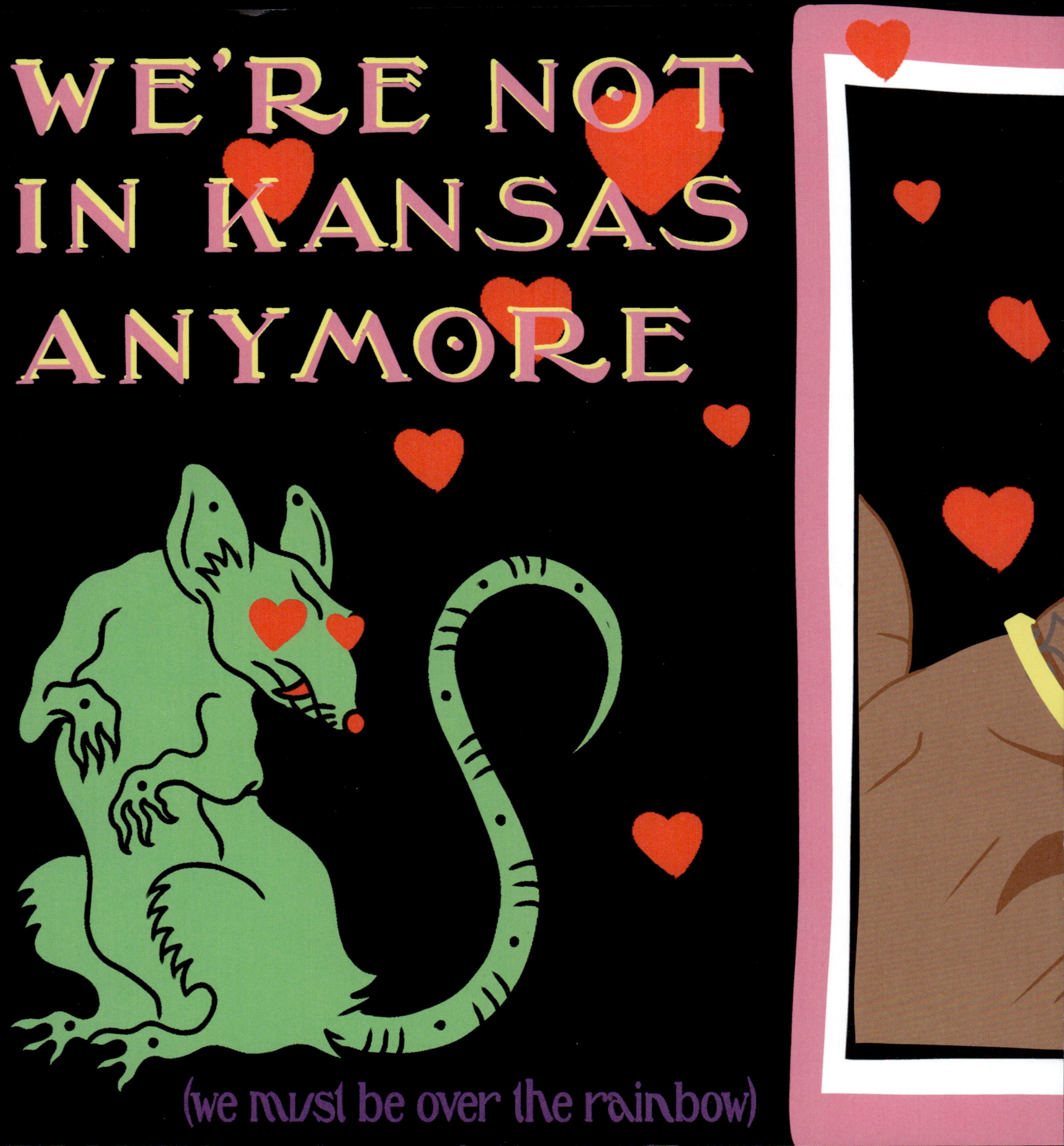
WE'RE NOT
IN KANSAS
ANYMORE
(we must be over the rainbow)

POPOLA
PRESIDENTE
ROCK

Références et copyrights

Musique

p. 8-9 : Jerry Roll Morton, *Mamie's Blues*
p. 18 : Ma Rainey, *Moonshine Blues*
p. 19 : Ma Rainey, *Cell Bound Blues* et *Trust No Man*
p. 21 : Ma Rainey, *Prove It To Me*
p. 32-33 : Bessie Smith, *Young Woman's Blues* et *Mistreating Daddy*
p. 96 : Betty Davis, *If I'm In Luck I Might Get Picked Up* (Betty MABRY) © Red Brick Music Publishing représenté par Because Editions
p. 97 : Betty Davis, *He Was a Big Freak* (Betty MABRY) © Red Brick Music Publishing représenté par Because Editions
p. 98 : Betty Davis, *Game Is My Middle Name* (Betty MABRY) © Red Brick Music Publishing représenté par Because Editions
P. 108 : X-Ray Spex, *Oh Bondage Up Yours* (Marianne Joan Elliott-Said)
p. 224 : Extrait de Lana Del Rey, *Cola*. Words and Music by Elizabeth Grant and Rick Nowels
© 2012 EMI MUSIC PUBLISHING LTD, UNIVERSAL MUSIC WORKS and R RATED MUSIC.
All Rights for R RATED MUSIC Controlled and Administered by UNIVERSAL MUSIC PUBLISHING.
All Rights Reserved International Copyright Secured Used by Permission. Reproduit avec l'aimable autorisation de HAL LEONARD EUROPE

Ouvrages, documentaires et articles

p. 12, 153 et 235 : Audre Lorde, *Uses of the Erotic: the Erotic as Power*, Crossing Press, 1981
p. 24 : « Le Triomphe de la vulgarité », *Chicago Bee*, 1926
18 et 39 : Angela Davis, *Blues et féminisme noir. Gertrude « Ma » Rainey, Bessie Smith et Billie Holiday*, traduit de l'anglais par Julien Bordier, Libertalia, 2017
p. 37 : *Billie*, documentaire de James Eskine, Altitude Film Entertainment, 2020
p. 45 : Extraits du discours d'Eartha Kitt à la Maison Blanche le 18 janvier 1968
P. 57 : Leah Branstetter, « Wanda Jackson Goes to Japan », in *The Hidden Histories of Fujyama Mama*, articles.womeninrockproject.org
p. 58 : John W. Dower, *Embracing Defeat: Japan in the Wake of World War II*, W. W. Norton & Company; First Edition, March 1, 1999
p. 68-72 : Déclarations de Nina Simone extraites de *What Happened, Miss Simone*, documentaire de Liz Garbus, Netflix, Moxie Firecracker Film, Radical Media, 2015
p. 88 : Vince Aletti, *The Disco Files 1973-78. New-York Underground Week by Week. The Records, the Charts, The Clubs, the Stories*, Distributed Art Publishers, 2018

p. 94 : Peter Shapiro, *Turn the Beat Around. L'Histoire secrète de la disco*, Allia, 2008
p. 96-99 : Déclarations de Betty Davis rapportées par Cheryl L. Keyes, *« She Was Too Black for Rock and Too Hard for Soul » : (Re)discovering the Musical Career of Betty Mabry Davis, in American Studies*, vol 52, n°4, The Funk Issue (2013)
(Sources : John Ballon, « Liberated Sister : Siren Betty Davis Found Funk as a Platform for Empowerment », in *Wax Poetics*, May 2007
Sue Richards and Bob Weinstein, « Betty Davis : Bawdy Bombshell », in *High Society*, October 1976
Oliver Wang, Betty Davis, Light in the Attic LITA 026, 2007a ; compact disque liner notes. Originally released in 1973)
p. 98 : Tricia Rose, « Cross Talk: A Multicultural Feminist Symposium: The Invisible Hand of Censorship », in Ella Shohat, Marcia Tucker, *Talking Visions: Multicultural Feminism in a Transnational Age*, MIT Press, 1998
p. 111-112 : Déclarations des Slits extraites de *Here To Be Heard: The Story of The Slits*, documentaire de William E. Badgley, Molasses Manifesto, Moviehouse Entertainment, 2017
p. 152-153 : bell hooks, *Selling Hot Pussy. Représentations of Black Female Sexuality in the Cultural Marketplace*, in *Black Looks. Race and Representation*, South End Press, 1992 ; Routledge, 2014
p. 156 : Lee Edelman, *No Future. Queer Theory and the Death Drive*, Duke University Press Books, 2004
p. 116-119 : Debbie Harry, *Face It: A Memoir*, HarperCollins, 2022
P. 129 : Jas Obrecht, « Ooh, Poison Ivy ! Cramps Vamp Talks Guitar », *Guitar Player*, August 1990
p. 137 : Lynn Barber, « Marianne Faithfull: You know, I'm not everybody's cup of tea ! », *The Guardian*, July 15, 2001
p. 138-143 : © Lydia Lunch. Déclarations de Lydia Lunch extraites de *The War Is Never Over*, documentaire réalisé et autoproduit par Lydia Lunch et Beth B, 2019, et de *Woman of Rock Oral History Project*, podcast autoproduit de Tanya Pearson, 2014
p. 148 : Extrait de Maya Angelou, *Tant que je serai noire*, Le Livre de poche, 2009. Excerpt(s) from THE HEART OF A WOMAN by Maya Angelou © 1971, 1981 by Caged Bird Legacy, LLC. Used by permission of Random House, an imprint and division of Penguin Random House LLC. All rights reserved.
p. 161 : Madonna, *Sex*, Warner Books, 1992
p. 180 : extrait de *And She's Not Even Pretty*, fanzine de Courtney Love, 1992
p. 192 : James Patrick Herman, « Da Brat's Coming Out Story Is 25 Years in the Making », *Variety*, Jun 3, 2020
p. 192 : Discours de Queen Latifah aux BET Awards 2021 pour son Lifetime Achievement Award
p. 233 : Janell Hobson, « Beyoncé Fierce Feminism », *Ms. Magazine*, March 7, 2015

Conception graphique et illustrations
La Rata

Direction éditoriale
Alix Penent

Coordination éditoriale
Tatiana Seniavine

Mise en page
Axel Buret

Production
Corinne Trovarelli

Photogravure
Quadrilaser

Impression
Indice

Dépôt légal : septembre 2024
Achevé d'imprimer en août 2024 chez Indice, Barcelone, Espagne